一个心灵高原的行吟者
沿循绵延无尽的乡愁
独自度量一路熨帖时代和精神的体温

# 无限乡愁到高原

马国福 著

金城出版社
GOLD WALL PRESS

**图书在版编目（CIP）数据**

无限乡愁到高原 / 马国福著 . —北京：金城出版社，2016.1
ISBN 978-7-5155-1315-7

Ⅰ . ①无… Ⅱ . ①马… Ⅲ . ①散文集—中国—当代 Ⅳ . ① I267

中国版本图书馆 CIP 数据核字 (2015) 第 272404 号



**无限乡愁到高原**

**作　　者** 马国福
**责任编辑** 丁洪涛
**开　　本** 700 毫米 ×960 毫米　1/16
**印　　张** 15.5
**字　　数** 150 千字
**版　　次** 2016 年 1 月第 1 版　2016 年 1 月第 1 次印刷
**印　　刷** 北京金瀑印刷有限责任公司
**书　　号** ISBN 978-7-5155-1315-7
**定　　价** 32.00 元

**出版发行** **金城出版社** 北京市朝阳区利泽东二路 3 号
邮编：100102
**发 行 部** (010)84254364
**编 辑 部** (010)64210080
**总 编 室** (010)64228516
**网　　址** http://www.jccb.com.cn
**电子邮箱** jinchengchuban@163.com
**法律顾问** 陈鹰律师事务所　(010)64970501

# 序丨言
# 用一生去爱我们的故乡

马国福

从一个人对故乡的态度，可以看出他对母亲的态度。

城乡两元世界里，随着生活空间的位移，人口的流动日益频繁。时代在深刻变革，城乡距离、生活方式、社会环境的改变，让“乡愁”成为当下社会的一个热点话题。

“留得住青山绿水，也留得住乡愁。”这是这个纷繁时代，我们集体的夙愿与呼唤，既体现庙堂之高的家国意志，又凝聚芸芸众生的朴素情感。

故乡是乡愁的母体。作为一种文化的河流，是“乡愁”滋养着我们流动的生命里最柔软的那部分。古人说“日暮乡关何处是，烟波江上使人愁。”这诗句如铀，高度浓缩了我们对故乡的情感。愁，源自爱，源自对生于斯长于斯的那方土地的眷恋，它不是脆弱的象征，是一种美的寄托，更是我们和故乡之间唇齿相依，彼此眷恋与守望产生的灵魂的化学反应。

故乡的星空、山川、田野、河流、草木、鸟雀、风物、美食、方言、民俗、人们……诸多的物象与意象基本构成了我们生命最初的记忆，当我们在岁月长河中与故乡拉开距离，那里的酸甜苦辣、风霜雪雨、阴晴圆缺、花开花落、生老病死就深深地给我们的生命烙上了一生都不可更改的文化记忆。我们远行，不论走得再远，我们不仅仅是一个个体的自我，而是与故乡休戚相关的命运共同体。我们需要用一生的时间需要认知博大的故乡，认知那里的一切。

每一个离开故乡的人都会有这样深切的感受，生长在那里时，因为种种牵绊，为了所谓的人生理想，故乡似乎成为牵绊我们的绳索，我们急于挣脱，竭尽所能努力早点逃离，似乎到了外边的世界，我们所谓的人生抱负才能因为远离了故乡而增添光彩。可当我们经历了人生百态、世间的冷暖繁华，我们回头，才发现，原来最温暖、最思念的还是故乡的气息。这气息或许是梦里萦绕着儿时母亲的一声呼唤，或许是一种美食；或许是夕阳西下时林梢间那一抹温馨的炊烟；或许是我们年少时在旷野里的一声呐喊；或许是故乡的阡陌里那些在泥土地里俯首的亲切背影。故乡，就像我们生命坐标里的原点，我们围着这个原点努力延伸自己生命的纵轴和横轴，无论我们走得有多远，给我们前行力量的始终还是故乡那并不起眼的原点。于是，故乡就成为一种矛盾的心情，我们在爱恨交加中和她不离不弃，这种爱恨交织的感情，让我们对故乡的认知在时光的变迁中渐渐变得深刻起来。

从 20 岁离开故乡青海乐都，到古城西安上大学，再到江苏海安工作，随后工作调动到江苏南通市，18 年间，我在 4 个城市工作生活过。承蒙故乡那方水土的恩赐和亲人的教导，无论我走到哪个城市，一直都能遇到好的师长前辈、志同道合的朋友，始终能感受到温暖和幸福。每到一个地方，我都能融入当地的风土人情，汲取不同地域的文化营养，敏于观察生活并把自己的体验变成文字。工作之余，我坚持不懈地写作，先后出版了 10 本书，取得了一些微薄的成绩。我知道，这一切都是故乡的恩泽、乡愁的恩泽、孤独和敏感的恩泽。我也常常感慨，是我的经历，让我有了今天。我们通常用“吾心安处是故乡”来定义我们适应他乡生活后的感受，但我一直认为，故乡是有层次感的。人们常常用第一故乡、第二故乡，甚至第三故乡、第四故乡来概括自己生活变迁地域的认知度，每一个故乡都是一个母亲，她们在我们灵魂的天平上，根据各自的分量排布着，忠实记录着我们在生命的不同时段所努力的分量。每一个故乡，都需要我们用一生的时间去爱，这种爱，不仅仅是一种狭义的表白，而是一种精神的担当和回报。

这几年，我特别迷恋许巍的歌，总觉得他的每一首歌都是非常美的诗歌。请允许我引用他的歌《故乡》：

天边夕阳再次映上我的脸庞，再次映着我那不安的心，这是什么地方依然是如此的荒凉，那无尽的旅程如此漫长。我是永远向着远方独行的浪子，你是茫茫人海之中我的女人，在异乡的路上每一个寒冷的夜晚，这思念它如刀让我伤痛。总是在梦里我看到你无助的双眼，我的心又一次被唤醒。我站在这里想起和你曾经离别情景，你站在人群中间那么孤单，那是你破碎的心，我的心却那么狂野。你在我的心里永远是故乡，你总为我独自守候沉默等待，在异乡的路上每一个寒冷的夜晚，这思念它如刀让我伤痛。总是在梦里我看到你无助的双眼，我的心又一次被唤醒，我站在这里想起和你曾经离别情景。你站在人群中间那么孤单，那是你破碎的心，我的心却那么狂野。总是在梦里我看到你无助的双眼，我的心又一次被唤醒。总是在梦里看到自己走在归乡路上，你站在夕阳下面容颜娇艳，那是你衣裙漫飞，那是你温柔如水。

这是许巍对故乡的认知，深深地打动我心。身在异乡，每到特殊的时令节日，我总是感到很落寞，我不愿矫情地去伪饰，尽管我在南方过得很好，但我总觉得因为时空的莫大距离，我与故乡之间隔着一条河、一片海，海水汹涌时，我的乡愁也在不断涨潮。便捷的现代通信消解着距离的隔阂，我经常频繁和亲人和故乡的人通话、视频，及时了解那里的消息，故乡的消息也随时传递到我心里，但再便捷的工具和手段也无法减轻我心底隐隐的疼痛和想念。是别离，让我变得稳健，是故乡把我行走在繁华中的心唤醒，让我不负那方土地的期许，保持泥土的谦卑与秉性，迎风前行。

西方作家福克纳有句名言："我的像邮票那样大小的故乡是值得好好描写的，而且，即使写一辈子，我也写不尽那里的人和事。"一个写作者可写的东西很多，但故乡是一个永远绕不开的广袤概念。故乡，就像一座桥，把我们从小视窗送往大世界。很多时候，我很自我地认为，支撑一个写作者的原动力来自于他最初的故乡。基于这种源动力和生存经验，他才不断地推开走向比故乡更大的外部世界的大门，去表达他的发现和认知。

故是一条永远流动的河流，生命初始，我们顺流而下，层峦叠嶂、芳草碧连、一树烟花，到最后，阅尽人事、栏杆拍遍、繁华看尽，我们必得逆流而上，到我们的生命源头去，把自己站成一块碑，相依相偎到天荒地老。

我在远方，很多的岁月，用文字为我走过的地方叩首。我也常常回眸，审视曾经的我所得的拥有，每一次回首，无一不是故乡恩赐的春秋。

故乡，它永远是精神的粮仓，那里储存着我一生的种子……

是为序。

# 目 | 录

## 第一辑　花蕾上的故乡

一朵花就是一座官殿。深入一朵花的内心，在岁月的脉络里积聚一个人生命全部的芬芳和眷恋。

# 第二辑　每一粒麦子里都栖居着故乡

掌心里握住故乡，拢起来的手掌就是一座莲花殿堂啊，真情如蕊，款款绽放，缕缕泥香，萦绕胸腔；思念就如荷底清风，明媚生辉，心灵每一个细小褶皱的部位都溢满清香。

# 第三辑　跟着炊烟回家

一个人的灵魂断炊是一件多么可怕的事情，我的灵魂每天都舞动着一束束炊烟。

# 第四辑　所有的雪都扑向故乡

一个人的爱有时是一座沉默的冰川，而有时只有一朵雪花般那么渺小。身处异乡，我的衷肠沿着雪花的棱角，化为水，一生只能膜拜一个方向。

# 第五辑　风吹老了什么

只有将脚踩在故乡的土地上，我才觉得全身是放松的、通透的，没有烦恼和忧愁的。故乡总是有一种神性的力量护佑着我们、召唤着我们、吸引着我们。

# 第六辑　在乐都大街上泪流满面

如果拿橘子来比喻人生，一种橘子大而酸，一种橘子小而甜。有的人拿到大的就抱怨酸，拿到甜的就抱怨小。拿到小橘子，我就庆幸它是甜的；拿到酸橘子，我就感谢它是大的。

第一辑

# 花蕾上的故乡

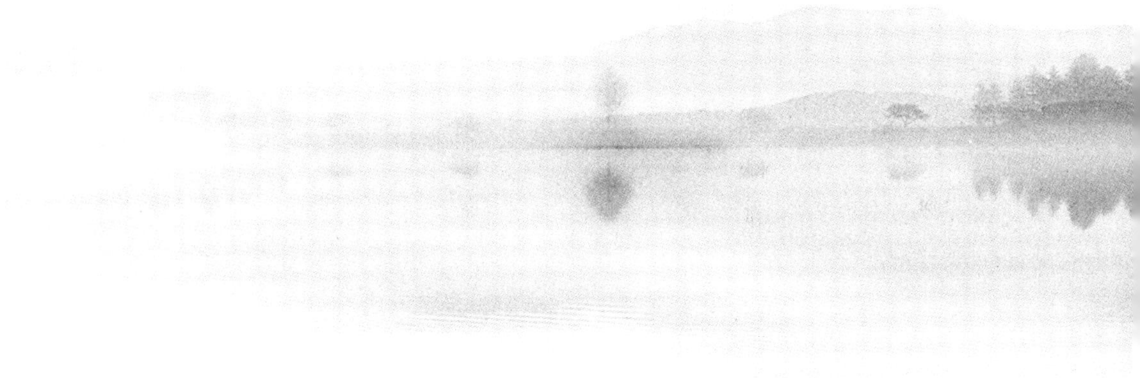

一朵花就是一座宫殿。深入一朵花的内心，在岁月的脉络里积聚一个人生命全部的芬芳和眷恋。

# 花蕾上的故乡

每一只蝴蝶都是一朵花前世的灵魂，它的飞翔是为了找寻最初的家园。无论身居何处，我头脑中总是萦绕着这样一幅画卷：

月光如银，倾洒村庄。薄雾似纱，妖娆故乡。虫鸣鸟唱，狗吠牛哞，阡陌繁忙。瓜果飘黄，唇齿留香。花朵峥嵘，岁月沧桑。

友人从故乡来，给我带回一包故乡原野里采摘的干花。在岁月的风尘中缩水的干花，像一位暮年的美人，尽管花容失尽，但气魄依旧。铮铮花枝如同一双干瘦的手臂，把故乡紧紧握在手中，高过我的头顶。

花蕾上的故乡，一位青春的少女！枝繁叶茂了谁远走他乡的牵挂？花蕾上的故乡，大雁飞过，菊花插满谁暮年的花发？时间无垠的荒野，拉长了谁无尽的守望？

一朵花就是一座宫殿。深入一朵花的内心，在岁月的脉络里积聚一个人生命全部的芬芳和眷恋。

我一直认为，每一个游走他乡的人，都是一棵移动的草木，他的树冠可以高过尘世的头衔，他的声名可以远播千里，而他的根，这灵魂的穴位，却一直固定在故乡的那方水土之上，由故乡汲养着。

生活是一种缺失。惆怅一个远离故乡的人，心中始终涌动着一种深不见底的乡愁和惆怅。这种铭心的惆怅被缺失的理想碰伤。他在远方挣扎着，用方言和拳头缩短理想与生活的距离，用信仰和力量改变着铅铁一样生硬的目光和感叹。他常常在城市的夜晚，看不见月亮的时候，悄悄用方言发掘隐埋的疼痛，然后一遍遍默念在地图上不见踪影的故乡的名字，亲人麦香一样熟稔的名字。故乡的地位无法体现在有限的地图上，而故乡的名字却如一坛发酵的酒酿一样烂在心窝。这个时候，一朵开在故乡泥土上的花朵，瞬间就能将他醉倒，一句穿行于故乡的方言即刻就能将他被他乡的钢筋划开的伤口缝合。

那泥土捏就的名字是一根治疗伤痛最好的银针。那细细的尖针，准确无误温柔而又直接地扎入我们的穴位，我们就会明白，当一个人把故乡供奉在灵魂的殿堂，他将以怎样的风骨在尘世间傲然行走。

生命伊始，一把手术刀剪断了我们与母亲的血肉牵连，脐带断在生命的源头，而骨肉之爱仍在脉管里汩汩流淌。人与故乡也是如此，无论空间距离再远，时间跨度多长，跨越时空连着一根脐带。你的成败荣耀，你的欢笑泪水，都与这根无形的脐带息息相关。

你忘记故乡的时候，故乡一直惦念着。你悄然伤痛的时候，故乡先你而痛。你的一切总会有人在背后关注着。

有个乡亲，自小参军，后来在省城高就，退休后放弃城市的种种优越条件回到故乡，住在泥水斑驳、屋檐上长满荒草的老房子里。他请人用泥土和自家院落里的木头重新修缮老屋。他把自己的退休金捐给村庄，修建了校舍。有的人不解，问他："你那么有钱，何必回到农村受这个苦？你用钢筋水泥重新砌个别墅，那有多舒服。"他说："我就喜欢这泥土和木头的味道，这比什么都令人安心。你去闻一闻田野里飘来的那些花香，你就知道自己是多么的年轻，不觉得岁月苍凉。”

假日里的一个夜晚，我曾和老者随意坐在故乡的田埂上就着月光闲聊。他说，一个村庄，只要生活在这片土地上的人有一种爱父母、爱子女、爱故乡的精神，这个村庄的未来肯定不可限量！

是的，村庄是一艘从我们生命源头驶出的大船，历尽岁月的风尘，它总会载着我们回到源头，膜拜自己的土地。这是一生一次的出行，我们可以一无所获回到老地方，但只要有爱，我们就有了一切。回到故乡，路上曾经的风光荣耀就只是烟尘，太不重要了。

花蕾上的故乡，给种子寻觅安居的胎居，让汗水找到发酵的道路。润雨读懂时间的咆哮，时间跨过一道断桥。把花蕊当做笑脸，纵是失落也能储蓄前行的豪情；把萌动的胚芽当做利箭，再迷离的旅程也了无牵挂。

有时在重大节日，明亮的月光下朝着远方祭拜时，我在思考，一个村庄的一百年、一千年，无非是草木枯荣一百次、一千次，土地翻耕一千次、一万次。那个夜晚可能起风了，可能下雨了，也可能是村庄自己在走动，树木自己在说话。炊烟在村庄的上空袅袅地飘着，颜色各不相同，哪家的日子好过，炊烟像个精明的会计，最清楚不过了。在这时间的轮回中，炊烟的起起落落间，究竟流淌着怎样千锤百炼的精神，让生于斯安于斯的人们，生生不息的眷恋？

每一只蝴蝶都是一朵花前世的灵魂，它的飞翔是为了找寻最初的家园。总有一天我会回到故乡，在一朵花的穴位里追寻幸福，在一把农具的锋刃下，躺成一垄柔软的泥土，长满花朵，沾着泪水欢笑。

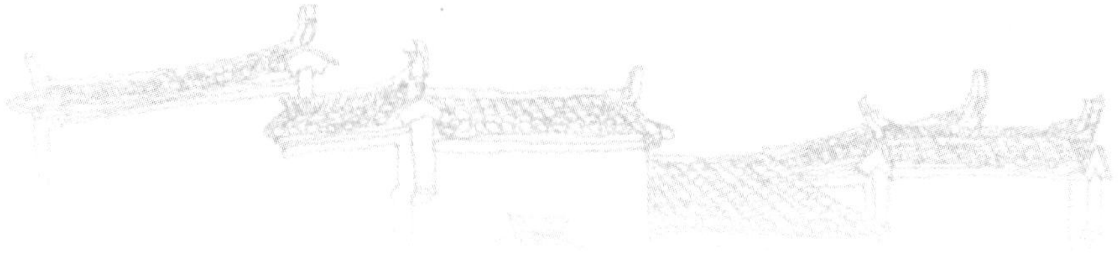

# 年知乡愁

像一缕风跟随一片云，像一脉溪流怀抱一座山川，像一袅炊烟爱恋一个村庄，像一把稻谷眷恋腥香的泥土，像一杯烈酒缠绵一副心肠，像一挂鞭炮喜庆一个节日，年被一副副吉祥的春联拉出来，在时间醇厚的地窖中发酵成一坛坛芬芳的美酒。

在游子缺席的盛宴上，每一抹清瘦的云都是忧郁的，每一双筷子都是木讷的，每一缕炊烟都是惆怅的，每一个酒杯都是失重的。

高高挂在屋顶上空的大红灯笼是一双深情的双眸，在时空高处守望远走他乡的游子，清点他们挂在脸上的清澈泪水。一副副对联红光满面，幸福地偎依在门框上，那些浓缩希望和祝福的汉字，浑身散发着年意味深长的光芒。母亲斜靠在黄昏巷口的一棵老树上，望断天涯……

年关将近，月亮瘦去，成为一粒速效药片。口袋里的车票像一面风帆，汹涌在胸口的思念载着乡愁这沉沉的航船，在夜幕下披着月色划呀划，驶向梦境深处。

分别只是割断空间距离的河，决不是割断心灵相约的刀。思乡的泪水被风干成一粒闪着银花的盐，挥手之间的深情一瞥在心灵与故乡的时空间划下一道厚实的弧线，像一座桥，一头连着家园，一头接通乡愁。飘过故乡上空的每一缕云朵，落在大地原野上的每一片雪花，覆盖回家之路的每一层厚霜，都蓄着一股乡愁。南方烟波浩瀚，故乡五谷生香，年来了，游子体内的每一根血脉，都是流向故乡的一条条溪流，所有的忧伤和幸福都发源于一个隆重的节日给故乡，以及生活在这方土地、从这方土地走出的游子的恩典。

覆盖家园的大雪迟早会化去，给游子腾开归心似箭的路径；封锁河流的冰凌也必将散开，为乡愁让出足够通畅的河道；每一个白天，每一个黑夜，高高在上的灯笼不肯合眼，就连在家门口奔跑的牲畜也期待着久别重逢的欣喜。

节日只是披在故乡身上的一件朴素外衣，而情感的所在和连通才是我们行走人生的全部魂魄所在。一个人出生在一个地方是一种命运，而一个人给自己的故乡带来荣耀是一种幸福。你可以忘掉自己在尘世中博得的风光，但不可以忘记故乡的水土赐予你的思想。没有了这些泥土一样朴素的思想，即便你生命的旷野遍地鲜花，那顶多只是一时的绚丽风华，最终成为风尘的一部分，在时间无垠的旷野里飘散消失。而只有在故乡这湿润而又温暖的母体里，我们生命所有的悲伤快乐才具有泥土一样深刻的醇香。

“年”，不仅仅是一种时间图腾，也不仅仅是一种简单象征，它是时间让我们伸向故乡的一双蕴含巨大力量的温暖手掌，拉近了我们与故乡风物的心灵距离，这手掌就像母亲推进土炕里的一堆炭火，驱散我们漂泊的疲惫，温暖我们一生。

年，像一根时间发出的射线，以故乡为圆点，拉长我们的思念，胃知乡愁，年知乡愁，就让这一串串激情的鞭炮引燃我们积蓄很久的眷恋，就让这一朵朵忧伤的白云，以雾的形式、雪的形式、大气的形式降落在故乡的脊梁上，深入故乡的腹内，把乡愁的种子扎在她宽广、仁慈、博大的胸怀，长成一株大树，生生息息，无论外界的风云有多繁华耀眼，因为“年”的熏陶，脚趾如根，今生今世，再也不肯分开。

一天天一年年都会过去，旧的去新的来，意义却不同。或许，“年”就是乡愁的壳啊，乡愁就是年的魂。有了“年”，游子就有了一种对岁月的浣洗，就有了一种从容而又绵长的呼吸，从容而又幸福的欢笑。

# 故乡，心灵的疼痛来自何方

一个心中没有爱的人是流不出真诚的眼泪的。

命运像个高明的魔术师，扔土坷垃一样把我扔向远方。汽车行驶在高速公路上，回家时车窗两边的风景线如同高高筑起的大坝，把回家的幸福感觉蓄水一样蓄得空前高涨。离家时坐火车，疾驰的火车冰冷地将故乡抛到身后，不容我多回头留恋，窗外连绵起伏的山脉在前方汇成一点，剪刀一样把心绞得格外疼痛，回家时的幸福潮水早被别离泄得空空荡荡。眷恋像一只猫，不安分地在心底深处撕扯着什么，令人坐卧不安。

列车前行，回家的情景电影底片一样缓慢地轮番在脑海里浮现。

三三两两的羊群在萧条的旷野里寂寞地寻觅食物，冬天来了，它们只能茫然地东奔西走，执着而又顽固地用蹄子抛一簇簇裸露在地表的枯草。离羊群不远处，两三头瘦得筋骨毕现的牛，无奈地甩着尾巴，嘴里反刍着春天里鲜美的往事。夕阳西下，一群群留守的候鸟披着霞光在林野间起起落落，盘算着一天微薄的收获，不知道它们是否满意。成堆成堆的草垛笨拙地静卧在麦场上，没了往日的辉煌。房前屋后的树木被凛冽寒风剥去盛装，瑟瑟发抖。

麦场是村庄的核心，如同单位的议事大厅或者会议室。老人们坐在墙角，手揣进袖筒里晒着夕阳的余晖，这场景容易让人想起斑驳的油画。年轻人趁着回家吃晚饭前的大好时光围坐在草垛里玩纸牌，有的人在为一两元钱翻脸吵架。年纪大一点的妇女手脚麻利地织着毛衣，把家长里短拉成针线织进毛衣中。

太阳按部就班地从东边升起，又漫不经心地从西天落下。逝者如斯夫。老人们说过日子就像推磨盘，用点力，不管甘苦就那么过去了。我不知道他们是否对自己的日子满足，也不知道他们是否为今天愁为明天忧。

我遇到一个小时候一起玩过泥巴掏过鸟窝放过羊的伙伴，和我同龄的他已经是两个孩子的父亲了。他围在那帮年轻人旁凑热闹。他头发蓬乱满面灰尘，衣领又黑又脏，皱巴巴的，像脱水的干抹布。我给他发了一根烟，他用鼻子嗅了嗅，然后迅速地点起来，长长地吸了一口，老道地吐出一个烟圈，只说了 4 个字："好烟，真淡！"我想和他说些什么，但不知道从何说起，就随便问了一句："今年庄稼种得怎么样，收成还好吧？"我明明知道这是一句废话，但我还是问了，除了这些我能关心什么呢？

他黯淡地低下头说："很苦的，收成一般，不像你们吃公家饭的。"我突然觉得我们之间已经无形中竖起了一堵墙，把曾经朝夕相处的我和他横隔在两个不同的世界。一股悲凉风一样袭遍全身。我想起了鲁迅先生《故乡》中的迅哥和闰土。我知道再问下去我们之间的墙会越来越高，给我们的隔阂和伤害更多。我不知道再说什么，红着脸找了个借口走了。

我在外省工作，工作后我们把家从村里搬到城里，父亲很少回村里，我一两年才回一次家，回村的机会就更少了。我问父亲村子里有什么大事，父亲说也没什么大事，如果算大事那么顶多就是村里这两年来有近 10 个老人去世了，有的还不到 60 岁，挺惋惜的。父亲还说村庄里的风气一天不如一天，偷鸡摸狗的事情时有发生。夜晚的村庄早已失去了往日的祥和安静，年轻人没事就聚在一起打牌，很多人都不种庄稼了，打工的打工，种蒜的种蒜。唯一让人高兴的是村里漂亮的房子越来越多了，家家户户装上了自来水，很多人用起了手机。

离家前，我特意到小时候放过羊的山坡、收过麦的麦场、嬉过水的小河、摘过果子的果园转了一圈。我已经几乎看不到童年的任何足迹了。往日清澈见底鱼虾丰足的小河几近干涸；河边的大树被砍伐得只剩下几个光秃秃的树桩；曾经野花烂漫的山因为修建高速公路，被开挖得满目疮痍。

故乡，我的故乡，已经不再是以前少女般恬美端庄的故乡了。

南下的列车上，我一边看着两边荒凉的景象，一边写下这篇文章。这或许就是我这个游子对最初的故乡的祭奠吧。

一个心中没有爱的人，是流不出真诚的泪水的。写作的间隙，我走到吸烟室吸烟，脑子里突然冒出了这句话。回想起故乡的那些事物、那些人，我感觉到自己站在一把硕大锋利的长剪刀上，鼻子比还没成熟的葡萄还酸……

一个人应该有两个母亲，一个是水土之上的母亲，一个是血肉之躯的母亲，她们都有一个共同的名字：爱。背井离乡的人心里时常会涌动一种疼痛，叫眷恋。因为爱得深，所以疼得深。

我们应当敢于正视这种疼痛和变迁。欢乐固然值得赞颂，疼痛又何尝不值得认真体味。两个母亲都是圣者，给予我们幸福和眼泪。她们是力，是生，是神。凡是不疼痛自己故乡的人也不会爱恋自己的母亲。凡是在寂寞的时候，站在生活的剪刀上面的人，尽管他的脚下渗出血，眼里流出泪水，但他们的内心一直流淌着一股幸福而又新鲜的甘泉，这便是故乡母亲的恩泽。

故乡已经远去了，但我不知道心灵的疼痛来自何方。

# 孤独羊倌的夏天

昨夜，我又梦见了年少时放过的那群绵羊，它们白云一样从远方缓缓飘来，覆盖我在异乡天空下薄凉的梦境。它们站在山岗上，安静地啃食着青草，啃一把草，再抬起头来，水汪汪的眼睛与我对视，而我独对西边峡口那一抹抹经幡一样浓烈的晚霞，惆怅地翻着没有答案的试卷。我猛然间用足气打了一个响亮的口哨，哨声惊吓了不远处吃草的羊群，羊纷纷跑开，留在黄土路上的一串串蹄印像一方方小篆，落日的余晖下，土路如同一张发黄的纸页，落在上面的羊蹄印醒目、遒劲、耀眼，极易让人想起古典书法卷轴上书家精心落上去的题跋印章。

阵风吹来，山谷显得愈发苍凉，卷起阵阵尘土，迷蒙了我的双眼。绵羊三三两两，棋子一样不规则地在山谷、田野这辽阔的棋盘上游走。我坐在山谷口的石头上一遍遍回响着父亲说过的那句话：“你不好好念书，不吃苦，就一辈子种田、放羊，面朝黄土背朝天受无休无止的苦。”

突然，我坠入了山谷，飞速往深不见底的涧滩下沉，我急忙歇斯底里地呼救。

梦醒了，惊出一身汗。理理头绪，心不由得怅惘起来。这个梦与我的16岁有关。

16岁那年中考，我的成绩与中专录取分数线差了几十分，只能上一个二流的高中。那时候，考上中专很吃香。上了中专，就意味着从此可以脱离泥土地，农村户口可以变成城市户口吃供应粮。用我们村的俗话说，就是铁饭碗里吃皇粮。这在村里绝对是一件光宗耀祖体面风光的大事。那时候，一个村里有很多参加中考的学生，而能考上中专的只有那么一两个人。那年，和我同班的有两个同学考上了中专，一个考上了县城的师范，一个考上了西安电力学校。

拿到成绩通知单的那天，我忐忑不安地回到家，知道一场责骂少不了。父亲看到我的成绩单，铁青着脸，无比失望、沮丧，很生气地把成绩单扔在桌子上。他气得脸上青筋暴突，一副恨铁不成钢的样子，没想到儿子竟然考了那么一点分数。父亲涨红脸责问："你这点分数，让我这张脸在村里怎么搁？你不知羞，我在人前抬不起头了！不蒸馒头也要争口气，我老给你说，吃得苦中苦，方为人上人。你心思用到哪里了？我们辛辛苦苦供你上学，你真不知道好歹。这个暑假你给我放羊去。你不好好念书，不吃苦，就一辈子种田、放羊，面朝黄土背朝天受无休无止的苦。"

我低着头，任凭父亲的责骂鞭子一样抽在身上。从那以后，父亲像换了个人似的，早出晚归，长吁短叹，满脸愁云。我知道，这都是我中考落榜给他的打击。

每天，我带上课本、试卷赶着家里的十几只羊到山上放牧。羊赶到山里以后，我就坐在山谷无聊地翻看学过的课本，那些定义、公式、算术、法则、口诀、物理命题像一个个钉子，僵硬地钉在书本里，我怎么读也读不到头脑里。我诅咒书本，真想一页一页撕碎了，扔向空中，可是我不敢，我怕回到家看到父亲那铁青的脸。

山谷里空无一人，飞鸟在头顶飞过，在地上投下碎布一样的影子，像我凌乱感伤的心情。羊群三三两两，有点江湖上拉帮结派的意味，看不惯那只高高站在岩石上傲慢的老公羊，我就会用石块投掷击打它将军头翎一样高高竖起的角。大朵大朵的白云悄无声息地飘着，天蓝得像一滴墨水，任白云一点一点地书写那份天地无声之美。山涧的荆棘中，飞出一只只山雀，飞上飞下，像一个个逗点，消失在白云笼罩的苍穹里。风带来的气流，在山谷里挟起一股股气流，淌过茂盛的草丛，草尖随风起伏，浪涛一般，掀起阵阵凉意。想着缥缈无期的新学业，看着起伏的大山、无垠的田野、远处的草房子、游走的羊群，对比考上中专忙着填志愿、体检、等录取通知书、宴请乡邻宾朋的同学，我感到无比孤独、自卑、落寞。

我孤独地数着羊群，羊吃草吃到哪里，我就跟到哪里，仔细观察每一只羊的习性，再根据羊的体形和习性给它们一一起名字，然后拔一把涧滩里的青草，唤一只羊的名字，就喂一把青草。天天如此，时间长了，我喊不同羊的名字，它们就会回应我的叫喊，我从中找到了乐趣，并乐此不疲，觉得这是一件极有成就感的事情。

数羊数得无聊了，我就回忆校园里的事情。想起毕业的时候，班主任在最后一堂班会上给我们送了一副蒲松龄的对联：“有志者，事竟成，破釜沉舟，百二秦关终属楚；苦心人，天不负，卧薪尝胆，三千越甲可吞吴。”他语重心长地说：“你们把这副对联当做自己的座右铭激励自己，相信今后的学业肯定会取得理想的成绩。”老师的话和父亲的话轮番在耳际回响，我觉得自己坐在旷野里，心被掏空了，怅茫、失落、憧憬，交替着翻江倒海。羊不懂得我的孤独，它们不停地叩首啃食青草，向大地感恩，而我给了父亲什么呢？想想，自己真不争气，有时候还不如一只羊让人踏实、放心。

放羊、数羊、喂羊、唤羊，甚至生气的时候投掷石块、土坷垃击打那些特立独行跑到峭壁石岩上桀骜不驯的羊，这就是我每天的内容，日复一日，天天如此，单调、孤独、落寞。暑假快要结束的那几天，我在一本借来的翻烂了的杂志上看到这样一段对话。一个记者到山区里去采访，看到一个失学的儿童就问他，你长大了干什么？孩子回答说，放羊。记者又问，放羊干什么？答曰，娶媳妇。娶媳妇干什么？养娃娃。养娃娃干什么？放羊。答案周而复始，让记者很震惊，也深感悲哀。记者在文中发了一通感慨，感慨封闭环境里没有文化给人造成的愚昧、悲哀和心痛。

这段对话同样让我深感震惊。我自问：难道自己一辈子如父亲所说的面朝黄土背朝天吗？我知道，接下来我该做什么了。

高中开学前的几天，父亲领来一个收羊的人，把我家的那群羊挑了几只体格肥壮的买走了。卖羊的钱成了我和姐姐的学费。9 月，我踏上去往县城高中求学的道路。3 年后，我踏上去往古城西安的大学求学的道路……

昨夜，我在孤独中养肥的一群羊咩咩叫着，向我慢慢走来，我从它们留在土路上的蹄印看到了远去的从前，那蹄印闪着这些柔软生灵给予我的恩泽，让我重温了一颗心，该怎样借着自我觉醒的力量，在人生的漫漫长路交出生命的答卷。

# 火车驶过刘家村

把我们的国家放在地图上，只是一块；把我们的城市放在地图上，只是一个点；把我们的村庄放在地图上，找不着。阳光下，水沟边，秋后的麦地上，有风吹过，几个少年趴在一张从铁路上捡来的皱巴巴的地图上寻找着争论着，为什么刘家村在地图上弄丢了？是不是绘图的人粗心？是不是刘家村太小？

问题是闹心的，闹到了骨子里，我们在残缺的地图上只看到了乐都县，一个仅用小小圆点标注的“乐都”二字，就是没有找到刘家村这个以姓氏命名的村庄。

这是 20 多年前的一幕。陇海铁路从故乡刘家村穿过，细细想来，铁路穿过刘家村的历史可以追溯到 1958 年，比我来到世上还早 20 年。俗话说十年磨一剑，但 10 岁的时候我们没有在磨剑，我们在村子里滚铁环、放羊、吹笛子、掏鸟窝，挥霍童年。现在我已经 30 岁了，生活这把钝剑并没有被我磨得发亮，反而在无常的岁月中一天天锋芒不再，粗笨依然。

人的一生当中，无论你经历过多少富贵荣华达官贵人，但是你最难忘的是那些树根一样扎入童年原野的伙伴，哪怕你握过省长、书记的手，但是你在他们的手掌里找不到一丝伙伴沾满泥巴的手带给你的快乐、无忧和单纯。省长、书记握了你的手，他不一定记得你，但是童年的伙伴通过握手给你传递的温暖，却如同地下的煤炭，尽管看不见，但一直在脚下支撑着你不断走向远方。

记忆中的少年时代，我和刘国文、刘国懂是村庄里最铁的“三人帮”，那时我们上小学，晚饭后经常约着到村庄边上的铁路边玩耍。每当星期天，我们就到铁路旁捡拾火车上的人扔下来的香烟盒、旧报纸。我们捡到的烟盒常常是“青海湖”“阿诗玛”“红塔山”.“哈德门”，撕开烟盒，留下皮子，把硬壳和枯草、干柴、树叶、废报纸一起点着后烤火。火在燃烧，我们把印有各色图案的烟盒皮折叠成三角形。把锡纸剥下来，一张一张铺在膝盖上撸平。锡纸的背面，洁白如雪，凑多了就带回家让母亲用针线缝起来，当练习本。三角形的烟盒皮我们就做一种“打烟盒”的游戏。游戏是这样的，每人先丢一个烟盒在地上，然后再用手中的烟盒对准对方的烟盒用力掷，如果对方的烟盒从正面翻到反面，那这个烟盒就属于你了。就这样我打你的烟盒，你打我的烟盒，直到对方手中的烟盒变少，自己手中的烟盒变多，就算一次快乐的游戏结束。烟盒是我们的财富，谁赢得多，就说明谁的水平高，在别人眼里你就是富有的了。输了烟盒的人，心有不甘垂头丧气，赢了烟盒的人喜气洋洋。为了积累自己的财富，我们每到星期天就一起到铁路上寻找烟盒。穿村而过的铁路就是我们通向财富的通道，在岁月的长河里积淀起人生最本真的乐趣和无忧。

找烟盒的路线常常是这样的，今天顺着铁路往西，一直走到三四公里远的大峡山隧道一带。明天又接着从西向东，往汉庄方向找。我记得很清楚，有一次我们捡了很多烟盒，在回家的路上陶醉在厚厚的烟盒带来的喜悦当中。我们互相比较着各自捡得烟盒的多少，一列火车呼啸着从远处驶来，我们立即从铁路上下来，躲到附近的田埂上。

火车轰隆隆风一样驶过，脚下的地在动，似乎底下有什么庞然大物顶着地皮走过。我们捂紧耳朵，站在铁路边的地里久久张望远去的火车，与这个安装了玻璃窗子的庞然大物隔着一个窗子的距离。对我们而言，火车车厢是一个神秘的世界，我们不知道里边的人怎么上厕所、怎么吃饭，于是很幼稚地猜想，莫名地担心坐在里边的人没有厕所上。我们争论猜测，火车到底会走到哪里？火车拉着这么多的煤炭、木头，它哪来那么大的力气？它怎么就不感到疲乏？它怎么就不像村里的拖拉机一样加油加水呢？我说，火车拉着那么多的木头，肯定到很远很远的树林里歇息去了。我的理由是，火车在很远很远的树林拐弯处消失了。国懂说，不可能，既然它在树林里消失了，为什么还有不同颜色的火车从远处上上下下？它肯定到与我们乐都县相邻的平安县了。国文很不屑地说，笨蛋，我看你们的眼睛白长了。你们没有注意到，刚才过去的几列火车车厢上明明显显地挂着“西宁—北京”和“西宁—西安”的牌子，火车肯定到很远很远的火车站了。当时我和国懂根本不知道什么是火车站。接下来我们继续争论的话题是：北京到底有多大？有没有我们刘家村大？西宁到西安有多远？是不是过了我们乐都县城就到了？

我们都没有出过刘家村，潜意识里最大的世界就是乐都县城。国懂说，北京肯定很远，很远，北京应该是很大很大的城市。国文说，北京是首都，老师教我们的歌曲里不是说，我爱北京天安门，天安门上太阳升，伟大领袖毛主席，领导我们向前进。国懂说，北京肯定在刘家村往北的地方，不然怎么会叫北京？最后我们一起感慨憧憬，以后长大了有机会到北京去看看那该有多好，那我们就是刘家村最幸福的人了。

国文的解释最具权威，他挥挥手说，不要再争了，北京肯定在北方，应该很大，不然毛主席怎么会住在北京？他这么一说，就有了权威的意思，挥手的动作，颇有点电视里的领袖的味道。

我 14 岁那年，比我大两岁的国文和国懂到离家 7 公里外的深沟初级中学上学。国文学习好，当了班长。第二年，我也上了初中，他们已上了初三。那时候，考中专在农村来说是很吃香的事情，中专一毕业，就可以上班拿工资，回到村子里，太体面了。第一年考中专，他俩都差了几分，补习了一年，还是差了几分。后来他们考上了省重点乐都一中。我考上了二流的高中，乐都六中。高三那年，我学了文科，他们学了理科。我们都住校，一个星期回一次家，有时候一个月回一次。每次回家，我们总要到铁路上散步聊天。聊得最多的话题是以后考大学一定要到外地去见见世面，不能一辈子就在乐都。我问过国文，你想到哪里？他想都没有脱口而出说，北京，一定要去北京看看。国懂问我要考哪里？我说不知道，没想好，到外地上大学要很多钱，就在青海上个大学，离家近，又花不了多少钱，挺划算的。国文笑我胸无大志。

也许是宿命，后来国文和我先后到了北京、西安上学。

1996 年高考结束后，国文达到了一本分数线，他第一志愿是北京农业大学。国懂落榜了。我考了 415 分，离青海的录取分数线差了 5 分。国文成为村里人茶余饭后夸奖表扬的正面教材。那段时间，他父亲见人就笑，见人就发烟。我们省里有这样的惯例，等录取工作接近尾声时，有时候最低分数线会下降，这常常给没上线差了几分的人带来福音。降分数线成为我这样的人的救命稻草，我们全家人天天等待这救命稻草早早发芽，降临我家，可是开学了，还没有降线的消息，我和国懂重新选择了复读，踏上了千军万马挤独木桥的行列。

复读的时候我很消沉，一直沉浸在落榜的阴影里不可自拔，整天像丢了魂似的。国文到北京后不到两星期就给我和国懂写来了很长的信，他在信中极力描绘大学生活的美好、新奇，北京城的繁华，长城的巍峨雄伟，也用很长的篇幅回忆童年时我们在铁路边度过的美好时光，有趣好笑的争论。最后，他用蒲松龄的一副自勉联鼓励我：有志者，事竟成，破釜沉舟，百二秦关终属楚；苦心人，天不负，卧薪尝胆，三千越甲可吞吴。他希望我们不要悲观消沉，走出阴霾，振作起来，他说他在北京等着我们。

就这样，从北京到乐都，从乐都到北京的书信在火车上、邮路上定期穿行，像火把一样传递着3个乡村少年在刘家村建立起来的友谊。那段时间，我总是等待着国文的来信，每个周一我总能收到他的信，当他的信像准点的列车一样停在我渴望温暖和鼓励的站台上时，我的心不再悲凉。捧读他的信，我仿佛在寒冷的冬季捧着一把炭火，慰藉被阴霾笼罩的冷凉之心，继而奋起，对今后的学业充满信心。有时候我也到一中找同样在补习的国懂，和他一起交流收到国文书信后的感受，我们相约着向他看齐，跳出农门，走出乐都，走到北京，与国文做伴。

补习的时候，我特意把国文送我的那副对联剪下来，贴在文具盒里，每天都要看上几遍，我把它当做精神的拐杖和理想的炭火，行走在孤独沉闷的复读时光里。

1997年7月7日，走向高考考场的那天上午，我再次看了国文给我的书信，满怀信心迎战。3天的高考结束后，我到一个建筑工地打工。当时，晴天一身灰和土，雨天一身水和泥是我真实的写照。有时候搬砖头的速度稍微慢一点，姓祁的工头就责骂我，你到底是来混工钱的还是来干活的？有时中午休息时我就着馒头和开水，计算高考的成绩，算完成绩就拿出国文送给我的路遥的小说《平凡的世界》坐在工地的土坑里看。看得困了，就迷迷糊糊睡着了，做白日梦，梦里全是高考的成绩，这一睡就睡过了上工的时间。上工的时候，工头点名找不到我的影子，就扯着老公鸡般的嗓门大喊大叫。我被惊醒，赶紧收拾起书藏进一个装干粮的帆布袋子，投入搬砖头拉土的活中。不料，寻找我的工头看见我在藏书，就怒气冲冲地冲我吼，你再这个吊儿郎当的样子，给我早点滚蛋，工地不需要你这个闲人。你给我记好了，我这里要的是干气力活的工人，而不是你这样的高材生！

当时，我的眼泪夺眶而出。一个年纪大一点的工友拉开了工头。工头走了，他安慰说，小兄弟，以后看书注意点，不要超过休息时间。他的话不要放在心上，我相信凭你这个爱看书的样子，你肯定会考上大学。

7月28日是高考成绩公布的时间，我没有去上工，请了半天假，到六中看成绩。当看到自己的名字出现在校园里的红榜喜报上，我的眼泪不由得流了下来！我骑上自行车飞驰回家。后来我没有再去打工，工头用上面摊派的两箱青稞酒抵充了我近一个月的工钱。

那年9月，我报了北京邮电学院和西安公路交通大学。最终被西安的大学录取，学习文秘专业。遗憾的是，国懂再度落榜，又选择到一中去复读。

我考上大学的那个暑假，国文留在学校没有回家，他及时写来信，关心我和国懂的高考情况。我到大学报到前的一天黄昏，约国懂到铁路上散步聊天。一列列火车从身边驶过，我们不再是年少不经事的少年，各自有了不同的心事。我和他重温童年时的那次争论，说一些轻松的话题，避免碰到他的伤口。太阳落山的时候，我们该回家了，他说了一句让我很难过的话，兄弟，以后你和国文发达了，千万别忘了我。我说，不会的，真不会的！铁轨见证，铁路旁的树木见证。我们在铁轨上拉了勾，发了誓言。我鼓励他说，兄弟，总有一天你也会顺着铁路的方向走出刘家村。

到了大学，我和国文经常给国懂写信鼓励他，一次次回忆在铁路上的憧憬和梦想。功夫不负有心人，第二年，国懂考上了内蒙古林业大学。

一晃近20年过去了，至今，我还保存着国文给我的信件。国文毕业后到陕西汉中的一个企业工作，后来企业不景气，他又跳槽到安徽的一家大公司上班。我到了江苏南通工作，国懂毕业后到内蒙古一个县林业局工作。我们经常通电话聊各自不同的生活，感慨人生的无常。

故乡是一个人精神的皈依，是灵魂的女神。每年春节，我们3个人总会请长假回家探亲，喝酒叙旧。如果家里没事，我们几乎每天下午黄昏时分到铁路上散步聊天抽烟，一聊就是一个下午。过了春节，各自趁着不同的火车驶过刘家村，继续日复一日年复一年的工作、生活。

前两年，我去了两次北京，一次是培训学习，一次是到出版社参加笔会。两次我都站在天安门广场上驻足很久，在北京明亮湛蓝的天空下，在天安门静谧庄严的红墙下怀想刘家村美丽的山山水水，来来往往的火车，曾经走在路上的朋友。

这几年，刘家村的铁路由单轨变成了双轨，火车提速了，人们的欲望也提速了。时间消灭着空间，空间敞开胸襟，接纳人们永不满足的心。我不知道刘家村是否还有少年和曾经的我们一样在铁路上捡烟盒、争论火车的去向。但我可以确定，火车驶过刘家村，肯定会驶到很远很远的地方，把时间的无限可能性、命运的不可预测性化为一个又一个点，远远地抛在后面，让驻足刘家村铁路旁的人们去想象，实现一次又一次的超越。

前年回家，我没有遇到国文和国懂。我点上烟，一根接着一根地吸，一个人在铁路上走了很久很久，深陷在对往事的回忆中。铁路上散落着很多烟盒，富裕起来的村庄，再也没有人重复我们的故事，再也没有人把这些烟盒当做财富装点自己贫瘠的梦境。铁路旁边见证我们童年的梨树、白杨树已经被砍得所剩无几，一辆又一辆来自不同地方的火车向着繁华深处驶去，卸载人们去征服世界，去满足自己或复杂或简单的追求。火车驶过，惊起枯草丛里觅食的麻雀，我不知道，它们要飞向何处。

火车没有方向盘，它按部就班地全部或者部分地成全这个飞速发展变化着的世界，它把起点变成终点，把终点变成起点，把坐车人的梦想一程又一程撒在路上。我始终相信，把我们的国家放在地图上，只是一块；把我们的城市放在地图上，只是一个点；把我们的村庄放在地图上，找不着。虽然把我们的理想放在地图上，暂时找不到也看不见，但它肯定比地图还要大，还要广阔，还要深邃，只要以在路上的胸襟去观察，它肯定会抵达某一个你所希望停留的站点。

# 每一棵树都有一个名字

自从种子被扔进泥土之后，树就孕育了自己的名字。喊这个名字最多的就是风了。风对于树的呼唤或者呢喃远比人有亲和力。我们喊树的时候，树不会感觉得到，但是只要来一阵风，树就仿佛被按住某个重要脉搏，马上就有了回音，它不是热情地摆摆枝条，就是羞涩地摇摇叶子，有时还会谦卑地低下头。

树生下来就和泥土、风、阳光、水融会成一种血肉联系。风是一只不停飞翔的鸟，它把巢建在树上，成为树最亲密的朋友。风寂寞的时候就喊喊树的名字，奔跑累了就睡在树上，树给了风最踏实安稳的梦想。

有时候我在想，树应该和人一样。如果一个人的名字不经常被人记起或者叫喊，那将是一件多么难过苍凉的事情啊。每一棵树都有自己的名字，这个名字被鸟儿们衔在嘴里传播着，被风久久地记着，从一个地方奔跑到另一个地方，从一个方向辗转到另一个方向。它们不像人，如果对一个人充满了怨恨，就像烧炭一样，让那个人的名字蒙上灰，然后化成灰。而树的名字被它的那些友好同盟友善地牢记在心，每对它喊上一声，吻上一次，念上一遍，树就会多一些妩媚。

当一粒种子，从乳名开始一路被呵护着长成大树，开出花朵，结出果实，它含着泪水的双眸向一直给它温情的风啊、阳光啊、雨露啊等等投去一瞥，期间蕴含着多少春风细雨般绵绵不绝的感激啊。

我们走在大街上，忽然听到身后有人喊我们的名字，回头一看，是朝思暮念却失散多年的朋友，然后彼此同时喊出对方的名字，再重重地在对方身上砸上亲密的一拳，这是何等的幸福啊。

生活中，因为有人记住了我们的名字，我们心中始终涌动着一股清澈的甘泉。树也是一样的。雨露用泪水淡化树的寂寞，风用热情消减树的孤独。高兴时，风像个粗犷的彪形大汉，放大嗓门用力喊着树的名字；消沉时，风如同一个多愁善感心事重重的少女，细柔地对树呢喃，一只多事的麻雀很不道德地躲在树底下，偷听风的名字和树的名字抱在一起时缠绵悱恻的私语。

我们的名字在尘世间像一个身不由己的沙包一样被别人丢来丢去，我们总是担心地上的泥水弄脏这个沙包，越是小心翼翼地呵护，越容易被弄脏、弄破。而树则不同，它的名字属于干净的阳光、清澈的风、沉默的泥土，它不用担心自己的名字会被弄脏或遗忘。

当一棵树在岁月深处老去，被剁成柴，一捆一捆晒在墙角，那只与它朝夕相伴的鸟儿会心疼，那方供它挺拔着长大的泥土会失眠，那排与它并肩接纳岁月锻打的树木也会忧伤地在风的怀抱中低下头。

一捆干柴和树骨肉分离，被扔进灶膛，它的名字就化成灰，生成烟，在村庄上空萦绕成一抹淡淡别致的美。这也是一棵树最后的贡献吧。

每一棵树都有自己的名字，只是我叫不出来，我只能老老实实做一个谦卑的学生，向风和泥土请教。

# 10年前一个有月亮的夜晚

10 年前，我还是一个“少年不识愁滋味，爱上层楼。”的乡村少年。现在，我嘴上的胡子像地里的韭菜一样，一夜不刮那些不知深浅的毛发齐刷刷地拔地而出，把我并不怎么成熟和俊朗的脸庞装潢得一脸成熟和虚伪的沧桑。

10 年前，放学后我经常握着与我的身体并不匹配的铁锹到麦地里浇水。那时，乡村里薄薄的月光像一层金黄的纱，在蛙鸣和小溪流水的协奏中将我覆盖。现在，我手中的劳动工具由粗壮结实的铁锹换成了纤细柔弱的笔，我握着这根从我所走过的路脱胎换骨的铁锹，行走在红头文件和光滑洁白的纸页上。当黑夜像一顶锅盖一样盖在我这个被生活的蒸笼、世俗的柴禾烘烤得忘乎所以的馒头上，我不知道该以怎样的口味喂养我这副对乡村的月光有着太多的渴意的肠胃。

那时候，我们姊妹 5 个全部上学，沉重的经济负担如同两个装满石头和沙子的箩筐，沉沉地压在父亲的肩膀上，为了不断减掉生活这个箩筐里太多的石头沙子，父亲和村里的一帮人到草原上去打工修路。家里只有母亲一人承担繁重的农活。放学后，我们尽可能地帮母亲做一些力所能及的农活。有一天晚上，母亲让我一个人到村庄郊外名叫磨湾的麦地给正在灌浆的麦子浇水。潦草地吃过晚饭，扛起铁锹，卷起裤管，我打着口哨走到磨湾的麦地。

月亮像个待嫁的少女，恬静地坐在浮云之上。晚风像一把干净的扫帚，缓缓地从林稍间穿过，轻轻抖落这个待嫁的少女从天空撒下来霓裳上的灰尘。青蛙、田鼠和蛐蛐埋伏在草丛和麦田里，像流落在民间的乐队，不安于现状，倾心于被白昼压抑在肺腑之间的表达。脚踩在酥软的田埂上，挤出渗透于泥土的芬芳。青草的气息，庄稼的馨香，露水的清凉，让鼻孔潮湿，淡淡的芳香自鼻孔流水一般渗入心底，扩散到每个脉管、每根神经。

我将水从田埂的豁口引入麦地，躺在老柳树枝桠上。心也变成麦田，被如水的月光和蛙鸣浇灌。抬头望月，从树荫间漏下来的月光像一块块被树叶裁剪得不规则的手帕。似乎被风一吹，就能吹得很远很远。

风吹过麦地，正在灌浆的麦子舞动绿色的裙子，有点矫情，顺势一倒就依偎在另一颗麦子身上。没有风之前彼此独立并肩的麦子像即将出征的军队，来了一阵风就一下子乱了手脚，一片叶子连着另一片叶子，刚刚抽穗还没饱满的麦穗与另一颗麦穗头碰头，手拉手。

月亮慢慢地在浮云之间走起猫步，似乎有点不安，仿佛等待迟迟不来的心上人，一会儿扯住一块浮云遮住自己羞涩的脸庞，一会儿又探头探脑，仿佛埋怨：心上的人啊，怎么还不见你的踪影，我站得太久，等得太久，望得太远，别让我绰人的容颜在天亮之前憔悴。

我躺在树杈上，心里想起远走他乡的父亲。父亲是为了生活远走他乡的，也就是说为了我们的学费远走他乡的。我们的学费是钱，如果把月光变成手中的纸币就好了，那样父亲就不用再吃苦了。月光能变成学费吗？不能。

尽管月亮是一面镜子，但是它照不到麦子的根部，在茂密的麦子的遮盖下，我看不清水到底浇到麦地的什么地方了。等估计快要浇得差不多了，我用土办法丈量水漫过麦地的部位，便捡了一块石头扔到麦地深处，只要听到“扑通”的水花声，就表明水已经浇过那个地段了。然后等上片刻，在麦地四周用手电筒照照，水已经将全部的麦地漫过，这样母亲交给我的任务就完成了。一亩多的地两个钟头左右就浇好了，打着口哨，披着月色回家。

这是10年前的一幅情景。像一截插入我成长之路的锲子，给我年少的岁月打上了一截预示着慢慢长大的标志。

现在，尽管在城里操着一份还算体面的工作，虽然脱离了麦地，但我仍然把城市的混凝土地当做麦地，用文字浇灌我脚下的土壤，这生活的舞台。城里的月亮被工厂里黑洞洞的烟囱熏得像一个经受大苦大难的老妪的脸，城里的月光早已锈迹斑斑，像一个生锈后有了漏洞的铁盘子。我根本听不到蛙鸣，取而代之的是机器的轰鸣声，汽车喇叭牛气冲天的喧闹声。每当喝醉酒站在窗前忆苦思甜怀旧时，窗前模糊的月光便弯曲成一个硕大的问号：曾经的诗意和皎洁到哪里去了呢？被谁劫走了呢？

这让我格外地想念10年前那个有月光的夜晚。

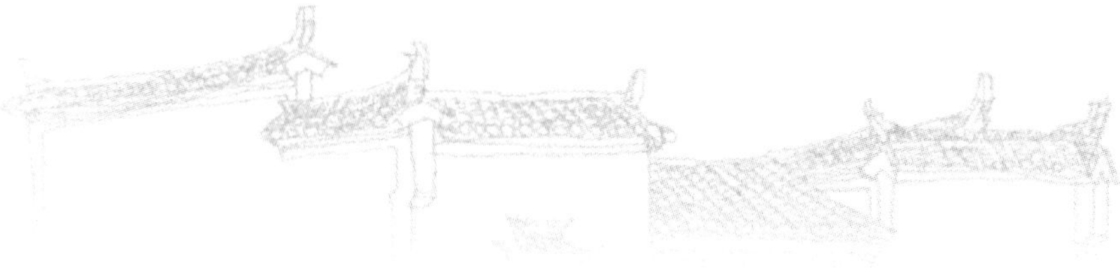

# 想念那些久远的树

一个寂寥的秋日下午，慵懒的太阳从办公室走廊宽大的玻璃窗闯了进来，从街道到玻璃窗子跌跌撞撞一路摇晃，驻足在我的办公桌上，这让我正在修改的那份严肃得像法官脸色的公文材料更加茫然。

不知为什么，“复活”这个词如同一截老树桩上冒出的一片新芽，在我脑海中破土而出，让我对文字的痴爱空前高涨。一棵久远的树从故乡的泥土中倔强地站了起来，由远而近，进入我的瞳孔。

这棵树被人为地抹上笨拙的贬义色彩，名字叫榆树。我真为它喊冤：为什么自以为聪明的人们训斥一个人笨的时候，总喜欢用“榆木脑袋”来形容一个人反应迟钝顽固不化呢？

这真有点冤枉大公无私的榆树了。我的心目中榆树是宽厚、仁慈、胸襟很坦荡的。之所以这样说，是因为我接纳过榆树的恩泽，在快乐无忧而又清贫的童年。

小的时候，每逢春暖花开时节，村庄总是被一片一片的榆树、梨树、杏树、苹果树五颜六色的花包围，洋溢着芬芳，田间地头弥漫着花香，两三里远的地方外就能闻到花香。走进树下，抬眼一望，蜜蜂啊、蝴蝶啊热闹地簇拥在花丛中翩翩起舞，颇有点争风吃醋的味道。

我的故乡在花丛中央，如同即将起轿待嫁的美丽新娘，有几许矜持、几许期待、几许不安、几许对幸福的憧憬。那些轻薄的花瓣是她温柔的手掌，那些纤细桃红柳绿的枝条是她素雅的簪子，那些枝杆粗壮结实的木头当然是她洋溢着青春光彩的花轿了。

印象最深的还是榆树。四月的时候，绿色的榆钱一簇簇很茂盛地开在枝头。我仔细观察过榆钱，每一片榆钱仅仅有一颗小纽扣那么大，边上的肉很薄，中间微微凸起，肉头最为厚实。童年时，农村的孩子没有所谓的零食，唯一的零食就是榆钱树上嫩嫩的榆钱，自家院子里的瓜果。个子高一点的伙伴爬上树，挑选榆钱最茂密的小枝，折下来扔给地上的伙伴。个子小一点的在地下仰着脖子，告诉他哪一枝可以摘下来，哪一枝不可以摘，然后把树上的伙伴扔下来的榆钱小心谨慎地抱在怀里，用鼻子嗅嗅，幸福的感觉油然而生，如同一个现实生活中吃不到肉，天天做梦渴望吃到肉的孩子一下子有了一碗又一碗洋溢着肉香的红烧肉。这个朴素而又奢侈的梦想，多么让人难忘啊，至今仍牢牢地印在脑海中，如同雪山上千年不化的积雪，坚守着最初的美丽，焕发着神圣的光芒。

我们坐在阳光照耀的墙角，共同分享香甜可口的榆钱。天是那么的蓝，蓝得那么透明。云是那么的白，白得令人心碎。阳光是那么的纯，纯得如同刚刚挤出来冒着热气的奶。蓝天、白云、阳光下，一群乡村少年一片一片从榆树枝上揪下一簇一簇的榆钱，放入口中，贪婪地咀嚼。嘴里流出绿色的口液，脸上的幸福光芒万丈，有榆钱可吃的日子是多么美好啊。他们希望时光停止在四月，让他们小巧稚嫩的口舌在四月榆钱的芬芳中长成一棵榆树，让唇齿长久留香，让童年像榆钱一样一直绿着、甜着、芬芳着。他们约定，等长大了，有了钱就买好多好多的零食一起分享。我们把基本的幸福感建立在最底层次的“吃”这个动词上，梦想着，然后以读书这种方式改变命运，改变对幸福的认识。

除了供我们做零食享用的榆钱，榆钱的皮还可以剥下来拧成绳子，满足家里的劳动。木头还可以用来盖房、做家具。我无意用豪迈的言辞来讴歌榆树，如果用一句话来概括榆树的境界，那就是：榆树比奶牛还伟大。奶牛还要吃草呐，而朴素木讷的榆树需要的是脚下贫瘠的泥土和水分，自生自灭，无须人们操心照料。这样想来，榆树的境界就高出了一层。

现在，我远离了故乡，远离了那些给我带来欢喜忧伤的树木。经常出入酒店，即便风味再独特好吃的菜肴总是吃不出榆钱的幸福味道。我想，这就是一种超越吧，但是榆钱的味道，村庄里花香的味道却长久地留存在我的肠胃里，温暖着我对故乡深沉美好的感情。

这种感觉是超越时空的，昂贵的酒水洗刷不掉，丰盛的菜肴冲淡不了。现在，在对故乡的那些树木的怀念中，我的每个毛孔、每根神经都与故乡发生着千丝万缕的联系。

我与那些树木的时空距离很远，但我知道，分别只是割断我们空间距离的刀，绝不是隔断我们心灵之约的河。那些树木一直在我心灵世界里挺拔着葱茏着，每当在城市的森林里劳累困顿时，我常常会走进去，像一只鸟，在上面筑巢，让自己的眼睛湿润着，飞翔。

# 一个村庄的夜晚

大风浇灌着故乡，灯笼是开在云中的花朵，乡亲们被篝火映红的脸是明月浮云之下怒放的花瓣。一串串激情的鞭炮宣泄着发酵了一个正月的激情。篝火温暖，勃勃燃烧的舞姿让孤单的月亮忘记了忧伤。

这是正月十五的夜晚。在我的故乡，乡亲们团结在月亮的光辉下，手挽着手，围着篝火载歌载舞感恩土地，这母性的神。

在乡村的阡陌间，五谷丰登是一种期盼，风调雨顺是一种泥土般朴素的心声。劳动像一粒粒光泽耀眼的盐，使泥土之上、田野之间溪水般流淌的日子多了一种味道。这些大地的臣民，他们生命的词典里从不缺钙。他们骨骼粗壮，劲头十足，擂响喜庆的牛皮大鼓，这男性的嗓门，发出了村庄里最具力量的呐喊。

一个个咸咸淡淡的日子在今夜飞扬成一串串激情的音符。一个个亭亭玉立在心间的祈盼，在村庄上空挂成一盏盏红灯笼。乡亲们的愿望很简单，也很真实，简单如一把没有杂质的泥土，真实如结在掌心的一个个茧花。

书本把我从土地拉向城市，10多年没有抚摸过庄稼，我试图进入乡亲们的心间，了却他们朴素的愿望，然后把他们的心事长成一粒粒饱满的麦子，以黄金般的品质回报他们对劳动的敬重和对土地的虔诚。我又想成为一盏大红的灯笼，让每一个日子都能在灯笼的映照下洋溢幸福的气息。今夜的村庄沉浸在充满母亲乳香的炊烟下，恬静地栖息在白杨树上留守家园的候鸟忘记了讴歌。

我坐在篝火旁边的木板凳上，一些长辈拉着我喝酒。他们说正月是土地神一年当中赐予乡亲们的一次性假日，尽管很短暂，却如手中的青稞酒一样醇厚有味。我烤着火，注视着围成一个圈唱着民歌舞蹈的乡亲，他们微笑着招呼我也加入他们的行列。我不会跳舞，只会在键盘上用手指舞蹈，键盘就是我的舞台，故乡就是我文字的发源地。我拱手道谢，他们的善意如同眼前的篝火，让今夜的我无比温暖。

一个长者说，没事的，你去跳跳吧，只要跟上鼓点就行。过完这个年，我们就要回到泥土地，撅起屁股干活。

我想这就是他们对生活最真实的注解，也是被我们文绉绉美其名曰的所谓“人生观”。他们的劳动是一部厚重但不晦涩的哲学，他们的舞蹈是一种简单而又丰富的泥土美学。他们不糊弄土地，也不亏待自己。他们最清楚不过，土地是最公正的裁判，一滴落在土地上的汗水胜似十句舞台上光芒四射的致辞。

记得有句俗语：二月里人哄地，八月里地哄人。这是乡村的风雨洗礼出来的一句哲言，这句哲言如同一把厚实的铁锹，乡亲们握着它，在土地上书写着命运的横竖撇捺，发掘着生活的酸甜苦辣。他们在土里刨食，幸福的日子就像躲藏在地表深处的一个个甜红薯，引诱着他们不断深入农业的最深处。一路汗水，一路甘苦。

酒喝了一盅又一盅，烟吸了一根又一根。乡亲热烈地提议让陪我回家探亲的妻子也进去跳舞。妻子有点羞涩，乡亲们热情地说，没事的，跟着我们跳两圈就会了。还没等妻子从凳子上起身，许多双手早已伸向她。

和我喝酒的乡亲们从父亲那里了解到我写作上的成绩，一边频频给我敬酒，一边一句又一句地夸我，说我有出息，说村子里在外地工作的人中间我混得很好。他们眼里的混也就是一种真诚踏实的劳动。我不敢说自己混得怎么样，我只是同他们种庄稼一样，认真地在生活这复杂的田地间种我热爱的文字。

我们拉着家常，篝火慢慢弱了下去。夜深了，我要赶回县城的家，第二天还要乘火车到江苏。村里负责社火表演的长者提议全体跳舞的乡亲为我送行。乡亲们不分大人小孩，围着我，在长者有序地引导下高呼：祝小兄弟事业有成，为青海争光，为家乡争光！

我们要走了，在场的男女老少一一同我握手。长者说，明年再回来啊，回来时一定到我家坐坐，家里有只鸡一直没有舍得杀，等养肥了明年一定请你们吃上一口。

我有点不安，也有点难过。不安的是明年世事纷扰，我能有机会回到生我养我的泥土地吗？难过的是我愧对他们的盛情，我仅仅是两手空空回到故乡，他们却给了我如此至高礼遇。

一种有如针扎的感觉瞬间袭遍全身。心一下子变得柔软疼痛起来。故乡的这个夜晚，像一个夹了一层又一层糖的点心，让我这个不轻易落泪的游子的眼睛湿润。被乡亲们热情拉过去跳舞的妻子眼睛里闪着泪花，她已经先我而感动。

我想，一个对故乡敬若神明的人，他的每根神经里都洋溢着泥土的芬芳。

# 坐在夜晚的田埂下

夏天的时候，晚饭后习惯出去散步。出了门我就喜欢走进已经刈割的麦地。原本英姿飒爽的麦子只剩下够到脚踝的麦茬，这些把麦芒当做宝剑佩在腰间的布衣英雄，在秋风中老去，坦然把自己交给镰刀，交给大地。一把火让它们成为灰，成为磷肥，成为泥土的一部分。这容易让人想起三月酥暖的春风、七月饱满的阳光，想起青涩的往事。

我坐在田埂上仰望星空。银河系那么多的星星像一盏盏明灯，慷慨而又仁慈地把光辉撒给大地，撒给大地上孤独的我。头顶的夜空，仁慈、慷慨，让人想到母亲，她有一份爱能生出百份、千份，甚至上万份；她有一束光，能射出一天、一月、一生的暖。这样说来，我不光在仰望星空，我在仰望母亲。

我点了一根烟。打火机的火苗，引来飞蛾，它们生存在黑暗深处，无论境遇怎样，一直不曾放弃对光明温暖的追求，只要有一线光明，即便赴汤蹈火也在所不辞。这是令人感动的，而我们人呢？遇到一些弯路，一些路上的黑暗，就让叹息替代追求，就以抱怨驱逐信心。这让我很自卑，真的，有时候我常常觉得，谁也活不过一棵树，活不过一只飞蛾。一只飞蛾，即使受伤，也不放弃内心的追求，尽管翅膀被折断，但它还是不停飞舞、追求，在一飞一舞中，坚持永不受伤地飞翔。一棵树，立在原野上，四季的风雨让它历练成一本教科书，让人们记住，面对苍茫的大地、深邃的星空、无常的风雨，人只有保持谦卑的心，才能让生命这棵大树结出属于自己的果实。

不远处的池塘里，青蛙开始了一天的集体合唱，声贝起起伏伏，音节铿铿锵锵，它们是大地上原生态的民间歌手。它们没有彩排，随着性子抒情，如果它们也需要掌声，那么随着晚风摆动的树叶给出了它最热烈的掌声；如果它们需要鲜花，那么静静泊在水中央的浮萍就是送给它们最真诚的鲜花。实际上，它们也不需要掌声和鲜花，对于只在乎内心丰富的灵魂而言，鲜花和掌声只是加速生命走向衰弱的预兆。

我就那样静静地坐在田埂上，看着星星一闪一闪。露水上来了，它悄然落在田埂的草叶上。月色明净，露水也明净，它睁大眼睛，打量着天空，打量着大地上没有睡去的事物。这钻石一样高贵的露水，是天空和大地以何等高超的手艺联手温柔打造的首饰啊！天空慷慨、大地无私，把这一颗颗钻石佩戴在草叶上、树叶上、蔬菜上，大地上一切与美有关联的生命里。

此刻，那么多的星星，那么多的露水、植物、昆虫、泥土和我在一起，为我做伴，我听它们说话、抒情，我看它们舞蹈、高兴，我是多么富有啊。在这个乡下的夜晚，我和那么多的“美”联在一起，“好”在一起，我有一种流泪的冲动。在城市里我是孤独的，那么多的汽油味、酒精味、油漆味、油墨味包围着我，那么多的空话、假话、套话、废话纠缠在一起，充斥于我生活的空间，它们以毒菌的力度侵蚀着我生活和生命的一部分，日子里有了锈的味道、锈的陈迹。在城市，我们拉远了与大地的距离、星空的距离，没有闲情仰望星空，没有逸致听泥土说话，生活沦为一种空洞的形式，像一张网，越是想捕捞些什么，越是失去得很多。我们离追求远了，与欲求近了；我们与上司近了，与精神的上帝远了。这样的日子包裹着功利的箭镞，理想最容易偏离靶心，信仰更可能快速迷失轨迹。

我又点了一根烟，没有熄灭打火机，我想继续看看那些飞蛾、昆虫以怎样的姿态为生命舞蹈、为大地感恩。我更想深入它们简单的内心，体悟它们简单的心灵流淌着怎样丰富的恩情，它们生命的疆域流转着怎样广袤的风景。

那个夜晚，我接近天空和大地，我接近我自己。那些被刈割的麦子，日复一日、年复一年，演绎着生命的轮回；那些纽扣一样被钉在夜幕上的星星，衬托着仁慈的夜空；还有那些钻石一样晶莹的露水，哲学家一样深邃又简单的草木，它们是星空下、大地上最洁净感人的诗行，这常常使我在孤独的时候，对明天的日出充满信心。

## 第二辑

# 每一粒麦子里都栖居着故乡

掌心里握住故乡，拢起来的手掌就是一座莲花殿堂啊，真情如蕊，款款绽放，缕缕泥香，萦绕胸腔；思念就如荷底清风，明媚生辉，心灵每一个细小褶皱的部位都溢满清香。

# 故乡，一个人的《诗经》

就像井底捞月的猴子，明明知道深不见底的月亮是一个虚浮的倒影，还要保持十万分的虔诚，团结在天上月亮的光辉下，彼此抱成一根长长的藤条，将手伸到地下的井底，捞呀捞。结果，水中的月亮碎了，而天上的月亮如同一面铜镜子，完好无缺地照着那些单纯的猴子。

现在想来，猴子捞月是对这个时代容易受伤的月亮，进行的一次集体性的拯救。我想，在这个城市化取代乡村化的时代，远去的故乡就是井底的月亮，眷恋故乡的人就是那群猴子。我们在城市，与故乡拉开了距离，故乡就是井底之月，虚幻绚丽如一场没有结果的梦境，一阵风吹草动，就能打破那片清辉静谧。我们回到故乡，故乡就是头顶之月，是实实在在的，就像早晨刚出炉沾着芝麻香味的烧饼，能满足你空熬了一夜的肠胃。

对于一个远离故乡的人而言，故乡的那些事物就是一种美学符号，牢牢地烙在记忆的墙上。你可以忘记它的存在，也可以忽略它的重要，但是你不可以背叛那些符号给你的巨大力量，你更不可亵渎那些图腾给你心灵的温暖。漂泊异乡的人，无论身在何处，他的一举一动、一颦一笑、一声一调都和故乡有着千丝万缕的联系。你呼出的一口气，很可能被风吹到故乡，让故乡的天空知道你安乐与否。甚至你丢在路上的一个影子、打出的一个喷嚏，也会被风捡起来，裹到故乡，让牵挂你的人感知你的冷暖。

有好多次，到繁华的大都市出差旅游，走在流光溢彩的城市夜晚，我总是有一种莫名的惆怅。尤其是晚上，像丢魂似的。我知道，这个暂时被我踩在脚下的城市，没有适合我的魂魄落脚的巢穴，而我的魂魄早已出窍，像一只候鸟，逃离别人的城市，飞到故乡的村庄，在那里卸载惆怅和欢乐。

我多次在不同的文章里把故乡比作女神，比作灵魂的宫殿，把背井离乡的人比作故乡的臣民。因为我感到我们所有的力量和信仰均来自这个女神。游离故乡并不是我们有多大的能量，而是头顶的女神为我们暂时打开了那扇门，让我们到外面的世界去施展抱负。冥冥之中，有一杆旗在我们看不见的地方挥舞着，那就是朝圣者的方向，鼓动我们坚定信仰，努力到更远的地方“取经”。最后，我们还是要回到老地方，成为泥土的一部分，成为五谷和雨水的一部分。

红灯闪烁，让信仰迷离；酒杯交错，让魂魄麻醉；时代沸腾，让方向错位。我只是这个城市的过客，尽管一本薄薄的户口本让我在此歇脚，把我定义成吃商品粮的所谓“城里人”，但我知道，我的根脉不会在城市的水泥路面下短路，而像电流一样，顽强地击穿城市的铜墙铁壁，回到故乡，按亮一盏灯，用肉眼分辨城市的那盏灯红，那杯酒绿。

故乡，一个人的《诗经》，所有的痛苦与你无关，而所有的幸福都与你密不可分，就像左心房和右心房，当一个心房快乐地跳动时，另一个心房也会幸福地合拍。一口大钟高悬，尘世喧闹，我不再浮躁；一面旗帜高扬，风霜如剑，我不再疼痛；一炷佛香燃烧，荣辱如灰，我不再追逐。是你的胸怀，教会了我保持怎样的生命姿态稳健前行。

# 晨听鸟语

远离童年的灼灼韶光，远离故土的青砖黛瓦，远离音符一样迂回的老家巷陌，你肯定很久很久没有听到鸟语了，在城市冷漠决绝的钢筋水泥林中。

清晨四五点钟的光景，城市还深陷在一场欲望和梦想即将破壳的酣梦中，许多人轻微的鼾声还沉浸在昨夜斑斓的梦境中。透过阳台，街道旁的绿化树上，一群群鸟儿用羽翼隔离这个城市不久以后即将开始的喧嚣。它们纤细的脚趾轻轻落在洋槐树枝新爆出的枝条上，一片片清新的叶子有序排列在枝条两侧，鸟雀像优雅的女子，清晨洗漱梳妆后坐在琴台前，纤纤玉指落在琴键上，鸟语啾啾，清脆、悠扬，清晨静谧的大幕被这些灵巧的手脚轻轻拉开。

这些鸟肯定是撒落在城市上空的种子，一粒粒自由散落在单调、僵硬的水泥板块上，借以慰藉城市空间的另一种荒芜和空虚。鸟儿飞舞、跳跃、鸣啾，驮来一缕缕晨曦清风，给喧闹无序拥挤的城市布阵久违的天籁。风是精通韵律的高明乐师，她高高站在季节的舞台上，指挥一群群鸟雀遵循节令的暗示，在清晨用声音涂抹现代城市被机械、工业、商业瓦解的安宁。

鸟鸣啾着，街道上还没有车来车往，声音时而婉转，时而急促，时而舒缓，时而高亢，时而低吟，时而深沉，时而直白。我坐在阳台的藤椅上，想起古代那些隐居山野的高人。他们结庐在人境，没有车马喧，守着内心的宁静秩序：锄禾、修竹、采菊、赏月、饮酒、邀友、作诗，没有尘世功名牵绊，没有人际纷繁争斗，守着一车典籍、几亩薄田，采一束篱笆墙内的黄菊，面向南山、背倚柴门，黄犬相闻，鸡鸭悠闲，放达于山野清风，沉醉于堂屋稼禾，自足于桌上薄酒，几声鸡鸣成笔下平仄，数点雨声研案上古墨，一阕小令作心上天籁，曲曲鸟语解胸中快意，他们的人格尊严稳如南山。他们内心的道法，因这田园鸡鸣鸟舞而诗意充沛，生命的淡定赖这清风明月愈见境界。一壶薄酒下肚，几句诗文汹涌，七碗生风，一杯忘世，超然、达观、安详，何其曼妙？！

回到现代，鸟从自然出世、循入城乡入世，在寸土寸金的城市空间，栖息在一方方不起眼的角落。真的，我们的耳朵早已布满老茧，宁听蜜语、假话、空话、大话活一天，也不愿聆听鸟鸣一声洗耳目，空枉鸟雀肺腑真言一腔。这就是现代人的悲哀，宁可争虚枉声名一时，也不愿得天籁之声一秒，借鸟鸣声声，洗洗心扉，涤荡蒙尘的胸怀。因此，我们活得沉重、压抑、疲惫，甚至力不从心。自然是圣母，任何权势、俗物、功利的亵渎必将给我们带来精神的枷锁，加速心态的苍老、空虚。我在想，鸟的歌声肯定是世界上最干净、纯真、清澈的韵律，这声音不会计较掌声的轻重，更不会在乎鲜花的多寡。

有一次，在高原毗邻青海湖的草原上，我和几个朋友刚下车，看到祖母头巾一样的蓝天，棉花一样的白云，镜子一样的湖水，苍穹下，鸟雀宁静地在高远的天空飞翔，像一个个流动的标点，生动地注解着尘世之外的大美至美。清脆的鸣叫划破天空、湖面、草原的宁静，回音瞬间变得缥缈，当时我差不多要跪下来，真想莫名地大哭一声。我当即打开手机，拨通南方一写诗朋友的手机，让他倾听这接近天国的声音。这样的宁静、歌声、悠远、湛蓝只配少数的心灵铭刻、倾听、流泪。

我坐在阳台上，看着鸟继续飞翔，以不同的方位、角度、视觉丈量蓝天的广度，测量清风的纯度，度量城市的净度。一串鸟鸣，就是一滴墨汁，滴在城市凌乱的画布上，这墨以碳的品质，一点一点吸附潜流在城市暗道里的瘴气和淤积在都市人内心的湿气。鸟声如花，氤氲自然神韵，让茫然的我们在疲于奔命的汪洋城市找到使内心安宁的自信和幸福。

庄周梦蝶，借的是超然物外的灵魂之力。身在红尘，我恐怕无法抵达这样的境界，但是我找寻片刻真正属于自己的时光，静静地看着鸟雀以自然声波在我的俗身钻出一个孔，飞上飞下，飞进飞出，天蓝成一面镜子，心轻如一根羽毛，追古抚今，掠过亘古的天空，跟着飞舞起来，这些生灵，用自然的天性给我们驮来一抹抹黎明的曙光。

心不再怅惘，神依旧涌动灵光，坐拥天地，静观自然，守着内心宁静的井然秩序。鸟鸣还在继续，一声声，如同一根根鞭子，抽在现代人麻木的身上……

# 从清晨出发的盐

前不久，高达35度的气温持续了近20天。每天早上上班的路上，我总会看到一对夫妻紧张而又忙碌地推着装有煤气罐的小车卖鸡蛋饼。被改造成简易操作台的推车上写着这样两行字："五大郎鸡蛋饼，中国式比萨。"这个广告语与简陋的推车形成明显的矛盾。摊主的个子并不矮，足有一米七，像一朵花摊开在油锅里面的饼，并没比萨的厚实。我驻足，耐心地等待一锅面饼芬芳出锅。

薄饼在油锅里煎得发黄，随着温度的升高，发酵后的面饼凸起指甲大的面泡，面泡微黄，如同刚成形的花蕾，油花在面饼上跳跃着，犹如微风掠过荷叶，滚落一颗颗饱满晶莹的露珠，于无声处挟着缕缕清香。摊主熟练地打烂一个鸡蛋，浇在面饼上，撒上切碎的葱花，瞬时，巴掌大的面饼上，蛋黄被铲子均匀地旋开，蛋清随着铲子的移动，荡漾开来，一点一点汪洋在面饼上，犹如微风中荡起的涟漪，黄绿相间彼此交融的面饼像国画一样，既有留白，又有主色，铲子挥舞着流畅的线条在墨盒一样的大油锅里绘出一幅俗世的风情画，我的味蕾随着缕缕面香，绽放开来。

我仔细看了看卖饼的夫妻，男人在高温下裸露出来的脖颈，被太阳晒得发紫，那些浓缩着盐分的汗珠在夏日的酷暑中出发了，顺着他的额头、面颊、耳根、袖臂不停倾泻而下，仿佛被追赶着赴一场盛夏之约。很快，他的领口、袖子、前胸湿透了。他挥着铲子搅拌和好的面，额头浅浅的皱纹里汪着一股股细流一样的汗水，清晨的阳光下，他的额头闪着光泽，那一定是盐的光泽。

我问他，早上卖出了几个饼，他一边忙着摊饼，一边笑着回答说：“七八个了，再做一两锅，就不做了，收摊回家。”旁边的人围着面锅等候着，听到他的回答，有的人失去了耐心，催促他快点快点，不然上班迟到了。有的人听说他再做一两锅的回答后，看了看手腕上的表，犹豫着，皱了一下眉头，走开了。有的人，或许受到别人情绪的感染，跟着走开了，一脸的不满和埋怨。

我说，你看，你的饼不够卖，等候的顾客都走了，这就是损失啊，你为什么不多做一些呢？他反问我：“为什么要多做呢？一天能卖出这么多，已经足够好了呀。”他的回答出乎我的意料。我又问，你们住在哪里？一个月房租多少？他指了指不远处的低矮破旧民房说，就在那里，房子不大，10 多个平方，房租不高，一个月两百来块钱。

我注意到说这话的时候，他的表情自然、知足，藏着一种看不透的轻松和欢欣。我不是一个高尚的人，问这话的时候，脸上挂着一副“周一综合征”倦怠的表情。

周一的清晨，上班路上，这个城市的大街小巷、十字路口、红绿灯下，每个人似乎挂着一张统一的脸，这脸不分性别年龄、大小美丑，都是一副焦灼不安的职业表情。这表情僵硬、倦怠，隐着不快和茫然，仿佛一堵陈旧墙上画框里的油画的颜色，时间的飞速流逝让这颜色斑驳、隐晦。这颜色里，肯定没有盐分，似乎稍微一触动，就可以使斑驳之色随时掉下来，摔成粉末。而摊主夫妇脸上的表情如同树上的一抹绿色，那可是由内而外绿到骨子里的养分呀。

还是在一个盛夏的早晨，我在一家拉面馆里看到这样一个顾客，他头戴安全帽，估计是附近建筑工地的工人，他从塑料袋里拿出几块厚厚的饼，在等候面来的时间里，一口一口喝了两碗免费的牛肉汤。喝一口汤，他就一嘴坚硬的饼，或许是嫌汤淡了，他用小勺子舀了桌上盛着辣酱的油辣子，再把盛得很满几乎堆起来的辣子涂抹在饼上，辣酱像一团火焰，在面饼上燃烧。他咀嚼饼的时候，腮帮子鼓起两个小球，而没有空调的拉面店里，热风野蛮地流窜，汗水肆意在他两鬓间、身上流下，他丝毫没有擦汗的意思，咬着牙，咀嚼着，享受一勺辣酱燃起的滋味，看上去他吃得很香。看着他落满水泥浆、钢管铁锈的衣服，指甲缝里的黑垢，很久没有刮的茂盛胡子，凌乱的头发，破旧的胶鞋，再看着他大口大口咀嚼蘸着辣酱饼的样子，不停擦汗的我突然有一种想哭的冲动，我觉得我的体内有千万粒盐在奔腾着，翻滚着，寻找出口。我想逃离这面店，内心迸发的盐粒，让我不忍再看这在我父亲、哥哥身上长久经历的场景。

在对生活的无意解构上，我可以断言，那些脸上凝着盐分、伴着灰尘、奔波在路上的人，丝毫不比坐在空调房里，殚精竭虑研究课题的思想家深刻。

这个酷暑盛夏，我看见在城市浩瀚的表情中，一粒粒从早晨出发的盐，滚动在生活的轨道上，像一列火车，守着某种秩序，在一颗恬淡、安详、从容、刚毅的心里缓缓潜行。我坚信它是不会晚点的，等着风尘过尽，幸福靠岸。

# 粮　事

八月，第一场秋风刮过，这护佑着大地的风似乎一天之间与阳光联姻，达成共识，让所有的麦穗都披上了金子的颜色，如同经历过人生风霜后成熟的汉子，纷纷将头垂向大地，收拢起聚集在掌心的麦芒，以谦逊之态，无声地向孕育了自己的大地表达一种无语的敬祝和感恩。麦子熟了，它亮出一身的黄，如同一道箴语，暗示父辈们该忙碌起来了，麦穗的语言父辈们最懂。他们开始清理谷仓，收拾起镰刀、背篓、水壶、干粮，一次次迎着晨曦走向田里，踏着暮色回到家里，早早地把粮收进家里。

十几天的工夫，麦子连割带碾，抢进了自家的院落。这下该安心了，不用担心再来一阵大雨或者冰雹，将辛苦了一年的麦子糟蹋掉。不安心的事情在后头呢。麦子是收进来了，接下来就是选个好天气，将麦子晒干，拉到城里的粮站去上粮。上了粮，一年的农事可以暂时画个句号了。

15 岁之前，我没有去过县城，我最大的世界就是刘家村。我不知道县城离家有多远，我只知道我离麦地、校园、泥土庄廓有多远。15 岁那年的 8 月，我家的 7 亩麦子全部收了。按照惯例，每年的这个时候父亲都要按家里的人口数到粮站交粮，交粮前的一个晚上，父亲已将几袋晒好的粮食背上马车，准备第二天运到城里。第二天，天还没有亮，父亲早早起来，给马喂水和草料。得知父亲要进城的消息，我没有顾上洗脸，跑到门口缠着正在给马梳理鬃毛的父亲带上我。父亲以马车上已经装满粮食、不好再坐人为由，拒绝了我的央求。我开始哭鼻子，父亲说，你在家里，我回来后给你买支冰棍吃。我说我不要，父亲没有理我。母亲说，带上他吧，娃娃还没有去过县城，让他也去看看。父亲说，路这么远，要走半天，带上他很麻烦，让他在家里待着。他的口气不容回驳。说完，父亲向等待出发的马挥了一下鞭子，鞭子在空中划过一道弧线，发出清脆响亮的声音。

马车走动了，我哭着，看着马车一步一步渐渐远去。走了一段路，坐在马车后面的母亲趁着父亲不注意，悄悄向我挥手，示意我跟上来。我奔跑着，一边抹眼泪，一边喊叫，追上马车，死死地拽着马车不放，明明知道这是不可能的事情，但我还是不放弃进城的美好愿望。我只在有限的书本描绘中知道城市是如何美好，我要通过进城这种经历，缩短书本的描绘与现实城市的距离，看看村庄之外的世界究竟是什么模样。父亲斥责我，你怎么不听话？我的眼泪像蠕动的蚯蚓缓缓流下，沾在脸上的泥土，画出一道道泥痕。父亲勒住马缰绳，长长地“吁”了一声，唤住了马。马车停了下来，父亲看着眼泪汪汪的我，摇头，无奈地笑。我含着泪的抵抗让父亲的心软了，他一把把我抱起来，放在马车的粮食袋上。

那天天很热，阳光如同一根根被烫红的针，照在身上，让裸露的脖颈火辣辣的疼。我躺在车上，没有戴草帽，头皮晒得发疼。尽管躺在粮食袋子上并不舒服，但我心里还是有一丝丝窃喜。大概走了两个多小时，我迷迷糊糊几乎要睡着了。父亲一边赶车，一边回头看我，我故意闭上眼睛，父亲轻轻摘下自己头上的草帽盖在我脸上。

躺在车上，我听着马蹄踏在柏油路上发出富有节奏的嗒嗒声，很快就睡着了。

快到中午的时候，我们才到粮站。

通往粮站门口的街道上从里到外，停满了装满粮食的拖拉机、马车、驴车。前来交粮的人们，有的卸了装在车上的麦子，把马、骡子、毛驴拴在街道两旁的树上。也许是累了，也许是天气太热，马在烈日下打着响鼻，似乎在表达某种愤怒。有的骡子不懂城里的规矩，把粪拉在街道上，引来环卫工人的一片叫骂。有的马好像不适应城市的空气和喧嚣，不停地甩着长长的尾巴，看上去十分烦躁不安。门钻（青海方言，一种吸血的昆虫，形状似苍蝇）趴在驴和马的身上，吸着血，或许是被蜇疼了，马翘起长长的尾巴，用力向被门钻蜇的部位甩去，门钻很快飞开了，又趴在马尾巴够不到的地方。相比马的刚烈，驴显得有点儿逆来顺受，老老实实地忍耐着门钻的蜇，实在疼了，就动动身上的皮毛，我看到驴身上被门钻蜇过的地方渗出一股细细的血。这可怜的牲畜啊，没有想到进了城，不但给城里生活的人交了粮，而且还要忍受城里的门钻叮咬。

我跟着父亲拥挤着把马车赶进粮站，去登记排号。到了排号窗口，已是粮站下班的时候。父亲挤到验粮窗口对验粮员说："同志，能不能麻烦你给我们先验一下？我们家远，不然天黑了赶不回去。"

验粮员头也没有抬，捧着很大的搪瓷茶杯，慢腾腾喝了一口茶，从嘴里挤出一句话："下班了，下午来，中午我们要休息。谁叫你不早点来？怪我还是怪你？"说完，他理了理桌上横七竖八的十几根别人发给他的烟。父亲见状，腰躬得如同虾米，满脸堆笑地掏出一根带过滤嘴的香烟，恭恭敬敬递给他，并拿出火柴给他点烟。他接过烟，看了看烟的牌子，并没有抽，把烟随手扔在桌子上，然后看了看手腕上明晃晃的表说："我们下班了。"

父亲赶紧说：“是我来得不早，打扰你们了啊，真不好意思。你就行行好，抓紧让我们验了行吗？”

父亲的话还没有说完，验粮员“嘭”的一声把窗户关上了。

我跟在父亲身后，不知道父亲哪里惹验粮员生气了。父亲看着关得严严实实的窗子，长长地叹息一声：“唉！”然后，带着母亲和我走到粮库前面的榆树下纳凉。

正午，许多排队等候验粮的人都聚到粮站大院的榆树下、屋檐下。有的把草帽扣在脸上，在地上铺上空粮食袋子睡觉。有的坐在树下面，交谈着一年的粮食收成。有的喝开水，吃干粮，开玩笑。

我们坐在粮库前的大榆树下，不敢离开，唯恐下午他们上班排不到号。父亲掏出纸烟抽了起来，我注意到他抽的烟是没有带过滤嘴的几毛钱一包的廉价烟。

下午两点，验粮员从阴凉屋子里出来了。一出门，他伸了伸拦腰，揉着还没有睡醒的眼睛，点了一根烟，扫视了一圈守候在门口的人。听到门开的声音，看到还沉浸在睡意中的验粮员，很快，交粮的人们像一群鸭子见到食物一样，跳起来迅速向他靠近，把他团团围住。验粮员如同电视里的帝王，享受着人们对他的讨好。只是他身上穿的是的确良衬衫，而不是镶龙绣纹的黄袍大褂，不然他的神情姿态绝对可以和电视里的帝王将相媲美。

有人给验粮员递了一根烟，拉住他的手臂说：“同志，你辛苦了，来，抽根烟，歇歇气。”验粮员嘴上已经叼着别人上午发给他的香烟，懒洋洋地说：“有，还有，没看到正吸着呢？”尽管嘴上他似乎不愿意接递来的香烟，但他还是接了过去，别在耳朵上。他的耳朵上左右两边已经别了两支烟。

刚接过烟，又有人递过来香烟说：“来，抽我的烟吧，换换口味，我的烟是过滤嘴啊。”他又接过烟，看都没看，装进的确良衬衫的口袋里。烟刚装进口袋，又有人递过来一大茶杯茶说：“同志，喝口水，消消暑，解解渴，茶里放了冰糖，喝起来带劲。”验粮员从包里掏出自己的水壶，仰起脖子喝了一口说："别以为喝了你们的茶，抽了你们的烟，我就给你们验好的等级。公事公办，私事私办，公私要分明！"他一脸的严肃。现在想来，他的表情比法院审判庭上宣判罪行结果的法官还严肃。

验粮员喝茶的时候，有的人用草帽给他一下一下不停扇凉，还有的人掏出香烟准备发给他，有的人还想给他用草帽扇凉风，可惜都无法靠近。

已经掏出香烟的父亲连发烟的机会都没有，验粮员被交粮的人们围拢在中间，他硕大的头，像一颗大南瓜，被来自乡下的草帽紧紧包围。

年少的我，不懂人间愁苦，看着父亲失望、焦虑的脸色，再看看一脸得意的验粮员，心里想，他凭什么这么傲慢？仅仅是因为他有一口好牙？我幼稚地问父亲："大（老家里对父亲的称呼），是不是有一口好牙就能当验粮员？"父亲说："娃娃，你看见了吧？吃商品粮的公家人就是这个样子。好牙人人可以有，但吃商品粮公家饭的命不是谁想有就有的。"

对于父亲的话我似懂非懂，心底却生起一个很自我的理想，长大后当一个吃公家饭商品粮的验粮员也很不错啊。

下午 3 点多，轮到我们验粮了。验粮员走到粮前，用一个很尖的筒锥，随意戳向一个麻袋。然后，将筒锥里的粮食倒进手掌，揉搓了几遍，抓起几颗粮食放进嘴里，用力咬了一下，发出"咯嘣"的声音。粮食被齐刷刷咬断了。

听到这清脆的"咯嘣"声，父亲紧锁了大半天的眉头顿时舒展开来。他递给验粮员一根烟，等着他发话。

"粮食晒得还不够干，拉回去晒，晒干了再来。"他的口气十分坚定，像战场上下达命令的将军，不容反驳。瞬间，他这句话让父亲刚刚舒展的眉头如同凝固了一般，僵在眉心。自他嘴里发出的清脆的"咯嘣"声已经证明我家的粮食是晒干的，可他偏偏让我们拉回去晒，这让我们感到很委屈。父亲心有不甘地说："同志，这粮食我们选了好天气晒了很多天啊。要不你再选个袋子再验一遍？"父亲弯着腰恳求他。

“我说了不行，就不行。别再烦了，我还要验别人家的粮食。”说完，头也不回走向下一家。粮库里烘干机发出的“轰隆”声很快淹没了父亲的恳求。

母亲摸着验粮员戳烂的麻袋，心疼地说：“可惜我的新麻袋啊，好好的袋子，被他一下子戳烂了，回家还要缝。”

父亲望了望粮站，场地里全摊满了被验为不合格的粮食。阳光下，那些饱满的粮食，看起来那么刺眼，仿佛它们还没有脱尽麦芒，刺得眼睛生疼，几乎要掉泪。

母亲不言语，把卸下来的粮食一袋一袋抱起来，放进马车里。马打了一个响鼻，不知道是对验粮员嗤之以鼻，还是对这无辜的粮食表示同情。看得出，马的立场是坚定的，向着我们的，可是现实如此，即便它打一千个一万个响鼻，也不能让验粮员那挑剔的心让我家的粮食过关。

父亲套好马龙头，说：“走吧，谁叫我们在粮站没有认识的人呢？邻居家和我们同一天晒的粮昨天就过了关，而我们就是过不了关。他们在粮站有熟人啊。唉，这世道，真不知道怎么说好！”

这个时候，肚子已经很饿了。直到下午 4 点，我们才开始吃午饭。父亲把马车停到粮站门口的一家面馆，要了 3 碗面片。或许是平生第一次下馆子，我吃得很快，很贪婪。父亲的面吃了一半，我已经吃得快见底了。父亲又把他碗里的面片给我拨了一半，说：“慢些吃，别噎着。”母亲见状，放下筷子，又把她碗里的面片拨给父亲一半，然后挑出碗里数得过来的肉片，一片一片放进我碗里。我低头吃着饭，猛一抬头，母亲从包里拿出从家里带来的馍掰碎后放进碗里，向服务员要了一大勺汤，泡了片刻吃了起来。

那时一碗面片两元钱，那是我今生吃的最难忘的一顿饭。如今，我远离家乡，在生活环境优越的南方吃遍了美味佳肴，但没有一顿饭能让我吃出当年那碗面片给我的幸福而又终生难忘的味道。

吃完饭，我们又赶着马车回家了。在驶出县城的那一刻，我记得父亲说了这样一句话："以后说啥也要让娃娃吃上公家饭，不能再让他重复我们两口子面朝黄土背朝天的苦命了。"母亲说："以后哪怕苦断肠子、苦坏骨头也要让娃娃上学，成为一个公家人。"坐在马车上的母亲摸着我的后脑勺说："娃娃，今天的这些你都看到了吧？长大了你要知道好歹啊！"

我点点头，只觉得有什么东西堵在胸口，憋得难受辛酸。

那天，回到村口，天已快黑了。外出觅食的燕雀已经在暮霭中飞回林稍间的巢里，村庄里弥漫着烟火的味道，家家户户的烟囱里冒着青烟，一天就这样结束了。炊烟如同一个沉重的感叹号，挂在村庄上空。

回到家，母亲累了，没有做晚饭，我们胡乱吃了些馍早早睡了。第二天，父母亲又把粮食拉到麦场上去晒了，过几天又要重新拉到粮站交粮呢。

这是多年前的一件事，至今想来，是那么清晰辛酸。

有些往事注定遗失在光阴之外，有些往事必将铭刻进民族的历史进程。2006 年 1 月 1 日，国家正式取消农业税，农民向国家上粮、缴税已成为历史。沿袭了几千年农民向国家纳粮制度退出历史的舞台，这体现了决策者对农民和农业的尊重，也折射出对农民的终极体恤和深沉大爱。得到消息的那一天，父亲给在南方工作的我打来电话说："娃娃，从今以后我们不必缴粮缴税了，今晚我要喝顿酒。"我不知道，当时父亲的内心汹涌着多少酸甜苦辣，仿佛系在身上的一道绳索被解开，我也因此而高兴，脑子里再次浮现出年少时到粮站交粮的情景。

农业，不再是一匹被套上绳索的马，当它身上的绳索解开，必将以更加矫健的步子在乡野阡陌上，以它的魂魄耕出更加迷人的画卷。

现在，我常常感慨，也深深感恩。黑夜的尽头是黎明的故乡，历史的深处是光阴的伤疤。我深深地，深深地感恩土地，感恩我们亲爱的、抽象的、具体的"国家"，感恩身居庙堂之高，却心系乡野之远的决策者。

# 每一粒麦子里都栖居着故乡

要离开故乡了，临走时母亲给我装了几双她亲手刺绣的鞋垫。父亲站在门口似乎欲言又止，木讷地思量着什么。父母亲执意要送我到车站，被我拦住了。我说家离车站这么近，你们歇着，我很快就到了。别离如针，我怕这针扎在父母脆弱的心上，让和儿子享受短暂相聚欢愉的他们心里生疼。

告别父母，到了车站，就在上车门的那一刻，我听到身后有人在喊我，扭头一看，是父母。父亲气喘吁吁地向我挥手，由于患有骨质增生，腿脚不灵便的他连走带跑地扑向即将发动的汽车，手里攥着一个小小的蓝布包。嘴里喊着，等等，等等！把这个带上。

我停下来，父亲蹒跚着赶过来，把布包塞到我手里。他说，这把麦子你带着吧。我愣住了，以为听觉错误，赶紧问，带什么？父亲说，一把我自己亲手种的麦子。我感到有些好笑，我在城里工作，又不种庄稼，这么远的路，带一把不起眼的麦子干啥？

父亲似乎看透了我的心思，缓缓地说，想家的时候，可以拿出来看看，闻闻麦子的味道，心里也会舒坦些嘛。父亲的举动，让我觉得有种不可理喻的拙愚。

车里的乘客都上齐了，司机不耐烦地按着喇叭催促着我赶紧上车。我把麦子装进包里对父亲说："阿大，你回去吧。你们不要扯心，我到南方后会给你们常打电话的。"

车发动了，我看到父亲还站在街道边的站牌下，不停地挥着手，嘴里念叨着什么。汽车渐行渐远，父亲一点一点矮了下去，消失在潮水般的人流车流中。

两天后，我回到南方的家里，打开包裹，随手就把那包麦子扔在阳台上。

时间久了，我也忘了那包带着土腥味的麦子。

或许是远离家乡的缘故，每到节假日，我总会莫名的感伤，尽管自己工作生活的环境比起高原好多了，却总觉得心里缺少些什么。有段时间，由于俗世的牵绊，我的状态不是很好，困顿的时候常常给家里打电话。每次通完电话，父亲总要问他给我的麦子是否放好了，并提醒我把麦子拿出来经常晒晒，不要生霉。

有次通完电话，我想起父亲的念叨，就从阳台上拿出那包麦子，在灯光下铺开。金黄的麦粒一粒一粒，仿佛一颗颗来自远方的眼睛，慈爱地盯着我。这黄，让我想起了父母亲土地一样的容颜，想起了故乡的大地上，那些埋头躬耕的人们。我捡起几粒麦子放在鼻子下嗅嗅，土腥里和着淡淡的麦香，是太阳的味道、土地的味道，也是父母的味道，有一种说不出的感觉。我突然勾画出这样的一幅水墨简画：虫禽鸣唱，风雨和畅，河流回肠，风吹野旷，霜冷瓦上，月明窗廊，父慈母祥，麦俯肩膀。

顿然，有一种想流泪的冲动，是感伤，亦是幸福。蜗居城市，我还能拥有一把来自故乡的麦子。每一粒麦子里都栖居着故乡。一粒粒麦子就是故乡的版图，弯曲的河流在这版图上不知疲倦地追随着时光奔向远方，像极了我们的父辈一天天走向岁月深处。深蕴其中的风一天天吹着，顺着季节的脉络，吹熟了我们的庄稼，吹老了我们的村庄，吹老了村庄里生息的人们。一茬又一茬的庄稼种了又收了，一辈又一辈的人走了又来了。四季的册页里，庄稼是最重要的篇章，为这些庄稼忘我付出的人们还在村庄，而他们的后辈一个个离开村庄，奔赴远方，在城市的屋檐下改变命运的走向。我不知道，在城市的几何形状下，当一缕忧伤卷着麦香，找寻着属于他们的梦想水土，喧嚣的世界里，是否会有一方田垄为他们开怀?

每一粒麦子里栖居着一颗柔软的心，每一颗心里静静流淌着一条河流。你顺着河流的走向，用有限的力量改变无垠的时空，那河流的源头有那么几行热泪为你而淌。当暂时的荣光迷离你的双眼，当城市的灯火映照你忘我的身影，当喧嚣的声响湮没你的乡音，就请你叩拜你盘中的麦子蔬菜谷物吧。麦子脱掉了锋芒，就像我们的故乡被岁月脱去了盛装；麦子赤裸着给你捧出全部的体香，就像我们的父辈攥紧双手，在艰辛耕耘中给我们全部的爱和希望。

困顿的时候、倦怠的时候、感伤的时候，我就会由衷地想起几年前在故乡的车站父亲给我一包粮食的情景。经历了人世的纷繁，我终于明白，我的父亲，明知道他的儿子在遥远的城市以新的生活方式不会顿顿以麦子为腹中之物，还是固执地给他一包故乡大地上的麦子。

谁也无法还原从前，而一粒麦子就能让你轻易回到从前。这不仅仅是自然之力。一把麦子，是圣物，也是俗心。俗心解圣物，想必，我在泥土地上生存了67年的父亲赠给再也回不到从前的儿子一包粮食，就是让他审视一把麦子的时候不要忘记感念故乡大地的恩德吧。

世界这么大，尘世这么广阔，一个人的爱只有一粒麦子这么小，我们只能由一粒麦子爱起然后扩散到整个世界，这，或许就是一包麦子给我的人生教义。

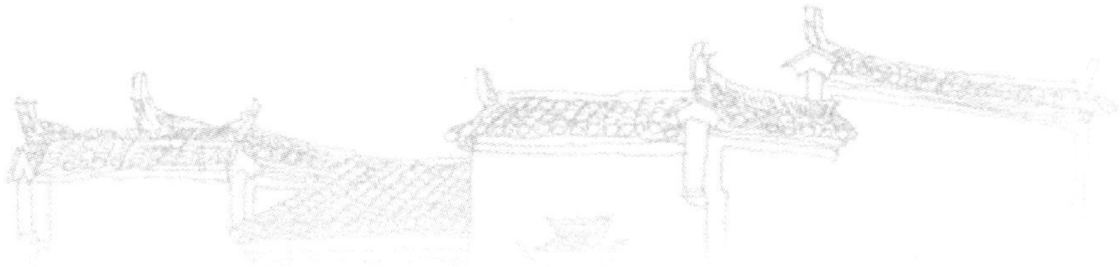

# 树有大德

在大自然中，谁也无法隐藏自己的心迹，就像水把什么都隐藏在自己的内心深处一样。只有面对洋溢着喜气的漫天朝霞时，人的心里才会这样：原先设法隐藏，仿佛埋进了内心深处，而这深处确有一条支流通向同一血统的世界，从那儿汲取起死回生的神水，回到我们人世间，这时，你的面前就会豁然呈现一个浩渺无际、绚烂多彩、耀眼生花的世界……

——[俄]米·普里什文

一

春节回家探亲的时候，我回到村里重游年少时走过的山坡。山上没有一丝绿色，尽是耐寒、耐旱的芨芨草、白杨树、枸杞、蓬蓬草。这些草木面如土色，白而又黄。或许一年四季在绿意葱茏的南方生活惯了，看到这荒凉的景象，我有种莫名的悲凉。干旱的山土没有一点积雪，没有雨水，更没有活水，而这些植物，静静地等待着一场雨，一场雪，默然地生存，蓄势而发，像等候命令即将出阵的老将。一场雨带来的福祉还遥遥无期，它们忍耐着寂寞，荒凉的肤色，让人想起病入膏肓的重症病人。没有雨水，草木还是活着，我不知道它们的根部储存着多大的隐忍，在这荒凉、没有水分的土地上，如何翘首期盼日出日落之间的晨风昏雨？深入地下的根，仿佛长出锐利的牙齿，紧紧地咬住表层下残存的些许水分，积攒下不多的力气，把根稳稳地扎向黄土深处，是不是为了来年春天将一缕缕绿色一次性爆破？隐忍是它们最坚硬的盔甲，抵御冬日里粗冽的寒风。而当一场春雨幸福降临，一场冬雪款款落下，这些草木的手指一定会在黄土上画下最灿烂的笔画。

我看着那些枯黄的草木，它们似乎约好了似的，集体陷入一场深深的梦境。或许在严寒中，它们站得太累了，那就睡吧，忘记这土地带来的困顿、艰涩。在梦里，一次长长的深呼吸，就是明年春天最俊俏的花蕾。

山脚下干涸的水渠边，田埂边的小溪边，排列着一行行光秃秃的白杨树。许多树上结了疤，莫不是这些疤就是树的眼睛？疤痕像黑眼圈一样。有的眼睛向上翻，仰视头顶的云彩蓝天和飞过的鸟雀。有的眼睛向下翻，俯视田野山川里觅食的牛羊牲口。有的疤痕很细、很长，仿佛眯起的眼睛，一脸的安详，在冬日干燥的田野里沉浸在对春天的美好回忆之中。故乡的白杨树很有特点，总是中规中矩，树梢一缕向上，扬起手臂，挺胸、昂首，一副拥抱的姿态。一年四季，它们手里捧着风的经卷，日光月光的帐缦，露水的项链，薄霜的化妆盒，护佑着身边的土地风调雨顺春种秋收。

更多的时候，看着这些树，我不由得想起寺庙里的僧侣，捧着经卷，心无旁骛，内心的清规戒律让他们淡定，站有站相，卧有卧姿，行有行态，从容、庄重，眉宇之间总是浩荡着一股超然物外的洁净之气。无论在哪个角落，他们的身影都散发着一种由内而外的光，这光射穿人间喧嚣、远离交易噪音，镇定、静谧，衍生着一股穿云拔雾的力量。看着这些僧侣般的树，想着自己远离乡土，在城市生存，心里掖藏着那么多复杂而又肮脏的念头，我真是惭愧。我真想成为它们中的一员，不妖不媚，不争不斗，不攀不比，不弃不离，不卑不亢，不急不躁，沿着细小的茎脉、纹路，布局一片片绿色，吐出心中最洁净的水汽，净化我们的村庄。这是多么高贵的灵魂啊？！想想自己的作为，我是一辈子也无法修炼到这样的境界。

还有什么比种树更幸福的事情呢？还有什么能与看着一棵棵树在田野里仰着头，孩子亲吻母亲般将嘴唇轻轻凑向一朵云所蕴含的美感相比呢？还有什么比一棵棵树将树根静静扎向大地深处，牢牢地攥住一层层、一寸寸湿润的泥土所抱定的坚贞呢？

我看到田野的不远处有人放下背篓，拿出斧子砍伐水沟边的树。“喀嚓、喀嚓”的声音由远而近，惊起草丛中的麻雀。这“喀嚓”声如同某场灾祸突然降临，弄断我们的骨头。那个人伐倒一棵树后走远了。我走过去看被从根部伐倒的树。树的根部缓缓渗出一团团水晕。我们疼了会呻吟，而树一声不吭，只是默默地流泪。内心深处很重的草木情结让我想喊一声：树啊，如果你实在很疼，你就喊出声音吧，喊出来你心里会好受些。

树可能不会想到，一把锋利的斧子导致的悲怆会收尽它最美的年华。

尽管树在流泪，但大树被伐倒的“喀嚓”声是一记绝妙的回击，骨头断了，可根还在地下长着呢，来年春天还会爆出新芽新枝条。

人的狂妄自大导致了树的悲剧。我们伐倒一棵树，选中某一截树干，打磨成斧柄，然后握着这把斧子来砍伐树。这和媒体上报道的不孝逆子向年迈体衰的父母挥动拳脚没有什么区别。

## 二

在一个会议上，我听一位分管农业的副市长讲过这样一句话：人的一生肯定或多或少犯错误，犯这样那样的不同错误。有些事情我们无法预料结果，无法判断对错，但可以肯定的是，有一件事情我们无论怎么做，做多少次都不会错，那就是种树，多种树永远不会错误。

领导的这句话很朴素简洁地概括了树所蕴涵的深刻道德价值。

前不久，诗人杨雪荣带我和朋友到海门市常乐镇参观清末状元张謇纪念馆。一进馆内，矗立在眼前的照壁上刻着张謇先贤的一句话："天之生人也，与草木无异，若留一二有用事业，与草木同生，即不与草木同腐。"张謇先生彪炳史册的辉煌创史业绩深深地诠释了这句参透人生境界的话。伟人的情怀，总与一生都在付出，伟人的思想，总与草木有神同之道。草木一生都在付出，片片叶子都焕发着道义之光，博爱之光，亲和之光。泥土厚德载物，水善利万物，上善若水，而树木呢？至善如树，参天有道。

在这个快节奏的物质时代，我们看重草木的实用价值远远大于自然价值和审美价值。我们生活的每个空间都有树木的影子，上至屋顶，下抵床榻，中至书桌、餐桌、办公桌，我们在享用这些木头的时候，可曾感念过树木的恩德呢？有时候，趴在书桌上，我感觉如同小时候被父母抱在怀里；有时候，在公园里，靠在一棵树干上，我就身同靠在一位兄长 、知己的肩膀上；有时候，坐在凳子上，我感觉自己就坐在一片草地上，接纳地气，舒通心肺。

树木护佑了我们的一生。出生时的摇篮寄放我们稚嫩的肉身，成长中的床桌，乃至临终入土时的棺木，人生的每个阶段，哪一个少得了树木的身影呢？我们每天与树木发生关系，树和木已成为我们生活的一部分，精神的一部分。安静的时候，我的心里长着一大片洁净的树林，我在这里守着天籁，守着明月清风，守着一切与美有关的元素；喧嚣的时候，我的胸口挂着一口钟，它警惕我浮云过后如何以自己的信仰将内心壁垒上的那些尘埃、蒙垢一一清扫出去。

树与自然保持着一种美的平衡，成为人类道德的一道屏障。这种美的联姻，被四季风雨书写成一首首道德的颂词，被云间的花朵、树上的鸟儿传颂。树一生都在给予，我们更多的是向树不断索取，树的恩情，是雨，是云，是光，是氧，是荫，是凉。

在乡间，在城市，凡是路过有树的地方，我都偷偷扑上去，向她跪下。你或许不知道，人们的很多幸福和美就藏在这些树木间，人们的丑恶，也被这些树木用洁净的滤网一一筛过。

树是导师，道德的导师，文明的导师，美学的导师。在我面积不大的家中，我尽可能多地种一些草木，空闲之际，经常与这些草木对视，它们是我精神的情侣、文字的密友、灵魂的知己。在这个友情快速化、物质利益化的时代，多闻草木少识人，草木不可能背叛脚下的土地，背叛自然的道义，每一片叶子都是一句生命的箴言，每一朵花蕾都是灵魂的微笑，每一根枝条都是通透的爱的笔画。

去尊重一棵树，去敬仰一棵树，去爱恋一棵树。唯愿，天地之间有更多的树；唯愿，每个人都能种下一棵树，在泥土里，在自己的心里。

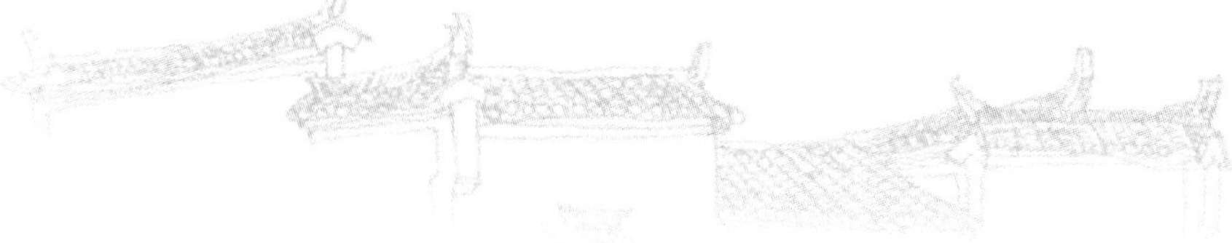

# 卧在春天的门前

卧在春天的门前，泥土默诵着人生美好的箴言，流水洗濯着生命嬗变的容颜，草木演绎着岁月浩瀚的经卷，鸟类鸣唱着天地琴瑟共鸣的爱恋。

泥土厚德载物，大美不言。水善利万物而不争，处众人之所恶，故几于道。水滋养万物，而与世无争。水在低处，总是在人们所不愿处的地方洁身自好，从而达到美好的境界，符合自然法则，让人赞美仰慕。你看，水顺着四季分明的脉络，伸出酥软的手臂，轻轻按摩着春天的每一寸土地和草木。它流动着，遇到坚硬的土层，不经意间，借着时间的力量，打通每一个被冻结的关节。草木吐蕊，那是水的语言，阳光的注脚，泥土的笑脸。草木有大智慧，故《诗经》开篇以咕唱的鸟儿、恋爱中的美丽女子，有短有长的草木开卷，活脱脱一幅春天的开篇。

春天是流动的，润软的，像一个从冬天的困顿中醒来的光鲜女子，以桃花为胭脂，以流水为镜子，以风做梳子，款款行走在大地的每个角落。春天又像一个画家的大仓库，一点一点掏出储藏在画室里的油菜，给油菜花一点黄，给桃花一团红，给梨花一簇白，给天空一抹蓝，给杨柳一树绿，给客舍一瓦青。“客舍青青柳色新”“万紫千红总是春”“春来江水绿如蓝”“人面桃花相映红”，这些古典的诗句，在春天醒来，明媚在每一个鲜亮的书页，于是，每一个日子都氤氲着花的芬芳、鸟的浅唱、虫子的低吟。

白云透明似一滴眼泪，轻轻飘落在天空的衣襟上。一树一树的花朵，像一双双无邪的眼睛，盛满对美的期待。一只只鸟，像一个个逗点，蹲在电线杆上，把春天的篇章分解成一段段押韵的诗行。水被水草缠绕着掀起圈圈涟漪，放大内心的清澈，这是多么令人心碎的季节啊！

我们到郊外去，卧在春天的门前，每一个脚趾头都长出一张湿润的嘴唇，亲吻润软的泥土。每一棵草木都彬彬有礼谦和地站在田野里，迎风鼓掌，欢迎每一颗走出城市羁绊的心灵。似乎，田野变成了酿蜜的蜂场，空气里飘着一丝丝馨香，鼻孔里酥酥的，骨子里痒痒的，尘世的疲惫被春风过滤掉了，生活的牵绊被一声声鸟鸣追赶到很远的地方。这柔软的美好时光，让我们忘记了生活的沉重。总有一些时刻属于自己，比如，当脚趾头亲吻大地，当眼眸检阅春风，当心灵归于安详，当我们在春天的院落里品尝因为发现自然的美而带来的那份恬淡。

我一直认为，人对大自然的尊重爱恋是一种对善的信仰，对一些洁净事物本真的依赖和好感。在春天，我们回到自然，皈依内心的福祉。远离规则，远离牵绊，远离那些固定的环境里制造固定思想的桎梏，心清如风，性纯似玉。之所以这么说，是春天给我们坦露了生命的真面目，诠释了人生终极的追寻。

春天，像一个洁净的过滤器，使人生的种种杂念、奢望，因为一丝风、一朵花、一棵草，乃至一只鸟而变得单纯起来。这符合人性的本质，真、善、美。真，让人容易信赖，善让人容易亲近，美让人容易依赖欣赏。春天，不再是一个浅薄通俗的季节概念，而是一个终极的生命概念。一个人对真善美的态度，往往反映了其灵魂的洁净程度。

我喜欢一个人走进春天，这生命的大仓库。这里面没有陈旧腐朽的陈迹，也没有过于错综复杂的关系，用一个俗气的比喻，它新鲜如刚出锅的冒着热气的蛋饼，用一个文雅的比喻，它澄明如一块晶莹润软的美玉。我情愿它是我对人生保持美感的仓库，对生命保持庄重的庙堂，对世界保持友爱的桥梁，因为，只要你内心纯洁、善良、庄重、友爱，就很容易让自己活得从容、幸福、美好。

卧在春天的门前，向一只鸟问好，向一棵树请安，向一弯流水致敬，这就是我多年来始终让自己精神愉快的全部秘密。

# 一块块石头匍匐在大地上

当一块块石头匍匐在你面前，你会想到什么？

我想到的是一个个心知肚明的哑巴孤单地站在旷野里，什么都不说，一个简单的手势划在空中，像一道谜语，被时间禁锢着，太多的苍凉让我们猜不出谜底。石头的脾性像哑巴，隐忍在无人注目的角落，内心丰富充沛，只是没有一个出口让他汹涌的内心在喧嚣的世界找到一道语言的光亮，和这个世界好好谈谈。

前不久，我到南京参加省作协首届散文作家读书班，读书班所在的宾馆离南京明代的古城墙不远。有天晚上喝酒多了，第二天，我起了大早，去爬城墙。

深秋的早晨，阳光有些薄凉，一缕缕的光束宛如银针，紧紧地扣在斑驳的城墙上。大块大块的青砖斑斑驳驳，像鱼鳞，又像风烛残年老人的脸，色斑累累，暮年的气息与深秋的薄凉交织在高大的城墙上，使沉默的城墙如同一个患了骨质疏松的老人，关节不再严丝合缝。抚摸那些青砖垒石，心隐隐作痛，似乎抚摸的不是石头，而是一张皮肤松弛、布满褶皱的老人的脸。走在城墙上，心里默默感慨，600 多年的沙砾攒足了怎样的劲，把这 600 多年的石头、600 多年的王朝一寸一寸抬高。

这些石头所组成的城墙护佑着一座城池的世俗冷暖、安危幸福。它们集体拥抱，组成一个家族，甚至数个家族。几年过去了，几十年过去了，几百年过去了，一辈人、一代人消失了，而石头还在。谁也活不过一块石头，它们曾经光洁的表面被时间一点一点扣去风光，但仍匍匐在这座城池周围，像一群老去的战士，始终保持着匍匐的姿态，做着随时奔赴前方的准备，把一切安危阻挡在城外。这姿态老出一种光阴的味道，老成一种时间的哲学，老成我脑海里一种无际的遐想。

城墙上的青砖刻着铸砖捐砖人家的姓氏。目测这些厚实的砖，每一块足有几十斤，一块块砖如同一根根健壮的肋骨，挺起了一个王朝揣满雄大谋略的胸膛。王朝远去，留在历史的典籍上成为功过是非的文字和图案。而石头还在，默默地在风雨中与时间对峙，接受时间的蚕食。我靠在城墙上，脊背生风，一股莫名的悲凉涌上心头。这些石头、砖块从不同的方向云集于此，随遇而安，也习惯了宠辱不惊。不远处，秦淮河畔两岸的高楼大厦，一些沙砾、石头以瓷砖、琉璃瓦的形式高高在上，借着太阳赐予的那抹光亮俯视着底下的繁华与风光。那么多的人从它们身下走过，仰着头，行注目礼，而石头集体沉默，没有看尽繁华的妄自尊大。

行走在城墙上，我想到了更多的石头。

有的石头被砌进宫殿，镶嵌于金黄色的屋脊，对它们来说，相对于时间，所有的风光失去了意义。这样一想，石头成了木讷的哲学家，外界的喧嚣光华与它无关，与它有关的是如何在无垠的旷野里与时间对峙时保持自己的质地所蕴含的那份静美。时间的利齿一点一点吞噬它的棱角，时间使它褪色变得丑陋。这也无所谓，美只是一种信仰，总有一天，石头会成为尘埃，成为大地的一部分，这意味着美的质地因为时间所给予的历练，成为永恒。

有的石头被铺在路上，被皮质的、塑胶的、布料的、昂贵的、廉价的、坚硬的、柔软的鞋踩在脚下。它们不喊疼，不叫屈，也不叫苦，这让我想起人生路上随着时间推移，被遗忘名字的启蒙老师。学生们一个个借着知识的力量走向远方，去改变世界，也被世界改变，有的登上人生的领奖台享受鲜花的包围和掌声的追逐，有的在不起眼的角落踮起脚尖为别人鼓掌，而老师还在原地，即便学生怎么冷落遗忘，他仍黄牛一样负重驮着时光走向暮年。这命运的巨大反差，让我看到了一种境界。

读书班结束后，省作协的老师带领我们到皖西南采风。在仙寓山和九华天池一带的山上散落着很多石头，遇见这些石头，我的目光一次次停留对视，巨大的石头有一种深不见底的城府，而依偎在大石头旁边的小石头如同顽皮的孩子，因为有了大自然的教育而多出一分灵气，也因为母亲的陪伴增了一分野气。在荒山野岭中，石头与寂寞为伴，和草木牵手，在人迹罕至的地方蹲成人间风景。有的石头泅在水中间，长久的冲击加上自然的造化，水在石头表面摩挲出一道道皱纹和晕圈。有的石头，被我们从荒野搬运到城市，成为繁华建筑的一部分。它们从人迹罕至的羊肠小道，从宁静悠远的自然田园位移到人声鼎沸的市井巷道。俊俏的石头被一双双商业的眼睛发掘到艺术品市场，经过技术改造和修饰，成为殿堂里的昂贵艺术品，被作为身份的象征和财富的符号收藏、展出、买卖。畸形的商业改造着野性的石头，商业的利润诱惑着艺术的眼睛。曾经丫鬟一样寂寞的石头，因为现代商业的改造，成为市场的宠儿。一块石头的尊严就这样被篡改。空间的转移和时间的推移借着造化的力量让生命的价值发生不可预测的更改。这些曾经苦难的石头，被现代的机器改变形状，被工业的油彩更换肤色，被市场的价格改变地位。美，在极少数人手里把玩流转；美，被公开标价出售；美，被商业利用篡改；美，被价格的标尺衡量，我不知道这是石头的悲哀还是功利时代尊严的失守沦落。

当一块块石头从乡野走向城市，它留下的脚印车辙是一部厚实的典籍。当一块块石头从低处走向高处，当一块块石头从高处落在地上，它们所划下的弧线是我见过世间最美的虹影。石头起起落落的境遇、高高低低的地位像极了人的一生。

匍匐，这是将信仰嵌入大地的姿态；匍匐，这是将隐忍刻入内心的坚守；匍匐，这是将风光抛却身外的超脱；匍匐，这是与世无争的天性。居庙堂之高的石头，处江湖之远的石头，拥山野之秀的石头，做凡间俗物的石头，占城市之巅的石头，垫人生之底的石头，一生隐忍的石头，一块块，一块块，大小不一、形状不一、棱角不一的石头，匍匐在大地上，像一个朝圣者将头磕向大地。

一块块石头，就是一个个沉默的文字，大美无言，却包含太多的人生教义。

# 掌心里的故乡

每个人的手掌都是一片土地，这片土地住着宁静的故乡。掌心里的纹路就是回家的路，它把最遥远的距离变成最近的牵挂。在时间无垠的荒野里，风雪可以封锁我们的脚步，雨雾可以遮挡我们的视野，冰霜可以降低我们的体温，可是掌心里的故乡，如同捧在雪夜里的一盏灯，燃烧着、明亮着、温暖着。

多年来，我始终对故乡怀有一种浓厚的赤子情怀，在传统的重大节日以静默的怀想用最朴素的文字感恩故乡的恩赐。常常在夜里，皓月当空，星辰无眠，一个人静静地坐在阳台上，故乡的轮廓沐浴着月色，圣母一样清晰起来。这种情感是多元的，又是单一的，是抽象的，也是具体的。抽象如一抹浩渺淡云，具体如一缕轻柔炊烟。我始终认为，爱故乡是一个人最基本的修养，因为故乡本身就是我们的情感信仰。一个人可以仰仗人力在尘世中获得名声、地位、财富和权势，可是背叛了故乡，他的情感就只是一个架在树枝上的空巢，空巢里那垫底的丝麻烂叶再也触摸不到故乡的温暖和厚重。

我们生命的第一声哭泣，就与故乡建立了一种血肉联系；生命的最后一滴泪水凝结成一粒盐，被故乡仁慈地收藏于脚下的土地。一个心中没有爱的人是流不出真诚的泪水的，一个不曾体会故乡的变迁带来的疼痛和感伤的人，也永远无法体悟乡愁的尊贵温暖。

每个人的体内布有一个情感雷达，我们对故乡的情感深厚与否全被这个雷达测应到。人生路上，你有了甜蜜幸福最先想传达的肯定是故乡的人。或许这种测应被一只大雁背在翅膀上卸载到故乡的屋檐；或许这种眷恋被一股穿越时空的大风反馈到故乡的山川河流；或许这种疼痛被从你脚下流过的河流带到远方，最终以大气的形式降落到你生命的发源地，故乡。因为你的牵扯和甜蜜感伤，故乡的草木在春天以花朵的形式热烈地灿烂一回，在秋天以凋落的结局为共同的爱恋殉情。

世间有那么多的路，有的路尽管错综复杂，但走过了一生再也不会去走了；有的路千回百转，路过了也就忘了；有的路风光无限，但我们没有多少情感寄托；有的路仅仅是短短的一段距离，以公分毫米计算，但与自己的故乡有着血肉关联，足以让我们梦魂牵绕，这条路伴随我们一生，这就是自己掌心的纹路。

掌心里握住故乡，拢起来的手掌就是一座莲花殿堂啊，真情如蕊，款款绽放，缕缕泥香，萦绕胸腔；思念就如荷底清风，明媚生辉，心灵每一个细小褶皱的部位都溢满清香。

迢迢回家路，拳拳赤子心。因为故乡住在你的掌心，被你温暖的手一直握着，即便疲惫之际有泪可挥，但不觉悲凉。

掌心里的故乡啊，那神圣的心灵殿堂；我们就这么远行啊，每一次忧伤回头，总是母亲深情的脸庞。

第三辑

# 跟着炊烟回家

一个人的灵魂断炊是一件多么可怕的事情，我的灵魂每天都舞动着一束束炊烟。

# 到村庄里阅读

人活着，或追求荣光，或追求腾达，或追求权势，或追求艺术。我身为乡野凡夫走卒，志不求荣，身虽近俗，一庭风月伴孤吟。在城市我读闲书、读杂书、读专业书，而回到村庄，我就阅读村庄这本书。读它的真、善、美，读它的苦、痛、累。

常常想，在城市里奔波的我们难得有一方净土，读书对被纷繁、喧哗、交易、计较包围的我们来说，有时真是一种精神的奢侈品。于是向往，有一天，背上一包书到村庄里去享受这精神的旅行和吸纳。吸纳大地的广博之气，吸纳草木的芬芳之气，吸纳山川的秀美之气，吸纳河流的灵动之气，吸纳禽虫的拙朴之气，吸纳稼禾的洁净之气，吸纳牲畜的野性之气。

古人说，“读书随处净土，闭目即是青山”。在城市，物质的丰裕容易让人浮躁，尘世的喧嚣容易让人迷途，频繁的交易容易让人功利，针锥计较容易让人狭窄，那就到村庄里去读书！做一次精神的隐忍，灵魂的沐浴，思想的超越。

村庄是一部书。朴素是它的底色，山川田野是它的版式，草木风俗是它的装帧，风云雨雾是它的设计，尘土瓦砾是它的标点，黑瓦白墙是它的册页，河流季节是它的装订线，传统节气是它的揖别。一处处四四方方的庄廓是大地盖在它封面的红泥大印。

春天，桃红柳绿，田野兴旺。伴着惊蛰中醒来的虫子，倾听自然的协奏。禽虫浅斟低吟的平仄是大地的韵脚，春雨润物无声的注解是村庄大美无言的诠释。草木无言于酥润土地坦露的情怀。你可以在庭院里，在篱笆下，在河流边，在田野里，在丛林、山谷间，或放声朗读，或浅声低音，或信步默诵，或放达长啸。村庄不会给你设限，只要你不给自己的心灵设置阅读的樊笼，你就是轻盈飞翔，沾着清风雨露阅读它的那只燕雀。这样的阅读是自然的，野性的，随性的，轻灵自由的。

夏天，稼禾饱满，瓜果飘香。草木捧出果实，以丰厚的馈赠感恩村庄的养育。如同一部书的诞生，村庄之书内容日渐丰富、厚实。春天的积淀化作夏天的厚实，挂满果子的枝条在院落里笑弯了腰；金灿灿的麦穗在田野里如同哲学家一样，低下了深思熟虑的头颅。稼禾饱满，那是村庄之人的熏陶；五谷飘香，那是村庄之书的气韵。勤勉者躬耕，用坚硬的手势在村庄勾勒出生命的风光；收获者采摘，用灿烂的笑容渲染出心底里澎湃的真诚。我从他们清澈的眼底里读出了村庄之书的万千滋味。

秋天，草木飘黄，山川苍凉。大雁南飞，秋水望穿。菊花淡定，村庄气闲。飘黄的草木演绎着自然生命一岁一枯荣的轮回。春花的灿烂，夏雨的热烈，秋叶的静美，无一不是生命境界的简单诠释。气定神闲的村庄，以看淡一切的气势，氤氲着一种高贵。阅读秋日的村庄，闲坐在秋日村庄的旷野里读人、读自、读书，读天下，秋水如镜，谁敢于放下一切，善于看淡一切，谁的血脉骨筋中必将荡漾一股高贵之气。

冬天，白雪飞扬，村庄安详。这个时候，村庄陷入了沉思或者冥想。

雪花飘舞起大地的音节，仿佛一切都愿意怀旧，村庄以沉默的姿态，严肃而又庄重，风中的树木如同古代的碑帖，筋骨分明，遒劲得道。茫茫原野，白雪皑皑，一抹炊烟自庄廓悠然升起，一黑一白，贯通天地精神。一声鸡鸣狗吠划破天地寂静，如同一支颂曲，让村庄的恩典穿过林梢，飘入宁静天空。我围坐在火炉旁，一壶粗茶热气袅袅，手捧闲书，放眼窗外，心中无我，白茫茫大地一片。这神性的村庄之书啊，没有深浅，没有结尾，在时间无垠的旷野中不断延续……

村庄是自然的书城，这里远离功名利禄的牵绊，没有城市车马的喧哗，没有觥筹交错的浮华，没有尔虞我诈的江湖险恶，一切随性，一切随意。这样的阅读是诗意的，也是简洁的。我情愿一辈子就这样在村庄阅读，阅读村庄，阅读自然，阅读一切天地间的繁衍生息。悲哀的是，宿命的遣使让我志不放达，步不从容，心不安定，无法在城市与村庄之间构建灵魂的某种平衡。

古人这样比喻读书，书似青山常乱叠，灯如红豆最相思。书卷多情似故人，晨昏忧乐每相亲。眼前直下三千字，胸次全无一点尘。真的，如果一个人在城市中抱负得不到施展，寻求不到精神的净土，那么大地上的村庄就像一扇书门，只要你真诚地打开，然后走进去，把尘世的喧嚣关在门外，你便有了一个很大的静虚世界，没有企图“居庙堂之高”的牵绊，没有“处江湖之远”的纷扰。

《摩微经》中有这样一句诗，欲净其土，当净其心；随其心净，则国土净。以其推开，心静则村庄静，实际上，被自然拥抱的村庄永远是静的，不静的是红尘中辗转不安的心。尽管我远离村庄，远离村庄上的花开花落、烟生烟灭，但我的灵魂常常在城市的喧嚣中悄然出窍，奔向村庄。

我愿做村庄的牛马，用一生的光阴，守望在这广袤丰富的黄土地上，以勤勉不绝的蹄印、泪水汪汪的双眸深情阅读没有尽头的天然之书。

# 方言河

方言是一个地方的传统血脉和文化脐带。

一个人无论离故土有多远，哪怕他漂洋过海，再遥远的距离，只要有了方言的根脉，他与故土就仅仅是一片树叶与树根的距离。

方言是一条河，一个地域，一个人灵魂的永不干涸的河流。

我们顺着方言的河流漂到远方讨生活和理想。多年后，我们回到老家，脸上布满了渔网一样断裂的皱纹，头发花白如秋风中瑟瑟的芦絮，手脚如一棵行将枯萎的藤，青筋暴突，再也无力攥住青葱的枝蔓。我们的牙齿被虫子蛀得也脱落了，却依然会用浓浓的方言说："老了，老了，真的老了，不中用了。"

我们老了，可是嘴里的方言没有老，还是那么新鲜。河流未老人已衰，沧桑岁月鉴风霜。方言，被时间的河流腌渍着，越来越柔韧。

方言是不老的，总有一天，我会老去，在异乡被岁月无常的风霜染白头发，添上皱纹，磨掉牙齿，脱掉枯皮。时间以锐利的牙齿悄无声息地吞噬着我们，我们再也回不到从前了，而方言却完好无损地在村庄里与岁月较劲。就像一块地，只有在这块地上累垮的人、老掉的人，却没有耕坏的地、累趴的垄。

村里有很多学生，到外地上大学毕业后在南方的大城市找到了工作。过年的时候，他们回到故乡操着一口半土半洋的口音向乡亲们问好。乡亲们在背后悄悄议论："二柱子家的儿子，一到城里就变脸了，连庄子里的话都不会说、不愿意说，他们忘了本，已经不是这个庄子的人了。哼，这种人！"

从他们鼻孔里挤出的一个"哼"字，足以证明乡亲们对忘了方言的人的失望、不解和不屑。这种态度也让我十分愧疚、胆怯。古诗中写道，"乡音未改鬓毛衰"。我虽没到鬓毛衰的地步，但近乡情更怯的谨慎和顾虑还是有的。我担心自己在南方压抑了很久的方言能否经得起乡亲们背后的检阅？于是赶紧满脸堆笑，给路上遇到的每一个长者发烟，用方言问好，以示我没有忘本。

这个时候，母亲就会提醒我："娃娃，见了庄子里年长的人，一定要笑嘻嘻地热情问好，你回家只住几天时间，我可要在这里和人打交道，过一辈子。如果别人说你忘本，我这个老脸可丢不起！"

母亲的话，我理解。这是农村的处世哲学。谁若因为一时的风光而轻贱别人一次，那有可能他离开这个村庄后会被人轻视一辈子。我想，在乡亲们眼里，当一个人的精神脊梁骨弯了，即便他有再多的财富、权势、地位，他基本上已经在生他养他的村庄没有位子了。

铁会生锈，铜也会生锈，而方言不锈。尽管它以庸常、平淡、重复的形态让我们打发着光阴。它蛰伏在我们的口舌里，让我们在不同的环境与不同的人交流、友好、斗争、试探，我们一生所有的恩怨情仇都被方言负载着释放出来。你看，和你好过的人不在世上了，但他对你的好、说过的那些话，却一直被你牢牢记在心间。

如果在异乡的街头，不经意间听到一句熟稔的乡音。刹那间，你如冰川一样封冻了很久的心，顿时撒进了阳光。你的心境如同在一个黑暗的胡同里走了很久，正在为找不到光亮而孤单彷徨时，前方的拐角处突然亮起一盏如豆的灯。顿时，豁然开朗的不仅仅是被孤独围拢了很久的路程，而是接通你和故乡生生共息的那方天空。

这时，于你而言，方言中的一个词如同一个灯管的按钮，照亮了全部的孤独、疲惫。你被方言温暖着，即便眼眶有泪可挥，但不觉尘世悲凉。

因为这光亮的照耀，你就有了前行的信心和力量。

离开故乡，我把方言行囊一样背到了远方。我想起那个在地图上找不到位置的村庄。地图上不可能标出一个小村庄的名字，但我坚信，我们说的方言就像地图上的脉络轮廓，把一个个看不见的城市、村庄手臂一样紧紧地搂在怀中。

我的方言，跟着我辗转南北。方言的河流被我引领着在陌生的土地上孤单流淌。我有限的身体是它的河床，我被不标准的普通话改良的方言是它不情愿泛起的浪花。

在他乡，方言，让你看到母亲慈爱的容颜。母亲脸上的每一道皱纹就是一道故乡天空的霞光，有了岁月的凝重和美感。思念汹涌，乡愁温暖，一个个词、一句句话就是一层层涟漪的美丽扩张。在异乡漂泊，方言就是一个人的情感护身符。你遇到来自故乡的人，一句方言出口，就亮明了你的地域身份。他乡遇见老乡，你们的方言火苗一样噼里啪啦地燃烧起来，你们无所顾忌，相见恨晚，心，因此有了依靠，仿佛沙漠里苦苦跋涉的驼队找到了希望的绿洲，仿佛栉风沐雨的水手找到了可供温暖靠岸的港湾。

很多时候，我在异乡的高楼大厦、大街小巷穿梭，充斥我耳目的是南方沾着鱼米香味的口音，而淤积在我内心的方言就像被困在笼子里孤独挣扎的可怜小兽，冲突着、奔腾着、翻滚着，寻找可供它自由奔走的出口和土地。这孤独的小兽被我生存的环境无形地禁锢着，在遥远的时空中思念着它最适宜生存的土地、山川、河流、森林、草地。

村庄里有这样一句谚语，“儿不嫌娘丑，狗不嫌家穷”。想到这句话，我的心就微微作疼。我来到繁华的城市，方言就是我从故乡这个娘胎里带出来的胎记，尽管在那些吃着名贵保健品和补品的人眼里，这胎记难看、丑陋，但在我眼里，这胎记美丽如寒冬墙角里凌寒傲然独开的梅花。

在异乡，我很少说方言，也没有人能听懂我的方言。有时候，我用方言和远方故乡的亲朋好友通电话，旁边的人用狐疑的眼光打量我，然后交头接耳窃窃私语暗自发笑。我猜得出，他们在对我的方言评头论足。

我并不因此而脸红，反而感觉到了故乡给我的那份荣耀和自豪。只有回到故乡的泥土地，我才会因久不说方言而略显变调的言词感到脸红惭愧。

在这个沸腾的时代，很少有人懂得为自己的某些行为脸红，而我为自己变异的方言脸红，为远方的故乡疼痛。

一个人把方言带到远方，也就把故乡的一阵风带到了远方。孤独的时候，你一个人自言自语，这方言就是从你心空放飞的一群鸽子，在故乡的头顶盘旋、留恋，从不远离旧时的屋檐。寂寞的时候，你拨通远方的一部电话，这方言就是一根电话线，连通了你和故乡之间的心电感应。

有一天，我们不在这个尘世了，化为故乡的一把黄土，山头上终年的积雪化了，那棵百年大树也干枯了，而方言河还在悠远的时空中悄然流淌着，像一个破折号，不拐弯，不屈膝，剑指长空，锋切岁月，光阴成为一堆碎片，而完好无损的方言河仍奔腾不息，让一个个新的生命捧着故乡的经卷，在两岸找到一生的皈依。

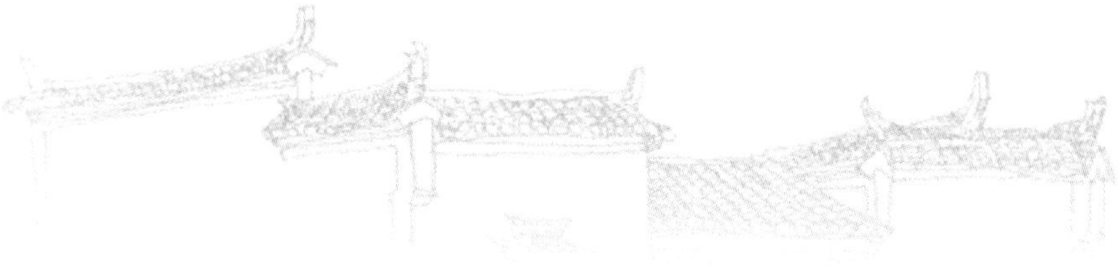

# 跟着炊烟回家

父亲说，孩子，疲惫的时候，你就跟着炊烟回家。父亲说这话的时候，一脸的恬静、安详，似乎炊烟成了乡间的导师，让那些懵懂的心灵找到情感的慰藉，人生的方向。

我们的村庄，被炊烟引领着不断走向岁月深处。而我，为了自己的幸福，漂泊到村庄之外很远的地方。在南方的城市，我再也看不到炊烟了，只是，内心深处，村庄里的炊烟像一棵大树，牢牢地将根扎在我生命的原野，郁郁葱葱，悠然美好。这炊烟吸纳着柴火的味道，五谷的馨香、泥土的气息，一缕缕，萦绕在村庄上空。像一块黛青色丝巾，围在村庄的脖颈上，把村庄这个安详的母亲打扮得庄重、朴素而又美丽。

记忆里的村庄，每天清晨、中午、傍晚，炊烟合着日升日落的节拍，发出开启新生活的信号。烟囱里，没有风的时候，一束束炊烟像一个个浓墨重彩的感叹号，提醒着我们，繁忙的一天又要开始了。黄昏的时候，我们从地里干完活，走在回家的路上，村口大老远就能看见一束束炊烟，慢慢地穿过林梢，夕阳的余晖撒在林梢间，像涂上了一层层金粉。鸟儿从远方衔来虫子和谷粒，满心欢喜地栖在树枝上，给那些张大嘴巴嗷嗷待哺的孩子喂食，母性的光辉因这穿过林梢的炊烟，多彩如梦的余晖显得更加美好。嗅着炊烟的味道，鼻孔里仿佛爬进了一只只小虫，让我们的鼻子痒痒的，周身就有一种说不清道不明的舒服。繁重的田间劳动带给人的疲惫因这或弯曲或笔直的炊烟而散去。美感从村庄升起，食欲从腹部高涨。那时，我就想，一辈子再也不离开这个村庄了，只为在每天的日升日落中看这炊烟升起又熄灭，熄灭又升起，多好啊！

肩膀上扛着铁锹的父亲笑着说，傻孩子，一辈子窝在这个村庄里有啥出息啊，有本事的人都到城里去工作，吃轻闲的饭去了。哪有像你这样没有上进心的人啊？

说实话，当时，我对父亲的话有点不以为然，在村庄里生活有什么不好呢？吃自己种的粮食蔬菜，看村庄里曼妙舞蹈的炊烟不是很幸福吗？

土地就像是一根宿命的绳子，把他们一辈子拴在上面，让他们无法脱离那辛苦而又日复一日年复一年的沉重劳动。多年后，我通过知识，解开这道绳索，离开村庄，在远方的城市谋生，有了一份体面的工作。想到村庄里的乡亲沿循着日出而作日落而息的亘古传统，从事永无止境的繁重农活，他们的生活依然很不宽裕，我的心就微微作疼。

我知道，父亲当初给我说那番话自有他的道理，可以说，父亲看透了生活的本质，当时父亲给我狭隘的幸福定义自有他的苦衷。

有时候，在城市中受了伤，在路上受了挫折，我就想回到村庄，坐在高高的山岗上，对着那见证我年少岁月的炊烟，大哭一场。我知道，我的滂沱泪雨，会被炊烟带走，让我无所牵绊地上路、追求。像一缕空气消失在风中，像一抹炊烟擦干我的眼泪，坐在故乡的山岗上遥望炊烟，我的心会归于平静，城市生活衍射出的所谓计较、竞争、苦痛已不再重要，重要的是从炊烟熄灭又升起的自然景观中汲取继续抬头前行的力量。计较会让自己更加痛苦，竞争会让自己更加疲惫。一切比较、竞争和苦痛，比与我的生命水乳交融的炊烟还轻，我为什么不放下呢？村庄里可以没有高楼大厦，家里可以没有美味佳肴，灵魂的仓库里可以没有金银细软，但村庄里不能没有炊烟，人的精神家园里也不能没有炊烟，应该说，炊烟是村庄里所有人灵魂的导师，她让我们在人生的坐标里找准自己的标尺，时刻保持对生活的信心。

我一直怀念炊烟。远离了村庄的炊烟，我的生命是一条断流的河，是一块荒芜的田地，只有炊烟，以及村庄里那些与炊烟站在一起的风物，才能让我的生命保持长久的美感、幸福和丰盈。心里空虚的时候，我常常打电话给已经迁居老家县城的父亲，说我看不到炊烟的落寞，父亲说，孩子，疲惫的时候，你就跟着炊烟回家。

通完电话，晚上我就会做梦，梦见炊烟舞动的画面，梦中的炊烟就是一场大雨，湿润我干涸的河流，让我的内心汹涌起思乡的碧波，一波一波，顺着河流的方向回家。

漂泊的宿命已经不能让我经常性回家了，命运把我羁押到远方，一年回一次家，看一次炊烟对我而言，已经是命运的大赦了。我只能在梦里跟着炊烟回家。炊烟是一个村庄全部的重量，是生活在那片土地的灵魂。对我而言，炊烟的意义就是灵魂的意义。

一个人的灵魂断炊是一件多么可怕的事情，我的灵魂每天都舞动着一束束炊烟。

# 流给一个村庄的眼泪

父亲打来电话说：“又一个人走了，刘二在秋天的麦地里用拖拉机犁地时，突发脑溢血去世的。多么老实厚道的一个人呐，才40岁出头就这么突然走了，真让人心酸。”

噩耗顿时让我心凉如冬天的河水。心情，瞬间沉重起来，满脑子全是邻居刘二的身影。秋天，原本是把麦子、蔬菜收进家里的喜悦底色，而刘二的突然去世，让故乡上空明净的云朵，多了一份阴霾。从此，故乡的田野山川多了一个黄土堆起的坟头。从此，刘二原本温暖的家庭流淌着无尽的悲伤和哀思。

一个人，说走，就这么走了。故乡的河对岸有一家水泥厂，村里的许多年轻人在厂里上班。3年多的时间，村里先后有4个在水泥厂上班的年轻人突然去世。他们都是非正常死亡，留给故乡和乡亲们太多的叹息。

年轻力壮的他们就像一株株饱满的庄稼，突然而至的厄运，让他们来不及感受人世的万般滋味，悄然魂归脚下的泥土。他们是故乡的一部分，他们的疼痛感伤，牵动着故乡版图。所有生活在故乡的人们，无不为之难过。

当凄凉的唢呐在巷子里呜咽，当飘黄的麦子低下伤感的头颅，当被哀痛染黄的纸钱在坟头燃成灰烬，当悲悯的白云在头顶暗自垂泪，整个村庄都疼痛着。在远方的城市寻梦的我，也为他们暗自落泪伤痛。

我知道，他们留在故乡阡陌的身影还一直俯向田野深处。他们或许会幻化成一股股清流，浇灌曾经被他们耕种过的土地；他们的眼泪或许会凝聚成草叶上的一滴滴清露，警示生者珍爱这人世间凡俗而又绵长的生活；他们的力气或许会变成穿过村庄堂屋、麦田的暖风，吹熟一茬茬的麦子谷物。他们的生命以另一种形式存活着，依附在这个不断变迁的村庄上，感受岁月枯荣的轮回，虫鸣鸟唱的祥和，生老病死的坦然。天地之道，究竟蕴含着人世多少的无奈？生命衍灭，究竟寄托着人间多少的期盼和遗憾？

在远方，我敏感于故土一草一木的枯荣，倾心于故乡一人一事的纷繁。时而为一场丰收的喜庆欣慰，时而为一次不期而遇的变故感伤，时而为一种宿命的无奈伤神。生，让人眷恋。死，令人深刻。生死之间，所有的欢笑泪水，承载着岁月无尽的沧桑，在这方滋养我们的水土，让我们痛心、感伤、幸福。

面对故土之上的疼痛，我常常感慨自己的卑微，我没有足够的能力消解那些在泥土间风里来雨里去的乡亲们的纤毫苦累，没有足够的情感慰藉他们为改变生活现状而流出的真实泪水，没有足够的财富减轻他们因为遭遇生命的种种无常所承受的那份沉重，也没有足够的能量给他们缔造一方免去种种困苦磨难的福祉。

所有失去的一切都会得到补偿吗？如果田野的麦穗有知，它们也会在来年不屈服风雨的强大，长出更加饱满的麦粒；如果河流有知，它们必将在今后的岁月里以更加丰富的养料滋养故乡的田野，为乡亲们奉献足金的收获。时间把季节划分成一种“时运”，命运把生命塑造成一种“气势”，在无常的季节和命运之间，我捧出的只有祈祷、祝福和脆弱的泪水。祝福被雨水、汗水、阳光浸润的故乡以丰润的时运补偿生活在这方水土的人所付出的种种艰辛，祈祷被哀痛、感伤、期盼关联的生命以强劲的气势抵御生命里不可测的寒冬。

今夜，我在远方，蜷缩在城市的阳台，一个人悲伤。故乡在远方，他们在远方，我将泪水流给故乡，流给那些一天天离我远去的人。愿亡者安息，生者幸福。只要生活在故乡的人们安康久长，我心不再悲凉，残留在眼角的泪滴也是一团幸福的盐渍。

# 每一块地都有一个名字

每一块地都有自己的名字，只是我们不知道，那些庄稼啊、草啊、鸟儿啊，它们知道。

离开老家的土地已经10多年了，但是那些地的名字仍然熟稔于心，上荒滩、下荒滩、上沟、石猴儿、过草儿、磨湾、湾地、羊赶滩、磨把头、祁家旱地、沙滩，写到这里，这些地名如同一块块云彩，掠过心头，故乡的气息随着这些名字，浪花一样在心底里翻腾。村子里的地名，被一条条河流、水沟、田埂、树林分割到不同的地方，表面上看起来，它们离得很远，实际上它们悄悄在地下握手，你中有我，我中有你，亲昵着呢。

这些土地上发酵起来的名字，卑贱、俗气，有的还是村子里那些多病多难的小孩子的乳名。凡是名字里带有水字旁而且向阳的地，庄稼谷物要长势就有长势，要收成就有收成，占足了风水，似乎得到了高人指点，颇有点像村子里懂经营善理财人财两旺的大户人家。那些被树林、山坡遮挡着的地，一年四季看上去病了似的，地里的草啊、庄稼啊，一副面黄肌瘦营养不良的样子，用世俗的眼光看，很像村子里那些光景困难、多病多难的人家，一年到头皱着眉头，愁云满面，让人不由得生出一些可怜来。

年少时，我曾经长久地注视过一块块地。我发现许多鸟儿喜欢在肥沃的地里飞翔、啄食、栖息，梳理羽毛。它们时不常拉一泡粪在地里，然后呼啦一下，带着胜利者的姿态飞到远处的丛林里、高山上。我不知道，被鸟儿拉了粪的土地会不会生气。过不了多久，它们又飞回来，彼此扑闪着翅膀，互相啄着羽毛，亲嘴、交配。土地成了它们谈情说爱的舞台。肥沃的土地坦然面对这一切，只有一阵阵的风吹过，麦浪一波一波地起伏着，似乎在安慰土地。

有的地里一天也见不了一只鸟，是不是因为它记恨在它头上拉粪的鸟儿，惹得它们不开心？时间长了，再也没有鸟雀、蝴蝶光顾。我想，这土地就和人一样吧，度量大的人，别人和你开个玩笑、搞个恶作剧，也不会放在心上；而度量小的人斤斤计较、耿耿于怀，谁还愿意和他交往，分享生活的乐趣呢？你只能孤单地活在自己的影子里，就那么一个人地老天荒。

或许，宽容的土地会把鸟儿的一泡粪当做朋友的一种友情馈赠，这馈赠在人的眼里尽管含有敌意和蔑视的成分，但说不定在土地的眼里就是一种扶持和关爱的情怀。小心眼、心胸狭窄的人，接受不了别人哪怕针尖一样渺小的三好，而胸怀广阔、肚量大气的人哪怕你给他一头冷水，他说不定也会当做一杯甘露呢。

名字，凝聚着一块地的主人，以及围绕这块土地繁衍生息的动物、植物所有的期望。一个人的名字经常被别人念叨，这是一种福气，说明你在别人心目中有地位。而一块地，经常有鸟雀光顾、植物生长，说明这块地和它们之间有一种天然的情分。一个人活着，最可怕的是无人问津，顾影自怜。他的名字因为人缘、性格、癖性所致而没有人气，最后只能像一块掩埋在黄土地下的废铁，生锈烂掉。而一块地，因为有了粮食蔬菜、草木花朵、鸟雀蜂蝶，就有了自己热闹而又富含价值的气场，四季轮回，花开花落，土地成全着所有因它生存的人们、动物、植物，它的名字如同一块永不生锈的钢，一天天，一年年，风来雨去，生辉发光。人活在世上，实际上就是活的一场“名字”，而土地活着，活得就是一种气场。

我们在土地上生老病死，而土地呢？它承受着一切，又以宽容的心态接纳成全着一切，人会老去，土地却不会老去，它被一代代、一辈辈翻耕着。人们企图以自己有限的智慧丈量脚下无限的土地，殊不知有名字的土地是无限的。有的人为了让后代和别人记住他，特意嘱托后人给他立个石碑，刻上名字，可是，任你质地再坚硬的石碑，碑上再隽秀深刻的字体，最终都会在时间无垠的荒野里被风雨腐蚀，化为虚无。而柔软的土地，没有石头的硬度，划过它身体的犁铧生锈了，烂掉了；踩过它头顶的人群、牲畜老死了，埋葬了；飞过它胸襟的鸟儿远去了，消失了，而它却一直超然地以哲学家的眼光看着这个不停变化的世界。

祖父葬在那块土地上，祖父的祖父葬在那块土地上，几百年过去，包括我在内没有人记得他们的名字，他们的名字被后人和村庄遗忘，但是村庄里的人现在还记得那些土地的名字。这些名字是淡定的、超然的，自己的心态延续着生命，延续着一个村庄的历史。留在我们生命版图上的土地永不老去，它的名字一直鲜活着，活在那些草木鸟雀心中，活在那些粮食谷物心中，活在那些蓝天白云心中。

大地以宽广深厚承载万物而无所不包容，它包容万物、滋养万物、造福万物。泥土敦厚不虚伪，内敛不张扬，谦虚不傲慢，丰富不单调。它不拒绝，以宽广的胸怀接纳大地上的一切事物。随便丢一粒种子在土中，只要被泥土抱在怀中，它的体温就能捂暖种子冰冷的身子，在阳光的鼓励下，为大地爆出春天的诗行。

一个实力再强大、风光的人，也活不过一块地。一个名字再红再紫的人，时间会褪去附加在名字里的颜色和名字所蕴含的一切，时间会教会我们，人，永远是土地的一部分，更是土地永远的臣民。

# 我们的庄廓，我们的根

庄廓一词为青海方言，庄者村庄，俗称庄子，廓即郭，字义为城墙外围之防护墙。如果你走到青海的湟水河流域，总会看到山川之间田野四周一户户四四方方的庄廓，如同一枚枚稳稳地印在黄土大地上的篆印。微微跷起的屋檐、屋脊就是这方黄泥大印笔画分明的古拙阳文。我们的村庄就是由这一方方黄色大印排列组合在乡间的土地上，或高或低，或大或小，或隐没在丛林中，或立在土路旁。一条条曲折蜿蜒的土路，如同一根根穿梭在村庄里的麻线，串起一枚枚泥土大印，组成了村庄这部简单而又厚实的乡间典籍，记录了这方水土之上的春夏秋冬、喜怒哀乐、生老病死、花开花落。门口流水，堂前挂果，房前养花，屋后种菜，左右种树，四周葱茏，这基本上是庄廓的自然风貌。

打庄廓是一件非常庄重的事情，按照我们老家的风俗，庄廓的方位和风水好坏直接关系着这家人一辈子兴旺与否。风水就是一户人家幸福兴旺与否的穴位，找准并定好庄廓的地理位置，从某种意义上讲，就意味着今后家里农事风调雨顺，人丁兴旺，财源茂盛。打庄廓前一定要拎上两瓶酒、一条烟到风水先生家里选良辰吉日，择好日期后请他选择宝地乐土，丈量面积。等到正式动工的那一天，主家一定要蒸一锅白馒头，然后在庄廓中央烧柏香，点香表，跪在地上叩首，供茶酒馒头肉祀于案头，然后用五色木柴禾祭奠土神，表达自家祈求风调雨顺家业兴旺的愿望。

要正式动工了，主家要请亲朋庄邻帮忙，明确分工，院子中间栽一高杆，杆子上绑三角铁铧和一匹红布，并挂上竹筛子，铁铧表示动土，红布寓意镇邪。个高臂长的负责从地下用铁锹挖土方，一掀一掀由下而上扔给夯土的师傅，身强力壮的负责用石夯子夯实夹在墙板中间的新泥。等到四四方方的庄廓四面墙从地上打起来时，最后一天庄廓墙的高度剩两板时要举行合龙口仪式，俗称合龙口，主家要在庄廓四角尖顶置白石头，两个馒头填墙头，三炷香插板缝，奠茶酒意味着神佛祖宗保佑，一祝长寿吉祥，二祝天长地久。在民间，白石头象征民族纯净的心，又象征吉祥如意。庄廓墙顺利合龙后，当日亲朋好友必要带礼物前来祝贺，主家要摆酒席，席上必不可少的是吃长面，意为满堂儿孙满堂喜，子子孙孙都富裕，幸福长久家庭安康。

在我们老家，一个完整的庄廓院就是一个微缩的城堡。高约 5 米的土筑厚墙，不可随意逾越。严密厚实的大门拴以粗门闩，即便三五莽汉也奈何不得；紧急关头上了房顶，便可居高临下，抵御墙外之侵。庄廓院的门闩直接仿照城门的门闩，只是略小些。庄廓院的屋顶都是平顶，上房御敌，行走如平地，俗话“青海山上不长草，房上可赛跑”，一点儿都不假。

庄廓用泥土深深地烙上了中国传统文化的烙印。典型的庄廓院坐北向南，面积一亩左右，平面呈正方形或长方形，板筑围墙厚约 0.8 米、高 5 米以上，南墙正中辟门，院内四面靠墙建房，形成四合院，以南北中轴线左右对称，中间留出庭院，可种植花木。庄廓院内各方位的房子有固定的用途，北房为正房，亦称上房，面阔五间或三间，单坡平顶，前出廊，土木结构，明间安四扇格子门，次间、稍间各安花格子窗，窗下砌砖雕槛墙。北房在建造时台基略高于其他房基，用料、装饰及规模上格外讲究，前檐木雕装修十分精美，内容有寿山福海、牡丹富贵等。花格窗也有多种图案，如八封套、步步锦、方胜扣等，很有特点。进了正房门，条件好的人家，靠墙摆条几、八仙桌，两边为官帽椅，墙上要么挂画着寿星、神仙、山水人物之类的中堂画，要么挂喜鹊登枝、牡丹富贵、红梅报喜之类的花鸟画，讲究一些的人家还挂一些字画，颇有耕读世家遗风。左次间用木隔断（俗称板壁）另成一室，供佛像和祖先神位及家谱；右侧稍间用花罩或碧纱橱隔断作为寝室，做满间炕，炕侧靠后墙置炕柜和门箱，放置衣物被褥，炕上铺毛毡及毛毯，炕中间摆炕桌。北房是家中长者和客人的用房，冬季火炕煨热，十分暖和。有客来访，便请上炕，火盆烧起木炭火，温酒炖茶、闲话桑麻。夏季待客，就在前廊下置一大板床，上摆小炕桌，请客上坐，木板床也是一家人冬季向阳、夏季歇凉的地方。条件差一点的人家正屋内中堂前放置两个木质大面柜，中堂墙壁上悬挂福禄寿星之类寄托生活美好愿望的图画，中堂下面常常挂上全家人合影或者长辈晚辈的黑白彩色照片相框。

土砌的围墙，木构的屋堂。西北的庄廓没有南方的楼院青砖黛瓦那样的婉约，也没有小桥流水、鱼嬉荷田的灵动，有的只是高墙厚土的粗犷，狗吠柴门的简洁。条件差一点的人家，打好庄廓后，不急于修建顶上镶嵌着琉璃瓦的砖混结构的大门，而是用木头、铁丝简单地扎成两扇木门，再用荆棘穿插木头与木头之间的缝隙，起到拦阻作用，这样别人家的牲口或者野生的动物不会闯到庄廓里头吃蔬菜糟蹋谷物。风吹日晒雨淋，时间长了，暂时没有住人的庄廓木门上爬满了茂盛的牵牛花，细细的藤蔓举起别在柴门腰间的喇叭状的红花，不知道在歌颂庄廓的宁静还是吟诵节气的韵律。有的木头被太阳晒得裂开纹路，风吹来的草籽落进里面，长出一簇簇、一簇簇的绿叶，就像夜晚的星空闪烁着的星星。有的人家在木门上贴上对联，时间长了，对联渐渐发黄发白，红纸被雨水浸泡又经太阳暴晒后流淌过的痕迹，如同老人遇到喜事后泪痕将干未干的脸，浸透着一种历经人世风霜后的淡定和欣慰。

一般人家的庄廓里面都栽了苹果树、李子树、梨树、核桃树、花椒树、杏子树，等到七八月，园子里挂满了果实，阳光下的庄廓飘着一股股浓郁的水果气息，那香，是那么清冽，走进果树下面，整个肺腑似乎都透着一股清凉和香味。树梢头上的果子，红的红，黄的黄，绿的绿，橙的橙，紫的紫，俨然是色彩的舞台。如果说南方的春天是“春江水暖鸭先知”，那么西北的图景就是“盛夏果实鸟先吃”了。每天都有鸟雀栖息在枝头，扑棱着翅膀，嬉戏着，鸣叫着，在盛夏的果树上像极了舞台上的一号男女主角，出尽风头，旁若无人又心安理得地啄着高处最先成熟飘香的瓜果。鸟儿们那悠然自得的样子，看上去，它们反而成了庄廓的主人，成了这些果实的王侯将相。对此，主人睁一只眼闭一只眼，由它们去，吃掉一个果子，啄坏一个梨子也无所谓。

这几年，村庄变富裕了，水泥路都通到家家户户的门口，一个村庄九成以上的人家都新建了水泥砖混结构的盖板房子，家家户户在屋檐下装了不锈钢材料的封闭式阳台。原先的泥墙被推倒，取而代之的是光洁的瓷砖、琉璃瓦、铸件透风墙。房屋结构和面貌的改观，让一些旧事物渐渐退出村庄的历史舞台。“庄廓”这个词已经成为发黄的经卷、斑驳的风幡，在岁月的风雨中渐渐褪色、模糊、撕裂、剥落。我估计，现在在村庄里，一些小孩都不知道什么是“庄廓”了。只有那些不肯也不愿意住进新房的老人还叼着烟管固守在老庄廓里，晒着太阳，牢牢握着长长的烟管回味从前。旧庄廓、老房子的气息已经深入他们松松垮垮的皮肤，深入他们日渐疏松的骨头，他们对旧事物的眷恋就是对旧光阴的深刻牵连，不忍不舍不散。旧庄廓就是一个大仓库，在萧索、陈旧、散发着霉味气息的空间里，他们耗尽了大半生或者一辈子的时光。

现在庄廓这方黄泥大印被时间一点一点蚕食、腐蚀，然后破损，成为烟尘，谁也无法阻挡时间所向披靡的锐利爪牙和铿锵步伐，而我的惆怅依然继续，眷恋时不常蛰伏在内心深处。阅读庄廓，我读到的是一种鸡犬之声相闻，庄户之气相融的和气；一种鸟鸣林更悠，烟舞天倍幽的静气；一种日落西山薄，月出云雾轻的灵气；一种川纳万物天地阔，水流千壑草木盛的大气。

我们的庄廓，我们的根，她聚合了泥土、木头、砖瓦等来自自然形态的物件，盛纳着最朴素的民间情怀，角角落落渗透了天人合一、天地合一的传统文化因素。风吹树响，雨淋泥墙，随着四季的轮回、时节的更替，雨水浸泡，风吹日晒，庄廓也一天天老去，墙壁上突起的泥巴，斑斑驳驳，如同上了年纪的老人脸上的色斑，这既是沧桑岁月的见证，又是风雨人生最真实的历练。靠近林荫的庄廓墙角总是生长着一簇簇的碧绿苔藓，它们肆意而又安静地生长，固守着一份天地相守不弃不离的诺言，是凡俗的诗歌，又是决绝的礼赞和坚守。

远离庄廓，来到遥远的城市生活，我总觉得自己身上少了一份地气。城市平整的柏油水泥路面如同安置了一个阻挡我们接纳地气的阀门，走在上面，留不下脚印，总是让人茫然得心慌空虚。

故乡是一种辽阔的心情，是人最终的皈依所在；可是漂泊在城市的人们，远离了曾经养育自己肉体的泥土地，这种最初辽阔的心情，随着城市的拥挤喧嚣斗争，一天天变得狭窄单一，越是狭窄，心越变得空虚，种种欲念如同隐藏在城市各个角落的病菌，暗自生长，让人失去方向和信仰。于是，我们身上不干净的东西越来越多，各种疾病也不断滋生。这或许就是远离了土地的原因。

认识一个村庄需要一生的光阴，读透一个庄廓需要一辈子的眷恋和思考。我想，比起人的心灵，土是最干净的东西。尽管我远离庄廓，但我的心里装着一座城池，远方的城市旌旗招摇霓虹多姿，而我的城里麦苗青青、炊烟悠悠、砖瓦厚实。因为我知道，一个追逐在尘世权势世界里的，最终收留他的不是功德簿上注水的数字，也不是虚妄赞叹的话语，而是一把不起眼的泥土，它正来自于我们的庄廓，我们的根。

# 向一群消失的麻雀忏悔

田野是一本书，那么多麻雀蹲在树上，像一个个灰头土脸的逗号，把季节分成春天、夏天、秋天、冬天。白杨屋檐、麻雀筑巢，桃红柳绿、大地妖娆，风清云白、麻雀欢叫。它们友好得如同兄弟姐妹，落在电线杆上、落在屋檐上、落在冰雪常年不化的墙角落，留下天籁之音。

秋天和冬天的麻雀留给我的印象最深。秋天，我们蜷缩在墙旮旯晒太阳，它们从不偷懒，全身心投入规模宏大的集体劳动中，在收尽麦子的田野，寻找遗落在地里有限的麦粒。它们不抱怨生活，也不计较麦粒的多少，珍惜每一粒被我们丢掉的麦粒，把一个热烈而又朴素的话题丢进地里，风一停就沉了，雨一下就湿了，那些话题播进地里就孕育成种子，来年的春天，大地上就多了点点绿意。冬天的时候，它们更多地落在孤零零的树枝上，轮流交换着发言，气氛比屋子里的炭火还热烈。或许它们在开会，研究如何报答大地的情义；或许它们在礼赞，礼赞冬雪高洁的品质。

它们吃一口饭就要向大地感恩地叩一下头，喝一滴水露还要鸣叫几声，唱一些朴素的曲子。这朴素的生灵是多么懂得生活的真谛啊。

年少时，我曾用弹弓击落麻雀的巢，也曾用肮脏的手掏过它们的蛋，甚至活捉过老麻雀，使它们家园破碎、妻离子散。记得有一次，我还把一只麻雀关进笼子里喂养，最终它不吃不喝，清澈的眼睛里满是泪水，没过两天就绝食自尽。硬骨头的麻雀以死抗争我的粗暴，它的骨气、它的硬气让我想起课本里坚守气节的民族英雄。现在想来，为当年的无知和顽劣十分汗颜。

每年冬天，我都要回到老家，在曾经走过的路上走走，曾经捕过鸟的地方坐坐。天空是那么空洞，空洞得如同充了气的气球。大地又是那么冷清，冷清得就像一间灌满冷风、长满枯草无人居住的老房子。天空中再也看不到麻雀的影子，田野里也寻不见麻雀的足迹，这让我十分纳闷，那么多的麻雀到哪里去了呢？长辈们说，这几年应用新技术种田，春天下种的时候，种子总要在农药里搅拌，粮食成长的过程中我们还时不常喷洒农药，麻雀们被农药药死了。

生态慢慢恶化，田野里没有了麻雀针锥般渺小的容足之地，有的远走高飞，有的老死在这片土地。这让人无比心寒失落。风是大地的琴弦，飞翔的麻雀就是大地的音符；天空是大地的一件婆娑外衣，麻雀是这件衣服上得体的一个图案。没有了麻雀，田野沙哑的喉咙再也唱不出美妙的曲子，曾经被麻雀的歌声一遍遍日复一日、年复一年擦亮的风已经生锈了，只有那些被季节无情地剥光衣服的树木，举着有气无力的枝条，在每一个白天黑夜，默默守望，孤单生长。

诗人说，“天空没有鸟的影子，而我的心早已飞过”。现在，天空没有鸟的影子，我的心像一眼枯泉，只留下往日茂盛蓬勃的回忆。

有鸟巢的地方就一定有希望。现在，麻雀成为一种记忆，成为油画里的静物。谁能对一群麻雀的消失而忏悔？谁能为天空的沦落而惆怅？谁又能为一些美好事物的消失而惋惜？尽管我远离那片土地，但我常常梦见那里的麻雀，梦见被一声声雀鸣声浇灌的童年，我的泪水已经断流啊，为那些在天空逝去和即将逝去的麻雀。

那么多麻雀背井离乡，去了我们不知道的地方；那么多麻雀停止虔诚的歌唱，封闭了干涸的喉腔。它们飞走了，远去了，或许它们早已抵达天堂，或许它们还在路上，模糊的身影像一个个淡淡的省略号，又像一把刀，割断了我们的回忆，割断了我们对渐渐消失的光阴所保留的温暖怀想。

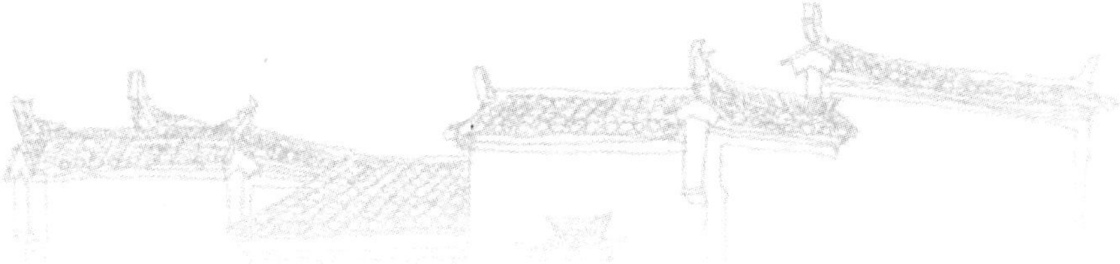

# 一只驻足在我梦境里的羊

羊群是田野里游走的云，温柔、脆弱、善良的云。从宿命的角度讲，羊是很苦命的生灵，为了吃饱肚子每天不辞辛苦翻山越岭，甚至为了一簇并不怎么鲜美的青草还要在人迹罕至的地方走出一条“羊肠小道”。更有甚者，无辜的羊成为部分人功利和斗争的牺牲品，一辈子戴上了“替罪羊”的沉重帽子。残忍的人为了生活将羊的皮毛剥了，吃肉喝汤，肉吃光了，还要将毛皮织成衣服、饰品换成钱满足生活的某种愿望。

印象中，年少时，村里几乎家家户户都养羊。平时家里忙没有人照顾这些柔弱的生灵，大人们按照自家所养的羊的数量的多少将几户人家的羊合成一群，按一只羊放牧半天的规矩轮流照看。暑假的时候，放羊的任务就落到没有劳动能力的自家孩子身上。

上初中的时候，我家里养过 10 只羊，对贪玩的我来说放羊是一件极其美好的事情。10 只羊里面有一只年纪大了，身上的毛都脱了，走路总是落在后面，让人见了格外心疼。别的羊可以跑很远的一段路，可以轻松跳过沟沟坎坎，吃上鲜美的青草，而唯独那只老羊拉在后面，吃别的羊吃剩的草。那时，我们通常是三五成群，将羊赶进山里，然后在山口打牌、下棋、吹笛子。时间长了，我发现老羊从不远离，就在离我不远的地方来回吃草，而其他羊早已跑得不见踪影，莫不是它对我有特殊的感情？

麦子收割以后，我经常在麦地里捡拾一些洒落的麦穗，在回家的路上悄悄喂给老羊，每当那时老羊显得很温顺、安详，慢腾腾地咀嚼。吃完了便伸出舌头，舔我的手掌，这也许是它对我的报答吧。有时打牌打得不耐烦了，我就用镰刀割一些水沟边的青草倒在地上，赶走那些年轻体壮的羊，给老羊开小灶。老羊吃一会儿，然后抬头看看我，咩咩叫上一两声，似乎在表达某种谢意。

我发现人和羊一样也有默契。回家的时候，其他羊早早地跑在前头，而老羊却像个忠实的侍卫跟在我后面，我走它也走，我跑它也跑，我停它也停。同伴们发现了这种默契，说道，你家的羊像你的弟兄一样，会跟你呢！为了验证这种猜测，他们提议蒙上老羊的眼睛，让我藏起来，看看它会不会找我。我弯起腰藏进一个岩洞里。等我做好隐蔽工作后，同伴撒开老羊，片刻我听到老羊的叫声，咩—咩—咩，急促、不安、焦渴。一声比一声长，一声比一声急。

我在岩洞里听见老羊跑来跑去的蹄音，忽远忽近。也许是找不见我的身影，老羊急了，就站在岩洞不远处不停地叫。同伴们喊我，出来吧，羊真的找你呢。我出来后，老羊一下子看见了，一改往日拖拉的步伐，飞快地向我奔来，边奔跑，边喊叫，咩咩，咩咩，声音有点委屈，像个被母亲遗弃的小孩突然见到母亲后被抱在怀里的抽泣。眼神里有一丝伤感，那时形容不出来，现在想来那种感情应该是久别重逢的欣喜和感伤。我动情地摸摸它的头，它伸出舌头，以为我会给它麦穗什么的，可我手里空空的，但是它并没有一点失望的样子，仍然舔我的手掌，那种亲密、默契、细腻如同旱地之上突然冒出的一股清泉，直透心灵。

羊和人一样有重感情的一面，也有自私的一面。记得有一次，放羊时我和伙伴们在田野里打牌，我和一个比我长 3 岁的伙伴因为他偷牌的事吵了起来。吵着吵着，趁我不注意，他突然一用力将我推了个仰朝天。我重重地仰面倒在地上，还没等我起来，只听见他发出“哎吆，疼死了”的尖叫声，起身一看，是老羊一下接一下地用并不突出锐利的角顶他。他向我求饶，快，快，叫住你家的羊，疼死我了，以后再也不和你打架了。最终，我和我家的老羊以胜利者的姿态站在他面前，警告他以后不要随便欺负我们。

平时看似柔弱的老羊，在关键时刻挺身而出，捍卫了弱小者的尊严。这让我对老羊又多了一份感情。

考上高中后，我到县城上学，已很少有机会放羊了。然而，每逢周末回家，趁父母亲不注意，我都会偷偷拿出一个馒头悄悄在羊圈里喂给它。老羊已经很老了，谈不上瘦骨嶙峋，但每况愈下，毛脱得更厉害了，腿子比以前更细了，细得能看见血管和筋。自从出生到成为母亲，老羊已为我家生了 5 只小羊，使我家的羊圈“人丁兴旺”，使羊的总数量达到 10 多只，从它们身上剪下来的羊毛可以给我们缴部分学费了。这也是羊对我们的恩泽，它们是名副其实的功臣。

后来，我们姊妹们相继有两人考上大学，一年要缴纳一万多元的学费，家里的经济负担越来越沉重。记得大二的第一学期，想尽办法后我的学费还差 600 多元，实在想不出办法了，父亲决定卖掉两只羊。尽管有点不忍心，但为了儿女的前程父亲做出了无奈的选择，以 600 多元的价格卖了老羊和它生的一只羊。可怜的羊、无辜的羊，帮我们渡过难关后成为我命运和前程的牺牲品，尽管它总有一死，但死在别人的屠刀之下，而不是生于斯长于斯的家园，这让我们心里十分愧疚。

现在我已工作多年，可是我竟然还吃羊肉！颇有点好了伤疤忘了疼的意味。每当在电视里看见白云下、碧草之上的羊群，我的思绪就又回到放羊的年少时代。有时触景生情，也许是日有所思夜有所梦吧，我竟然经常性地梦见那只羊。它静静地站在我身旁，有点哀怨地看着我，然后奋力绵长叫上一声：咩！似乎在说：记住吧，你的每一点幸福里都有我的一滴泪水，你的每一点进步里都有我瘦弱骨头的支撑。

那只羊，像一截插入我梦境的锲子，让我对人生有了另一种看法：清白的皮肤之下必有滴血的呐喊，走向明日忘了昨日苦痛的人，必定站不了多久，走不了多远。

# 走进草木深处

看到秋日原野里一丛丛被霜露打黄的草木，我真想扑上去喊它们一声“老朋友”。

一些草木在秋风中老去，它们把秋风当做生命的词典，在夜晚说出了生命由绿到黄的全部秘密。你看，那些低头弯腰的草木，它们肯定在怀念往事，要不然，那么厚的霜落在身上，为什么它们皱着眉头，也不喊一声苦？

很多草，被我们晒干，当做取暖的炭火。许多木头被我们垒在墙角，防备着不测的严寒。草和木在一起，如同左手和右手，无法分割。草用矮小的手掌，为这个世界精心捧出花朵和芬芳，这让我想起幼儿园里稚嫩的孩子对老师毫不保留地说出家里的底细。草木单纯，木头厚道，被加工成家具，容纳我们物化的欲望和虚荣。我常常在孤独的时候怀念小时候和父亲一起伐倒的那些大树。我清晰地记得，当一棵大树被锋利的锯子放倒时，树根里渗出的那些湿润泪水，它的心里藏着多少委屈和酸楚啊。它给我们奉献了果实，我们却举起了屠刀。脚下的草见证了树的疼痛，它们肯定在呐喊，用自己的方式表达对手足树木的同情，只是我们听不见而已。

我也常常想起小时候被割来喂羊的那些草，那些从草叶里流出的绿色血液。多年过去了，我不再手握镰刀，向田野里的青草下手。只是我的梦境里反复出现一把把青草，它们站在田野，如同书页里的感叹号，让我猛然醒悟。我陷入遐思，那些被我杀割的草会不会对我怀恨于心？

草木也有自己的生日，当人们为自己的生日，点着蜡烛，盛上美酒，摆上菜肴而觥箸交错以时间的名义狂欢时，草木怎样过自己的节日呢？或许，一只陌生的蝴蝶给它献上了最真诚的祝福，一阵温柔的清风给它亲昵的爱抚，一束炽热的阳光给它点燃了祝福的礼炮，一块湿润的泥土给它敞开了温暖的怀抱。这些简单的植物啊，谦卑得像一个哲学家，友好得如同一个大使。

是风，过滤掉了它们身上的杂质。是雨，锤炼了它们的品行。是阳光，塑造了它们的性格。它们裸露在原野，疲惫了，风就给它们挠挠痒痒。寂寞了，雨就给它们说个笑话。困乏了，太阳就给它们松松筋骨。受伤了，泥土就给它们鼓鼓劲儿。它们，像一家子人，尽管有时也许会为一滴滴雨露、一点点养料争斗一下，但是它们从不摆在脸上，而是悄悄地在泥土深处和解，以自然的法则作为家规，既得到教育又不影响团结，在地面上一团和气，像一群自由的画家一样，用心为世界交出自己体内的绿、体内的香、体内最纯净的氧。

现在，我远离草木，即便居住的地方有那么一些有限的绿地，但那不是真正的草木，而是一群被城市文明驯化了的穿上华丽外衣的装饰。它们的根扎得很浅，从茎叶里向城市人挤出献媚的微笑，尽管花枝招展，总有那么一些市侩的俗气。

走进草木深处，向它们鞠躬敬礼，亲切地喊它们一声祖父或者兄弟，一个保持单纯心灵的生命，尽管生活让它屈膝弯腰，它仍然能够在这片大地上直立行走，以铮铮傲骨，留下自己的绿，自己的香。

第四辑

# 所有的雪都扑向故乡

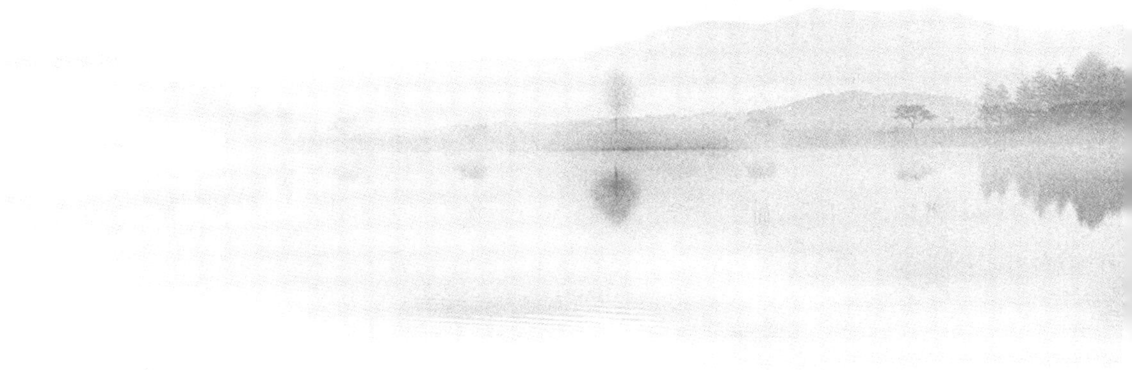

一个人的爱有时是一座沉默的冰川，而有时只有一朵雪花般那么渺小。身处异乡，我的衷肠沿着雪花的棱角，化为水，一生只能膜拜一个方向。

# 惆怅的田园

父亲从千里之外的老家打来电话说：“今年春节回家，你可要睁大眼睛用点心，不然你会走错回家的路，所有的路都变成了水泥路，许多老树被砍掉了，许多老房子被拆迁了，家家户户大兴土木盖起了水泥楼房，大片大片的土地被征用，听说要办厂子。”

“不然你会走错回家的路”，父亲的这句话，猛地让我的心揪了一下。记忆中的田园在我脑海里镜子一样清晰起来。

丝瓜漫不经心地趴在墙头，在午后慵懒的阳光下打瞌睡；妙龄的玉米每天盛装婆娑，急着赶赴春天的约会。腼腆的桃花，胭脂淡薄，不追风弄月，它含苞的花蕾担忧着必将凋谢的宿命。一枝枝墙角的红杏，吐着火焰，憧憬着秋天的风光。门口的篱笆墙下，脱毛的老狗匍匐在地上，吐着长长的舌头，回味一块骨头给予的酣畅。牛棚里纳凉的牛羊，静静地卧在洋溢着粪土腥味的地上，反刍着葱茏的光阴。燕子在湛蓝的天空自由飞翔，裁剪云朵，优雅潇洒的举动像气质不凡的绅士。灰头土脸的麻雀跳来跳去，像个没有学籍的编外学生，旁听屋子里主人为粮价涨落而引起的感慨。一串串葡萄吊在斜搭在屋檐上的支架上，如同一个精准的秤砣，计量着咸淡生活的幸福指数，它们总是那么自信，从不为粮食蔬菜的价格提心吊胆。灌足了水分养料的硕大南瓜，懒洋洋地躺在地里纳凉，简直就是村里暴发户大款，大腹便便的做派让你莫名的发笑。一垄垄碧绿的蔬菜，是乡间的仪仗队，整整齐齐，英姿飒爽，让你不忍心割去。

这些只是属于十几年前的美好时光了。

那次通话以后，我害怕听到父亲说起有关故乡田园的事情，但又希望听到一些故乡的消息。我知道，只要和父亲通一次电话，我就会失眠一次。

现在，充斥乡间田园的是挖掘机牛气冲天的轰隆声，压路机粗犷碾压的破碎声，钢筋水泥纵横交错搅拌的灌浆声，乡亲们建房材料好坏的攀比声。一个个用醒目红漆写在墙壁上的“拆”字连着一个个大大的“×”，展示着政府的威严。这刺目的“×”像插在乡间两肋的刀，在重建家园的同时伤害着乡间的原始文明。

一座老房子颤抖着倒下了，会有千万间水泥房子气势汹汹站起来。老房子，退出乡间的历史舞台，让人不由想起战场上功勋卓著的老战士。在倒下的烟尘中，谁能缅怀昔日的温暖和幸福?

挖掘机愤世嫉俗瓦解着乡村的传统，推土机张牙舞爪推平了历史的褶皱，有线电视演绎着乡村之外的精彩，别在乡亲们腰间的手机敏锐地捕捉市场的信息，缩短麦田与市场的距离，以最快的速度让粮食蔬菜水果走向城市的餐桌。以前是农村包围城市，现在是城市包围农村，城镇化的锐牙利齿已深深嵌入泥土的骨髓，就连一些上小学中学的乡村少年也懂得超女、快男，他们哼着听不清歌词的流行歌曲在乡村的水泥路上漫步，留不下清晰的脚印。我担心，他们轻浮的嘴唇能不能背出一首完整的唐诗宋词?

液化气取代了炊烟，有线电视撵走了广播，楼房削弱了草房子，机器驱逐了犁铧，皮革刺痛了布鞋。生产方式的变化，深深地影响着乡亲们的生活和心理。马克思关于生产力和生产关系的论调依然光芒万丈。我的乡亲们不再关心农药是否会伤害田间地头的作物，他们只关心一亩地被占用后能给多少补偿费，一捆捆白菜和大蒜能卖多少钱。一些上了年纪的老人无奈地在黄昏的村口抽闷烟叹息，无可奈何的事情每天都在发生。他们的老骨头已经无力抗争一些民俗和传统的沦落。他们身上洗得发黄的的确良布衫已经看不惯流行在乡村的牛仔衣，脚上的条纹布鞋与年轻人脚上的皮鞋相比，明显底气不足。

我在远方，经常关注故乡田园的变化，用频繁的电话，向故乡表达一个游子殷勤的牵挂。只是我们尽管有乡亲，却再也没有了乡愁；我们有了房间，再也没有了田园。我们有了“单位”以及单位里造出来的“思想和制度”，但是没有了田园里不设防的家常和民俗。

日历一天天翻过，甚至没有日历，只要我们轻轻一按手机上的一个按钮，电脑键盘上的一个字母就能在瞬间了解天气和节气的变化。远离田园，混迹在城市的我们不再关注节气，而是更关心财气、人气和买彩票、股票的运气。只要一想到这些，我的心立马就像多年前弥漫在乡村晨曦中的雾气一样，惆怅起来。

有一天，我从杂志上读到这样一段话：也许，从最低层次来说，乡村就是这样一个爬虫，看上去最衰弱也最不起眼，但却是一只美丽的爬虫，它不急不躁地耐心等待自己的机缘，积蓄最顽强的力量。从最高层次上讲，乡村就是那个追求完美的艺术家，它的艺术品不受时间限制，它一旦被造就出来，一旦完工，将是这个世界上存在最久也最完美的一件艺术品。

我被作者的这段话深深折服。是的，从某种意义上讲，乡村就是一只不断蜕变的蚕，在桑叶上缓慢发育，结茧后历经黑暗的煎熬，最终吐出丝，加工成丝绸，在城市斑斓的空间里熠熠生辉。让我们难过的是，你到底为它短暂的生命光彩荣耀高兴，还是为它生命的创伤叹息惆怅？更让你矛盾的是，这是劫难的开始，还是幸福的莅临?

乡村的田园是一个人、一个地方的根脉所在，魂魄所依。它塑造的是一方水土的文明，一方人群的人格，只是当这种文明和人格被新的生活方式加工变异后面目全非，面临坍塌的危险和困境时，有谁还能为它惆怅、难眠，甚至哭泣?

我的田园，惆怅的田园，你的天空像一颗透明的眼泪，依然悬在我的梦中；你的露珠像一串纯粹的银饰，依然挂在我的脖颈；你的老房子，像一部发黄的《诗经》，依然活在我的眼睛。我愿你美丽如斯，诗意如斯，和谐如斯。如果可能，就让我成为一粒药丸，在你多病的体内，融化沥练出美丽健康和善的魂魄。我相信，你慈母般柔情的双眸里，没有断流的河水，没有哭泣的花朵，没有忧伤的白云，没有枯萎的炊烟。我知道，你博大的胸怀里，依然跳跃着露水的清澈、煤炭的温暖。你不用放大镜，就能看清我心底的惆怅和忧伤；你不用测谎仪，就能知道我情感的深浅和宽广。

# 对着麦子微笑

13 岁那年夏秋之交，家乡遭遇了一场几十年不遇的冰雹灾害。至今回想起那年的苦涩与艰难，我仍记忆犹新。自然灾害刻在成长岁月的烙印历历在目，然而父亲面对灾害的从容态度和说过的那些话，如同生长在坚硬岩石上的常青松一样挺拔在我的心灵深处。

那年 7 月初，田里的麦子快黄了，再过半个月时间就要收割。虽然不到收获季节，然而丰收在望的喜悦和期盼早早地流露在父辈的脸上。树上的苹果杏子即将成熟，过不了多久就可以摘了。地里的蔬菜郁郁葱葱，滋润着我们的生活。天有不测风云，就在我们掰着指头掐算收获的时节，一场突如其来的雹灾袭击了村庄。那天午后，原本晴朗的天空突变，顷刻之间蚕豆大的冰雹倾盆而下，打在身上格外疼。冰雹打落了树上的果子，即便没有打落的，也被打烂，伤疤一个接着一个。麦子被拦腰折断，麦地里满目疮痍。地里绿油油的蔬菜被利箭一般的冰雹打出一个个洞，像美丽裙子上撕破的布条。

一年的希望在不到 15 分钟的时间里化为乌有。大人们冒着暴雨，顶着冰雹在第一时间赶到麦地，眼睁睁看着麦秆一个个被大风刮倒，麦子一株株被拦腰折断。我跟着父亲赶到麦地，只见上了年纪的人双手捧着被折断的麦子，仰天大哭。有的人蹲在树底下抽着闷烟，满眼泪水。有的人用铁锹把地里积满的水引到水沟里。男女老少神情严峻而又悲伤，聚在田埂上诉说自家的惨重损失。

年少的我跟在大人中间，苦涩写在他们脸上，无助的神情让人格外心痛。麦地里的父亲脸上看不到一丝悲伤，我知道，向来乐观的他从不把悲观失望表现在脸上。他只是用力握住铁锹，把水一锹一锹泼向田外，一锹比一锹用力。

原本丰收在望的景象一下子变得面目全非，我不由得流出年少的泪水。父亲放下手中的铁锹，无比慈爱地抚摸我的后脑勺。他说，别哭，庄稼不成年年种，我们受苦人没有悲观的权利。

我知道他是用爱的语言把内心的苦楚化为乐观的力量，让我们笑对一切。面对这惨痛的凄凉场面，有谁能够轻松起来呢？令人不解的是，父亲竟然当着那么多人的面，捧起一把折断的麦子微笑。他的微笑既从容、镇定、坦然，又意味深长。或许在那些长辈眼里，父亲的举动就是对土地的不恭，对自己辛勤劳动的一种淡漠和亵渎。拿今天的话来说父亲当时就是“另类”。我看看父亲微笑的脸，又看看那些长辈挂满泪水因为极度痛苦而一筹莫展的脸，两种不同的态度加剧了我对突如其来的灾害的怨恨。

长辈们脚下堆满了烟头。乌云渐渐散去，风停了，雨住了，太阳露出本来的面目，一副处变不惊的样子。父亲抹去我脸上的泪痕，说，走，我们回家去。回家的路上，我不断重复让父亲计算今年的损失，父亲依旧带着笑容说了一句谚语：十日打猎九日空，一日赶上十日功。不要悲观，哪里的土地不养人。即便今年颗粒无收，我们仍然要对着麦子微笑，毕竟粮仓里还有许多种子哩。

这些话，像一束穿透阴霾的阳光，折射着希望的曙光，让年少的我挥别苦涩的泪水。我猛然间感觉因为父亲的乐观，自己也变得坚强起来。这些话又像一片夹在石头缝里破土而出默默无闻地顶着重压的叶子，点亮了我对美好生活的向往。

尽管那年庄稼歉收，然而我们却收获了另一种麦子。那一年，在城里工作的亲戚们的帮助下我们渡过了难关。从那以后，在学习上我不再顽皮，放学后主动帮家人做一些力所能及的家务活。

第二年，我家的庄稼有了前所未有的收成。我也开始长大，从一个村里人教育子女的反面教材成为同龄人中的榜样。

多年过去了，我总喜欢从自己走过的道路中汲取写作的沙砾。我认为，乡村贫瘠的泥土里埋藏着许多“金子”。我以乡土为支撑精神大厦的支柱，认认真真把它们砌成不断进取的台阶。在 30 多年的人生道路上，尽管我也曾走过不少弯路，但是每当面对考验的时候，我总喜欢把父亲说过的那句话当做审视自己的镜子。

“即便今年颗粒无收，我们仍然要对着麦子微笑，毕竟粮仓里还有许多种子哩。”这句话我能够记一辈子。

现在，我家 10 多年没有种麦地了，但我仍对麦子念念不忘，对对着麦子微笑的人敬佩有加。父母亲不再受苦，安享晚年，日子像麦芽糖一样，唇齿流蜜。也许这就是在波涛汹涌的人生河流里，风雨停滞后命运馈赠给我们最珍贵的金子吧。

# 风中有朵雨做的云

稻子低头弯腰，询问棉花是否丢了一根针。棉花捧着一团絮，邀请麻雀来搓绳。秋风斩落的黄叶，夕阳埋葬远去的故人。枯藤攥着一把种子摸索着前行。豆荚借着晚钟，敲响腰鼓。脱壳的青春，宛如发黄的书信，一粒粒浓情的豆果，排成昔日的脚印。一粒沙抱紧一滴寒露，预言泥土嘴里的幸福。蚂蚁穿着朴素衣裳，辗转着癒合大地的伤痕。春风、惊蛰、谷雨，每一道绣花的伤痕就是春的新生。

当霜卸掉表层的铅灰色就变成了盐。美丽虚幻的事物沿着刀锋前进，落叶的轨迹被盐渍成伤痕。盐终结蔬菜里的甜分，孵化成酸。

秋风在午后领衔出场，落叶既不浩荡，也不悲伤。它拒绝喧闹，只是从高处落到地下，如同一个人从辉煌中抽身来到银幕背后。它被秋风裁剪的弧线如同括号，风力简练秋色浓郁，地上堆满了枯草黄叶，这多么像一个人的一生因为思念而白了头发。你看，在天空和大地中间，有多少括号囊括着人世间所有的情感。

一瓣月亮，半阕秋风。星星高举酒杯，唱出今夜的赞美。大雁南飞，白云如水，清洗娇羞如荷的容颜。白露的水晶项链，霜降的淡淡胭脂，写着银子一般的纯净诗句。梧桐飘黄，推敲张开的翅膀能否经得起时光的渲染。大雁驮走的牵挂，故乡拉远的天涯，秋风里我握紧一朵菊花，我要给它说说，一颗心怎样抵达。

海德格尔说 ：“诗人的天职就是还乡，还乡使故土成为亲近本源之处。”秋风穿针，阳光绣花。落叶下棋，大地布局。妈妈的鞋样在天涯，寒露下的脚丫闪泪花。

秋风里起轿的荷花，望断了藕塘里的天涯。菊花们望着天空集体打听谁家的南雁出嫁？园博园里浓缩的惆怅，几只蝴蝶数着弱柳的相思笔画。长江奔流入海，久久回头的眷恋，那是三江源头的家。

太阳收走露水的书信，草木在秋风中醒来，黯然寂寥，仿佛还沉浸在梦里，不想让一束一束的阳光随意把秋风分行。

天空是白云的仓库吗？白云是天空的私房钱。一抹蔚蓝，款待着我们干涸的眼睛。

秋风无骨，桂花坐禅。冷月无边，稻子自谦。秋蚕上山，白雪可见。一架扁豆，十万乡愁。几杯酒气，千粒麦子，万丈相思。

青黄不接的秋草，把落地的霜当做最后的干粮。露水饮尽相思后远走他乡。月亮换了新妆，我们该怎样突破对它的想象？还是比作一粒速效伤风胶囊，疏通这时节淤塞的脉络。晨曦中深呼吸，向朝阳请安，错过这个时差，我们就和流浪的星星一起回家。在月色中升起我们体内汹涌的爱恋，来浇浇久违的花朵和庄稼。

我想剪一方白云当镜子，我想掬一缕秋风做梳子。我把蓝天卷成行囊，装一弯瘦月，罩一只孤雁，以及稻香里渐渐清晰的容颜。远远的亲人，我以这弯瘦月为邮戳，给你寄出露水一样饱满的家书。

西北风飘到江南串门，枯叶遮挡住谁家的门牌？仿佛一道有奖竞猜，以一场久违的雪作为盛宴，等着你把答案说出来。东奔西走的风呀，累了你就睡在树丫，困了你就躲在檐下。我挂起小小的火红灯笼，引领你到我家。捧一碗雪，你不要潸然泪下。喝一杯酒，你不要诉说忧愁。你看，我洁白的墙壁上全是妈妈的脸。

天空正在抒情，每一滴雨落下来，变成一粒粒汉字，种在大地这张纸上。水分子和泥土联姻，氧离子和绿叶结亲，种子们破土脱壳，和寒冬告别，风谱着曲子在高原飘过。纸上江山、梦中家园，我爱的人在远方，他们升起炊烟，侍弄五谷六畜。候鸟抬高我的视线，归心似箭，故乡遥远。

雪还没有来到，手里的温凉宛如夕阳下的麦场。燕子的投影、麻雀的回声、白云的纱巾，被风翼翼捧在手心。该酿一杯酒献给故乡的亲人，掬一缕月光围在爱人的脖颈，把多年来的衷肠说给南迁北归的故人。肯定有一种美盛在鸟的眼睛，不要问远方有多远，一只鸟有多轻，它们组合成孤独的风景，一定让你心头一震。

如果一个字能变成一根火柴，我希望我储蓄的木材，聚拢成一排，围着寒风中战栗的人，燃烧成碳，化为烟，舞蹈或唱歌。我积攒勇气和体内的暖，就想照亮你，孤独在寒风中的人心间那小小的单元。

一朵云握着一朵雨，从高处到地上，从远方到身旁。冷雨初歇，一只鸟躲在檐下，把风当做衣裳。这个时候，需要一场炭火，就像阿妈的手，握紧我的乡愁。我们走在一场雨里，看看雨和水能不能分离。我们走在一场雨里，唇和齿依然相依。

冬风关紧了柴门，春风在远方悄悄打凿花轿。粗心的西北风打碎了天空的瓷瓶，碎了一地雪花。雪花小心捧着一粒粒碎盐，调剂故乡的炊烟。单纯的孩子握紧手中的硬币，期盼着隆冬的一个节日。他挑起落在墙壁干苔上的一块雪，偷偷藏进母亲的化妆盒。小小的木匣，一滴水藏着一颗心，每一朵雪花都是长翅膀的水。

池莉说："物质对人的安慰是极其有限的，尤其是现在这种物质时代，它的消费周期非常快。物质代谢太快，给你带来的物质荣耀满足飞快凋谢。那么能够让你精神饱满，成为 一个从内在到外在都有精神鼓励、精神灌溉的，还是阅读，还是书籍，还是精神世界。”读书是渡向幸福的一种修为，是塑造另一个自己，是与另一个多样性的自我遇见，缔造可能不一样的命运。读书让人元气充沛，内心丰富强大。人生必须学会在浮躁与安静之间找到保持内心宁静秩序和生命丰富的平衡点。酒肉之欢，无非一晌云烟，最具持久生命力的还是艺术的润泽和给人丰沛力量的精神追求。

休闲是生活的艺术，而安静，丰富的安静是对抗世俗最有力的武器。

素食、独宿、默坐、读书，都是淡的；而繁华、幸福、财富、目标都是浓的。炫目诱人的东西最容易沾尘蒙灰，清淡疏朗的空间很利于出尘去灰。我们痛苦的根源在于为了那些缤纷炫目而逾越了清淡和浓烈之间的距离。我们在固定的环境、固定的线路、固定的角落、固定的体制、固定的秩序内，带着固定的表情，日复一日年复一年，苟且地活着，浇灭了理想生活的诗意光芒，想来真是悲凉。理想的触角被束缚，诗意的空间被压缩，梦中的远方被限制，苟且的生活与理想的远方一直矛盾，可供灵魂自由呼吸飞翔的空间多么珍贵。

把温度计交给时间的掌心，预约远方的一场雪。风像迷路的孩子，在秋雨瑟瑟的路口哭泣。江南没有火炉，落叶凋零，纷纷从最高处撤退。妈妈，我格外想念你的温度，你生起的火炉里，柴火在跳舞，你的儿子在繁华深处孤独赶路。西北偏北，气温零下，江南偏北，相思如炭，把一个人的情感升华到高原县城的高度。

菊花，风吹灭你的灯盏，太阳又把它点燃。菊花，菊花，你让我想家。菊花，菊花，你让谁牵挂？花瓣如指，你指的方向，就是我要去的地方。

在鸟鸣声中自然醒来，这大地的敲钟人，友善地对接黎明。工业时代，机器的机芯早已消灭了古老传统。苦役般的培训，让器乐称为登向功名的绳索板砖。还是听听鸟声虫鸣草木协奏吧，这清澈的大地琴音，盛着一泓泓爱的波纹。它们记录时间从容的心跳，从清晨出发我愿天天住进鸟声里，成为自然的一个分贝。

雨将落未落，如同一个承诺，蛰伏在心中某个角落。这个时节，适合想念。远方一束炊烟挽起发髻，一只狗蹲在柴门前，泪花晶莹如钻。母亲拿出儿子的相片，接过孙女递来的旧手绢。我吸着一口烟，想着如何回到从前，回到多年前的那条土路和没有污染的庄稼地。我的掌心是岁月的旧仓库，藏着生命里的钙和盐。

我想跟着风去南巡，海边的风车屏住呼吸，目视远去的车痕。我的每一个字都是一个车轮，滚滚向前，只为深入谁的内心？大片的芦苇交换着思念，一头的白发，犹如远方的父母。水边养大的白鹭，向冬天寄出了它的情书，守候在远方的雪花，能否准点签收这隔季的眷恋。通往远方的邮路，每一程都是风的节日。

雨落在江海平原，一场伤感深入季节的缝隙。燕子衔来冬天的消息，落叶缤纷，如同撕碎的信封。渐渐熄灭的炭火啊，映照过谁的青春。车轮滚滚，去往远方的路程，总有些许憧憬。邂逅一场秋雨，就像命运灌溉了一茬粮食灌浆的幸福。冬天的雪啊，我期待你的舞姿，画满窗户，让我明白，幸福降临，如同春风在身。

夜空的漆碗，月亮静静添油，星星点灯，闪电抽出匕首，划破静谧幕墙。倾泻的雨珠，飞翔的子弹。夜的疼痛，分娩着新的黎明。遥想，雪的指尖，落在故乡屋檐，黑瓦白瓦，两色琴键。所有的雪都扑向故乡，正如所有的河流都怀着同一个罗盘，定位幸福的方向。风该往哪吹？我举起今夜的酒杯，麦子先我心碎。

# 故乡痣

## 一

就在探亲假期将满，第二天就要从青海乐都回到南通上班之前，我决定再一次从县城的家赶到故乡刘家村走一走。

冬日高原的阳光很醇，太阳挂在空中，像一个刚从热锅里捞出来散发着热气菜香余味的油饼。太阳是灿烂的，天空盛着一泓清澈的蓝，可我的心已经笼罩着阴霾。下了车，拐进熟悉的巷子，巷子里那些几十年岁数的白杨树、榆树、核桃树、梨树、杏子树依旧，走过去，扶着布满裂纹的树皮，这些树已经老了呀，不由得想起母亲额头的皱纹。脚踩在有少许泥土灰尘的水泥路上，忽然之间，眼泪不由得涌上眼眶。我明天就要离开这树、这路、这庄廓、这村庄，离开亲人，去南方的城市开始日复一日年复一年的枯燥生活。走着想着，想着走着，再过 4 年我才能拥有一次奢侈的探亲长假，眼泪一下子掉了下来，鼻子里涌起一阵阵酸涩，瞬间灌满我的每个毛孔。我承认，在乡恋这方面我是脆弱的，更是敏感的。

这些树，像我安分守己的乡亲们，脚趾如根，牢牢地扎在这方泥土地上。有的树根裸露在表面，让我想起爷爷临终之际，无奈地握在胸前，青筋暴凸的手，他想留住什么？又想握住什么？一段虚弱的光阴？一生最无力的眷恋？夺目的根牢牢地攥住一块一块板结的泥土，把根须扎向泥土深处，而它们又想留住什么呢？如果说故乡的泥土、田野是一方方不规则的印章，而这些纵横交错的树根、田埂何尝不是这印章最醒目的阳文？刻着春，刻着夏，刻着四季轮回，印着风，印着雨，印着风雨春秋，印着一轮轮日出日落，月圆月缺。

久已不住人的庄廓墙上趴着一簇簇发黄的干苔藓，墙头上几只麻雀跳来跳去，唧唧喳喳不知在吟诵春秋还是在议论不久后将要开始的春播。树上的鸟巢里，一只喜鹊孤零零地飞出，片刻落在不远处的枝丫上，头朝着自己的巢，陷入沉思。树上已经没有叶子了，被树木夹在中间的巷道显得空旷。这些鸟儿一年到头栖息在这方圆不过十里的村庄，繁衍生息，生儿育女，吹着故乡的风，嗅着老家的花香麦香，缀饮草叶上的露水，在老家的掌心里勾勒着它们的生存版图。而我呢？只有 4 年才能回一次老家，相比之下，它们更值得我羡慕。我在所谓的繁华城市谋着自己的幸福指数，复杂而又纷扰，而这些生灵栖居在故乡，幸福指数仅仅与自然有关，与人世间的各种纷扰喧嚣无关，它们是自己的国王，在每一个日升日落的岁月轮回中缔造着简单的快乐幸福。奔波在城市，我常常觉得自己是房子、车子、水泥、钢筋、尾气、污染、噪音、电脑、网络、密码、商品的囚徒。

在巷子里走了一段路，我看到家家户户的大门上贴着洋溢着喜气的对联，有的人家还对称地挂上了喜庆的红灯笼，这些都是故乡肤色的一部分。光阴荏苒，老去的是时光，不老的是故乡的肤色。大门和贴在门上的对联就是一户人家的脸，这一张张与泥土为伴的脸庞背后就是一户户人家兴旺与否的全部希冀。

我希望自己的目光如刀，一刀一笔，一笔一刀，把巷子里熟悉的树木、土墙、红瓦、屋檐、对联、灯笼、没有水的干涸溪流、静默的草垛统统刻进自己的脑海里，作为在他乡念想的原始图章，让旧日的气息烙上故乡的标记，牛一样在孤独的夜晚与梦境里一遍遍反刍，让我的魂魄有皈依的方向和脉络。

很多次，我在南方的城市梦见故乡，梦见我在麦田里割麦，梦见年少时游泳的那条湟水河，梦见没有多少学生的小小学堂，梦见那些已经作古和健在的人们。这些奇怪的梦，像蛇，悄悄潜入我的夜晚，咬我一口，是不是警示着我不要辜负远方的那双双深情的眼睛，不要在城市乱了自己的脚步？梦醒后，我常常莫名的惆怅，第二天上班，心情总是不好。

母亲给我交代过，到了庄子里，千万不能把两个手插在口袋里，大老远见了熟人就走上去问好，不要因为我们在城里过日子，就把庄子里的规矩忘掉。我那自尊心很强的母亲，以泥土之上的教义支撑着她的处世法则，母亲是这样教的，我也是这样做的，母亲的话我能记一生。在巷子里，每遇到一个乡亲，我都会主动走上去向他们问好，遇到抽烟的长者我就主动发烟。他们总是热情地挽留我到家里坐坐喝口水。一句话的距离、一根烟的长度就是心与心的距离，我只想用热乎乎的方言、俗世的烟缩短我和故乡亲人们的距离，因为我永远是他们的一分子，泥土的一分子，稼禾的一分子。

## 二

在老家的时候，我和远在深圳的姐姐通电话，我们讨论了一个问题：假如我们还在故乡，还是一个日出而作、日落而息的农民或者涌进城市打工谋生的农民工，我们还能对故乡保持这份浓烈的眷恋吗？姐姐说，肯定保持这份不渝的感情。我说，不一定。因为我们现在远离了乡土，远离了故乡的各种困苦、艰涩，远离了因为繁重的农活带来的疲惫和叹息，我们才对故乡保持朝思暮念的挂牵，假如我们还在泥土地上艰辛生存会怎么样呢？

姐姐对我的观点表示肯定。是距离这根绳子维系了我和故乡的情感脐带，是不同的环境造就了我们对故乡的别样情怀，是骨子里的那份文化基因贯穿了我们在他乡的每一个日夜，是故土方言、饮食风俗牵连着我们对故乡的最基本的依赖和守望。

我在南方生活，初次与人交往时，别人一听我的口音就脱口而出，你是西部人吧？很显然，我的方言是一块很明显的痣。也有人劝我，多学学南方的口音方言以便更好地融入当地的生活，我常常对此一笑了之，我能学什么呢？我怎么能学呢？一来，我对语言适应能力差；二来，骨子里我也不想改变自己的方言。我的口音，无论多拗口，是故乡赐给我的痣，这痣是故乡版图上升起的太阳，朗照我心，亘古难移。

我还喜欢面食。探亲假满后，临走前，67 岁的母亲专门给我擀了一顿面条。母亲说，娃娃，到了单位，你想吃也吃不上啊。母亲说这话的时候，我心里酸酸的。母亲擀面的时候，我坐在沙发上注视着她。她弯着腰，低着头，攒足了劲，用擀杖把面团一下一下地擀薄，擀匀。擀杖在母亲手中来回滚着，我想起了年少时的麦场，石碾子在摊开的麦捆上一圈一圈地碾着，麦粒脱壳而出，这收获的仪式，庄重而又幸福。面团由厚而薄，被擀杖擀着，一点一点，向四周延伸开来，那一刻，我感觉自己就在岸上，母亲在水中央，她用力撑着船，向我划来，船掀起一层层波浪，一浪盖过一浪，层层叠叠，由深而浅，当母亲用尽力气让船靠岸，浪花渐渐退去，弱弱地归于平静，而岸上的我在心里早已掀起了惊涛骇浪，眼眶湿润。母亲现在身体尚好，再过 10 年、20 年，甚至 30 年，谁会和我拉着家常，给我擀一顿洋溢着麦香的面条？

面擀好了，母亲把圆形的一张子面工工整整叠起来，叠成四层，一刀一刀切下去，面条像琴键，一键一键，匀称地铺在面板上，此刻，我的母亲脸上洋溢着微笑，像欣赏一件艺术品一样欣赏面板上的面条，她自言自语，这下我娃娃好好地吃一顿我这把老骨头擀的面条。我在想，67 岁的母亲，一生当中擀了多少面啊？这些柔软的面条，足够堆成一座山，堆成一堵厚厚的墙，一座挡住岁月风雨侵蚀的山，一堵囊尽酸甜苦辣的墙。这座山，是一天天巍峨起来的，渐渐地挡住了我的视线，把母亲隐得弱下去；这堵墙，是一块块厚实起来的，慢慢地高过母亲的头顶，高过她的皱纹，把她一秒一秒矮下去。

我见过南方的乡村育蚕的整个过程，在我心目中，蚕吐丝结茧的过程可以用惊心动魄来形容，吐丝的时候，蚕一口一口吐出的长度不足以以毫米计算，可它们夜以继日一口一口地吐丝，吐出的鸽子蛋大的蚕茧可以抽出长达 1400 米的丝！母亲擀面的场景让我很容易想到蚕吐丝结茧的场景，面板前的母亲就是一条蚕，她用自己的力，一丝一缕吐出了全部的爱，吐白了自己的头发，吐松了自己的骨头，吐弱了自己的身躯。

平时我的吃饭速度很快，可那天晚上我却吃得很慢很慢；平时我的饭量不大，可那天晚上我却吃了一碗半。我只想用咀嚼这种方式，一丝一丝把母亲 67 年的风雨人生体悟透；我只想用慢这种姿态，一秒一秒吸收从母亲的老骨头里挤出的能量。一丝的宽度，一秒的长度，微不足道，可这一丝一秒，整整跨越了母亲 67 个春秋！

## 三

回到南方的家后，我给妻子说了探亲的感受。我说，等我老了，退休了，我就要回到远在两千公里之外的故乡度完余生，最终入土。妻子不以为然地说，要回你自己回，我和女儿可不跟你回你的老家。我知道习惯了鱼米的她不可能体会到我骨脉里种子一样的血性，这血性已牢牢地扎在故乡，扎在那方把我养大的水土深处，即便我老得像一棵落尽叶子的树，朽得如同一把磨去锋刃的犁铧，我也要把我的骨头交给故乡，交给父母亲魂魄栖息的山岗。

妻子笑我迂。这方面，或许我有点迂，但对我而言，对故乡保持深沉的迂、顽固的迂，是我的情感不水土流失走向荒漠化的源头活水。

为了方便与父母亲随时通话，我的手机办理了定向长途的优惠业务，每周我都要和远方的父母打一两次电话。有时候喝了酒，有点兴奋，我会一两天就给他们打一次电话。每次通话，我不分鸡零狗碎和父母拉家常。把村子里的事情从最西头的人家问到最东头的人家。我问老人们的事情，问庄稼谷物的长势收获，问村子里的婚丧嫁娶，问乡亲们外出务工的报酬，问农药化肥的价格。父母亲你一句，我一句，事无巨细地给我详细叙说。

尽管我的问询和挂牵对村子里好或者不好，欣慰或者辛酸的变化丝毫起不到作用，但于我而言，每听到一点消息，就似乎自己在异乡的脚步向故乡贴近了一步，自己内心的幸福指数就上升了一点。

我想，我是把故乡一天一天想老的，也是把母亲一天一天想老的，更是把村庄一天天问老的。每个人身上都留着故乡的痣，这痣或深或浅，或粗或细，或多或少，或大或小。一顿凡俗的家常饭，一道熟悉的老风景，一句很土的方言，一件遥远的往事，一个故人亲切的笑容，凡是与故乡有关的风物，都是故乡由内而外赐予我们的痣，这痣是文化基因的标志，正是这种文化基因让我们的血肉之躯在遥远的时空里与故乡保持千丝万缕的精神关联。我们和故乡是精神共同体，这痣是乡愁的投影和浓缩，是你灵魂的仓库。故乡，应该是一个人的精神教母，土地的仁慈、河流的博爱、谷物的恩泽、岁月风雨的爱抚，都教诲着我们保持谦卑的姿态，以鞠躬的方式贴近她。故乡、故土，承载了我们太多的复杂情感，她不要求你去膜拜，却又让你心存敬畏；她不要求你风光，却又让你身不由己地皈依在她的脚下；她不要求你眷恋，却又让你魂不守舍地牵挂。

故乡就是一个小小的火柴盒，维系着你无常人生历程的四季冷暖；乡愁，像极了一根小小的火柴头，它能瞬间引爆你全身的能量，让你在刹那的温暖光亮中，找到一生的方向所在。

# 刘家村的核桃熟了

寒露过后，刘家村的核桃熟了。树上的叶子失去水分，一片一片在秋风中凋落，就像父母亲的头发，一根一根在光阴里悄然凋落。寒露似乎下了一道温柔的命令，一夜之间，要让树上的核桃说出藏了很久的心事一样，厚厚的青皮先是裂开一道道绿色的缝隙，一点一点说出春花秋月里的那些往事，然后一块一块掉下来，被落叶覆盖，被泥土吸收。秋风一天天凉了起来，秋日的阳光也一天天刀锋一样变薄，落在脆弱的核桃皮上。秋的薄凉准确地传达了这温柔的命令，像一场盛大的赛事，挂在树梢上的累累核桃争先恐后地开口，它们吐出果实，于是，一个个核桃在秋风中自然凋落。裂开缝隙的核桃，让我想起了故园里那些布满皱纹的额头和那些干裂的嘴唇，他们经历过很多风雨，最有资格说出生命的某种深刻和真相。我的父母亲额头上的皱纹也一天天多了起来，像田野里的沟壑。

风在空中做出了一个苍凉的手势，树冠上得到寒露、阳光最多恩惠的核桃像秋风发出的一个信号弹，最先掉了下来，击穿树上青黄相间的叶子，让一片硕大的叶子静静落下。一阵凉风吹来，树上的核桃一个一个跟着风没有规律的节拍，悄然落在园子里。叶子一片一片在秋日的院落里飞翔。那些被枝干无力地握在手里不肯凋落的核桃，似乎格外贪恋秋日的薄凉，高高地站在树梢眺望。一群大雁从村庄飞过，飞过故园的核桃树头顶，飞过老家的屋檐，它们要去远方了。

核桃熟了，我的父母亲按照惯例开始筹划他们秋日里重要的心事了。

秋日的薄凉，容易让人莫名的伤感。那段时间，我晚上经常给家里打长途电话，询问村庄里的家长里短、瓜果蔬菜。尽管我在南方的城市每天能吃到瓜果，可我还是格外惦念老家院子里的核桃、梨子、苹果。

母亲说，快了，快了，你们很快就会吃到家里的核桃了。你父亲隔三岔五就会从县城赶回老家，看老家里的核桃，然后掰着指头预测核桃成熟的具体日期。今年天运好，结的核桃要比往年多了近两倍，估计国庆过后，核桃树上的核桃就全熟透了。等收了核桃，我们给你晒干后邮寄过去。

国庆过后，上班没有几天，我打电话给母亲拉家常。母亲说，今年的核桃收了一袋子多。这几天老家里连续阴雨，核桃干得慢，我和你父亲等得急了，就把核桃背到县城的家里，放在阳台上窗户的空当里晒。这几天天气不好，又怕湿核桃闷坏了，表皮发黑，核桃仁带涩味，我们又把核桃从阳台的窗子里拿出来，摊在地上晾。等天气好了，核桃完全晒干后，把还没有脱尽的青皮剥干净后给你们寄去。

我说，南方的大街和市场上来自山东一带的核桃已经上市了，不知啥原因，市场上的核桃白白净净，似乎从水里洗过一样，没有一丝干核桃皮黏膜的黑色。我看到这些核桃就想起老家，尤其是周末的下午，心情莫名的伤感，就想回到老家和你们一起坐在老家的院子里聊天，晒太阳、喝符茶，打核桃，摘果子。

母亲说，你和我们隔得那么远，就是回不来，我走在街上看到和你一样身材的小伙子就想起你，有时候想着想着就掉眼泪，人家的儿女在本地工作，过了节就能经常回来。你们一两年才回来一次。过节的时候，我就一个人淌眼泪，心里难受得很。有时候明明知道你们不会回来，快过节了，我还是忍不住到车站去等。等到晚上车站的门都关了，见不到人影了，我就号啕大哭，一个人回家。人老了，心就格外软弱（母亲不知道用“脆弱”一词来表达她的感伤）。

前两天晚上，我在外面和一帮朋友吃饭喝酒。喝得耳酣面赤的时候，我收到了父亲发来的简短手机短信：“福儿，核桃给你寄出了。”我给父亲回短信说：“谢谢阿大，我晚上回家后给你们打电话。”过了好久，父亲才回短信：“这娃娃（父亲有时这样称呼我），谢啥谢。你看你说得多难听。”

晚上我打电话到家里，父亲不在，母亲说，你父亲到广场上锻炼去了。核桃我们今天上午给你寄了，10 斤核桃汇费花掉了 45 元，是快递。下午给你深圳工作的姐姐汇了 7 斤，用的普通包裹，花了 23 元。

我说，你们不必快递，普通包裹就行了，省二三十元你们可以买些菜。母亲说，快递到得快，你们可以早点吃到家里的核桃。为了给你们汇核桃，刚开始，我自己缝了个布包，核桃装下去，太小了，那么多核桃装不下，我又到市场里重新买了一块大白布，缝了一个大兜。核桃装好了，到邮局后被邮局的人扯开了，倒出来检查。我又重新缝了一遍。邮局里的人说，老阿奶你们的汇费差不多够买一半的核桃了。我说给儿子花再多的钱也值，还给邮局的人抓了一把核桃让他们尝。

我替母亲心疼那些汇费了。尽管我们每月汇去生活费，他们省吃俭用舍不得多花，可汇一次核桃差不多 50 元。这可是他们从牙缝里省下来的菜钱酱油醋钱水电费啊。

我说，以后你们汇东西时用普通包裹，那样省钱。我的新书马上出来了，拿到出版社的那笔稿费后，给你汇去几个月的生活费。母亲说，不用了，你在装潢房子，用钱的地方太多了，我们省省没事的。汇核桃的前天，你父亲凌晨5点就起来了，他把我喊起来，用铁丝刷子刷核桃壳上的黑皮屑子。你说过南方的核桃白白净净，我们一个一个翻来覆去地刷，刷了一遍又一遍，就想刷得比你说的南方的核桃还白还干净。后来，你父亲刷，我就用干净的布一个一个擦，擦净了，天也亮了。我给你父亲说，我们把核桃刷得和你们那里买的一样，这样看起来好看，我们心里也踏实。

顿时，我心里难过起来，没想到我几天前的一句无心之语竟然被母亲放在心上。其实，他们完全没必要这样。要知道，这可是我67岁的父亲、63岁的母亲原本不需要做的事情啊。我眼前浮现的是母亲对着秋日的阳光，坐在阳台上眯起眼睛穿针引线缝布袋的情景。她捏着针，举过头顶，在稀疏的头发上划一下，针钻进头发，如同船桨划过银河，密密麻麻的针脚在洁白的布袋子上翻起浪花，一朵一朵追逐着，将她的心愿引向远方……

这几年，母亲的视力越来越差，我知道，她对着阳光穿针眼的眼角肯定有鱼尾纹在抖动，泪水肯定从眼缝里溢了出来，一滴一滴，落在膝盖上的袋子上，浑浊的眼泪迅速渲染开来，像一朵花的开放，于是，氤氲着母亲泪水的袋子上有了核桃的醇香，有了母爱的绵长。

母亲说，去年这个时候，家里天气也不好，连续阴雨，核桃干不了，你父亲着急你们吃不上家里的新核桃，就想了个办法。他烧热锅灶上的铝锅，把核桃放到热锅里往干里烘，烘干后才寄给你们。娃娃，现在我们身体还行，还能每年给两千公里外的你们寄核桃，我脑见（意思是惆怅）的是，有一天我和你父亲不在这个世上了，谁还会给你们寄核桃？

如果树有灵，有一天我的父母真的不在这个世界上了，它会不会因为没有那两双曾经给它施过肥、浇过水、松过土的手而黯然失色，不再开花？它会不会因为没有两颗苍老的心的亲近而香消玉殒，拒绝秋风、寒露？

电话里的母亲在和我拉家常，一股薄凉的气流从远方呼啸而来，我的心里早已翻江倒海。

就在父亲给我寄出核桃的前一个月，我给父亲写了一封两页纸的信，顺便汇报了一下我今年的写作情况（很惭愧，便捷的通信让懒散的我4年没有写过一封信），我还在信中随手附带了一家报社采访我时多寄来的两份样报和别的杂志社寄来的几本样刊。收到信的那天晚上，父亲给我打来电话。他很激动地说，娃娃，你的信我足足看了十几遍，我还念给你妈听，看到你的相片登在报纸上，读着读着，我的眼泪就往下淌。你妈就和我一起淌眼泪。我总是控制不住眼泪，看到你的笔迹、照片、稿子，我就想好好淌个眼泪。你的文章我总是看不够，尽管经常接到你们的电话，可见了相片，见了文章，我就感到我娃娃就在我跟前。我的娃娃上进、争气，我就感到我这把老骨头活着有个奔头。人老了，想的事情格外多，你们有今天，我和你妈有今天的好生活，这是以前想不到的事情。你给我们家争了气，你勤快些，以后写得还要好。家里闲下来的时候，我就经常翻出你几年前给我写的信和寄来的几百篇文章的复印件。10年了，你的信和文章的复印件完好地保存着，我按着时间顺序扎了起来。有了你们，我走在乐都大街上，回到刘家庄子里，格外有精神，似乎自己年轻了几岁。

再过几天，父母亲寄的核桃马上到了，我不知道，我该以怎样的心情去敲开坚硬的核桃壳，享受留着父母粗糙指纹的香醇果实。

挂了电话，我陷入悲伤之中。母亲的话再次回响在耳边：有一天我和你父亲不在这个世上了，谁还会给你寄核桃?

这话，像一根针，隔着时空扎在我心上，我的心疼了起来。一天天走向暮年的父母亲已经没有多大能量去抵抗无常的岁月可能带来的变故了。他们就像黄昏的夕照下，站在田野里的老黄牛，彼此依偎着，反刍年轻体壮的那些岁月养育5个儿女的韶华，而今他们慢慢走向暮色深处，疾病、衰老随时都有可能让他们过早地向黑夜靠拢，永远地成为泥土的一部分，成为大地上一个个孤寂凸起的土包。

想到这些，我就感到在时间面前，自己格外脆弱和无力。

刘家村的核桃熟了，我的父母亲一天天老了。他们的骨头如薄薄的核桃壳一样一天天疏松了，他们的头发也如这秋天失去水分的树叶一样，慢慢地少了，他们的皮肤如裂开口的核桃皮一样一天天松了。我担心，无常的岁月随时有可能像一把锤子一样，砸在他们一天天矮下去的脆弱身躯上。当核桃被时间敲开一道细缝，我们的灵魂肯定会溢出一道悲伤的河流。

悲凉如今夜的寒露，渐渐从外而内，无声地渗入我今夜的孤单。我在远方，父母亲在故乡。露从今夜白，月是故乡明。今夜，月光下，一袋用故乡的丝麻织就的布匹裹着核桃的醇香在某个线路颠簸。夜已深，想必我的父母正在梦里算计明年的核桃收成，又忘却了包裹的成本吧。

前不久，我参与了南方乡下的一场蚕事。我见证了一个柔软生命在农家院落的坚硬决绝，也见证了育蚕的人以怎样的隐忍负重将耀眼如雪的蚕茧交到市场（他们一年到头身上舍不得挂一根蚕丝）换得不多的票子。生命如茧，岁月如丝，抽丝剥茧，我的父母从自己的生命里抽出一根根丝线，挂到我们身上，他们一天天隐去，就像躲在里面的蚕（又像浓缩醇香的核桃）成为黯淡的飞蛾，成为我们尝尽甘甜后的一堆残渣。我们身上一天天披满了锦罗丝纱，体内积满了脂肪赘肉，谁能深入一个茧的内心去审视生命没有光华的黯淡和隐忍？谁又能捧着一个不起眼的果核去体悟它所经历的不为人知的风霜和艰辛？

当秋风过尽，寒露风干，谁来把父母尝过的那些酸涩安静收藏？谁又能把无情岁月撒向父母的风霜从容阻挡？

寒露过后，南方的蚕茧被送到车间里进入锦罗生产线，贴上标签成为日后大街上某些人身份的象征和荣耀的体现。

寒露过后，刘家村的核桃也熟透了，它们从西北的泥土地翻山越岭跋山涉水，成为南方一个家庭消遣时光的某种茶点。

蚕的形状和核桃的形状多么的相似，外表坚硬，内心柔软。而普天之下，父母亲的心又是多么的酷似！

我情愿刘家村的核桃就那样在枝头倔强地绿着青着，永不成熟，永不掉落；我更情愿那些作茧自缚的蚕为不属于自己的灿烂和荣耀拒绝吐丝，拒绝经历炼狱般的困苦而在生命尽头捧出它们毕生的心血。

今夜，就让我的魂魄化作一群大雁，回到刘家村那泥土围就的庄廓，围着一棵棵桃树、梨树、杏树、核桃树吟唱，祈祷暮色里的父母乐观健康，岁月恬静安详。

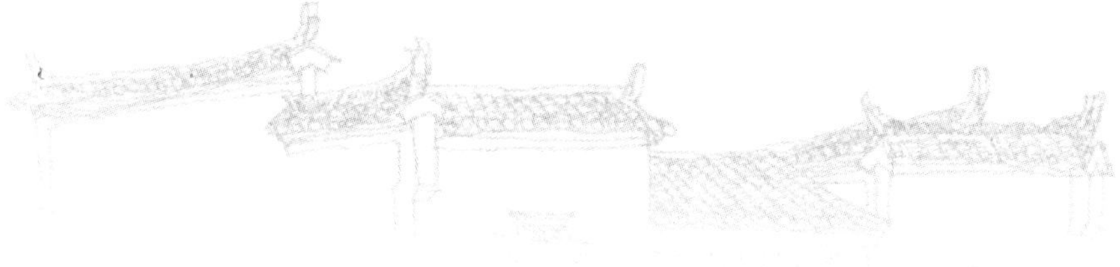

# 杀猪过年

进入腊月，乡亲们就要忙着准备收拾屋堂、购置年货，最重要的还是杀猪宰羊。至今，远在青海高原的故乡仍保留着杀猪过年的风俗。在村子里，任何事物，只要与“年”挂上钩就多了一种喜庆的氛围。在这种氛围的笼罩下，年似乎成了一把碎银，撒在那些沾着“年”的事物组成的词汇上，平常的日子就多了一层银光和富足。

离开故乡已10多年了，我还记得杀猪的情景。杀猪前的头一天晚上，无论家里的光景如何，每家都要好好地给猪一顿丰盛的食物，平时喂猪只撒一钵麦麸，那天晚上是猪一生当中最后的晚餐，要丰盛些，主人家就会格外关照即将辞别人世的猪，多撒上一钵甚至两钵麦麸，给猪开荤。当猪吃饱后懒洋洋地进入梦乡，主人家开始霍霍磨刀，收拾明天盛放猪肉的缸、簸箕、器皿。

第二天早上，主人起个大早，在大门口的空地上支起一口很大的铁锅，倒进几担井水，用干柴不停地烧。等水烧沸腾了，圈里的猪已经饿得嗷嗷大叫，往常这个时候，主人已早早地喂了食，可今天过了时辰，怎么还不来喂食呢？它用号叫表达自己的不满，围着猪圈烦躁不安地跑动，用嘴拱进食的槽，脾气大体格健壮的猪，能把用水泥筑就的槽拱翻。或许，它在呐喊，或许它在抱怨抗议。它不知道，生命的大限已经到了。

大铁锅里的水像大风中的波涛一样翻滚着，主人把猪从圈里放出来，在门口撒上一钵麦麸，引诱猪来进食，贪婪的猪迫不及待地跑过来，恨不得连盛麦麸的钵一起吞进去。主人和请来帮忙的邻居凑上来围住猪，两个人站在猪头的左右两侧，一下子牢牢攥住猪的两个耳朵，一个人用力抓住猪尾巴，三个人合力把猪按倒在地，猪疼得嗷嗷直叫，一个人用事先准备好的绳子猛地扎住猪嘴，猪喉咙里含糊不清地吼着，眼窝里蓄满泪水，在冬日清冽的阳光下格外醒目晶莹。

杀猪也是一门手艺活。屠夫将一个膝盖按在猪的前胛上，帮忙的人有的按住猪头，有的按住猪后腿，使猪不得动弹。有的人将用来盛猪血的盆子器皿放在猪脖子下，屠夫套上袖套，握紧杀猪刀，准确无误地将刀从猪脖颈捅向心脏，一用力，鲜红的猪血喷涌而出。几分钟的工夫，猪一命呜呼。一个鲜活的生命就这样消失在村庄。年少的我们欢叫着看着这宿命而又悲怆的一幕，心里盘算着猪的膀胱有多大，那可是我们童年最好的玩具。

猪完全死去后，众人将猪抬起来，缓缓放进沸腾的大锅里，用开水烫猪毛，翻过来覆过去，来回烫上几遍，猪毛已烫得差不多了。接下来的事情就是把猪捞出来，头朝地，尾朝天，吊在门口的枣树上，然后从肚子中间剖开，拔出内脏。内脏拔出后，帮忙的人再用小块的磨刀石或者厚厚的木片，上上下下来回刮还没有完全被开水烫干净的猪毛。直到刮干净猪毛后，才开始分工，有的人洗内脏，有的人分割猪身，有的人清理猪毛。我们几个小毛孩站在一边，眼巴巴等着分内脏的大人把猪膀胱给我们。膀胱到手后，我们挤倒干净里面的尿液，然后把膀胱扔在土里用脚来回踢揉，让尘土把表皮的猪油吸收掉，最后找来气筒往膀胱里充气，等气冲得足够多，圆鼓鼓的膀胱像皮球一样鼓胀起来，一个人紧紧捏住充气口，一个人用细麻线牢牢扎住充气口，使球不漏气。这样，一个肉质的“足球”就制造成功了。我们在空旷的田野里你争我抢，欢叫着踢球、抢球，争得满头大汗不亦乐乎，酣畅淋漓地享受杀猪过年带给我们的乐趣。晚上，杀猪的人家就会买上两瓶五六块钱一瓶的青稞酒，煮上一大锅肉，请来亲朋好友和邻坊吃肉喝酒，猜拳喝令。那段时间，村子里此起彼伏，天天回荡着猪号叫的声音，每个夜晚都弥漫着酒肉的香味。“年”味就从人们的牙缝里、味蕾上缓缓深入乡亲们的腹内，日子因此显得油光满面。

当时年少，我们不懂得自己单纯的欢乐是建立在猪失去生命的悲怆基础上，现在想来，给我一百个猪膀胱，我也不可能找到一份乐趣，这是凌驾于卑微生命苦痛之上的短暂快乐，怎么能忍心呢？日复一日，年复一年，无邪的童年一去不复返，但杀猪过年的习俗仍在传承，我目睹了美感从一个村庄的消失，也目睹了疼感从一个村庄的诞生。年关来临，心，因此变得惆怅善感，或许与那些无辜的猪的泪有关吧。

# 一卷成春

立冬以后，在苏北平原的田野里，桑树一排排静默得像即将出阵的部队一样，整整齐齐与寒风对峙着。它们把对春天的期待压在根部，似乎在等待春天的风说出一个有趣的笑话，把这股寒冬腊月的期待引爆成一簇簇新叶。桑树下面，一簇簇的荠菜趴在地上，悠然自得，它们随遇而安，命运的风随手一扬，随便哪个角落就有它立足的地方。只要你走进苏北的原野，桑田里、水沟旁、田埂上，甚至破败的墙角下都有这些野生的荠菜的影子。

荠菜是平和的，柔弱的，它用太过平常的面目混迹在野外满地的绿色之间，似乎不希望让人轻易分辨出它藏在身子里的那种自然生我的与世无争的样子。它是真正属于大众的草根蔬菜。以我有限的食味知识，我还没有在哪个饭店光彩照人的菜谱中看到荠菜应有的席位，只是偶尔在一家不起眼的巷子里某个小吃店里看到冒着热气的荠菜包子。有时，我也在酒席上看到，它以被包装过的姿态出现，不过名字已经改了，叫春卷。这颇有些刚出道的艺人只要稍微有了些名气就喜欢给自己起个艺名的意味。这样说来，被油和糯米皮隆重包装过的春卷就是荠菜脱胎换骨之后的一个艺名了。

在我的印象中，荠菜常常与苦难连在一起，似乎苦就是它的命运，只是这苦中总有那么一丝甜意。时代不同了，现在，肚皮上隆起一层层厚厚的脂肪的人们眼睛盯着财富、美食，苦难岁月的那层伤疤早已脱了皮，还有谁愿意忆苦思甜，回味荠菜曾经给予的温暖和滋润呢？

但，还是有人惦记着荠菜。毕竟过去岁月里，荠菜和那些历经历史苦难的大众还有那么一种水乳交融的情感渊源。荠菜永远在民间，是民间的一部分，也是故乡的一部分。到了冬天，每个周末从城里回到乡下，岳母经常会挎着竹篮，走进桑田，给我们铲来一篮篮荠菜，洗干净，切成碎片，和上肉沫或者鸡蛋卷，剁碎后，用薄如纸的糯米皮包成春卷油炸，一盘盘黄葱葱的春卷冒着热气端上桌，让我这挑剔的肠胃不觉城市生活的疲惫和纷扰，心因此安稳踏实下来。

春卷是家常的，当你远离故乡，在尘世中奔波追逐，尽管你脸上风光耀人，但内心还是空虚的，充斥你肠胃的是他乡的蔬菜，而真正让你渴望并得到满足的并不是那一盘盘丰盛的大鱼大肉，而是滋润你味蕾的那一碗碗荠菜豆腐汤，一个个外黄内绿的春卷。

大雪纷飞，冷雨敲窗的南方冬天，尽管田野里一片片绿色勉强支撑着阴冷的冬天，看上去冬天不再荒凉，也不再单调，但是你无法改变季节的属性，冬天就是冬天，可是只要有春卷和包春卷这诗意的劳动、惬意的享受，你就觉得与春天的距离近了。在这阴冷的冬天，铲来一筐筐荠菜，一卷成春，春天的气息、春天的味道，瞬间进入你的心扉，日子一下子明媚起来。

春天不再是一个遥远的梦和期待，荠菜凭借它的平和、柔软，让春天这抽象的时间概念躺在糯米皮包裹的美食中，让你的味蕾，跨过时空，穿过寒风走进那和煦的阳光下，让你格外留恋这安静、恬淡的时光。这是冬天里的春天啊，是味蕾上的春天，心腑里的温暖。

荠菜的味道是故乡的味道，荠菜是味蕾上的故乡，无论你在哪里，荠菜在，故乡就在。你离开故乡，荠菜还在故乡的大地，它不急躁，也不张扬，像一个历经沧桑的老人，蹲在故乡的某个角落，把一段段沾着寒霜、覆盖着冬雪的时光披在身上，等着你回来，它容光焕发，捧出藏了一冬的绿，让你不觉人生悲凉。

# 所有的雪都扑向故乡

那是多年前一个冬天的夜晚。

屋内的火炉烧得红彤彤的，我和父亲围着火炉，火炉盖上的搪瓷茶壶烫得不能挨手，我们父子彼此不说话，一口一口地喝着符茶，茶色浓如被晚霞染红的残阳。壶嘴里的热气袅袅，尽管是粗茶，但也有一股野性的茶香。虽然是寒冷的冬天，但有了火炉，室内氤氲着一股春日暖阳的气息。

室外，雪花一缕缕，宛如棉絮，宛如羽毛，宛如被撕碎的棉布铺天盖地织出一张天罗地网。风随性刮着，忽东忽西，时而急促，时而舒缓，雪花追随着风，像极了没有力气身子酥软的醉汉，一片片，一片片跌倒在院子里的柴垛上、果树上、鸡窠上、矮小的羊圈上、细细的电线杆上。风小的时候，雪随着风向有韵律地旋转着，让人想起电视里镁光灯下舞池里风度翩翩的华尔兹舞者，彼此牵手踩着鼓点音节忽快忽慢，或轻微屈膝或猛然起身，舞动时的气流像演员的裙子，旋转的裙子似一朵被大边叶子托起的荷花，舞池没有水，却让你分明感觉到它们舞动在水中央，顿觉流光溢彩的池子里有荷香随微风飘来，裙子上镶着的花朵随着起伏飘动的裙摆一闪一灭，如同夜空中的星星。声光电艺术化的世界里，裙子如星辰，舞池如河流，只见暗波涌动，荷苞绽放，星辰闪烁，天地在这旋律里彼此忘我沉醉。

院子里墙角边的白杨树恭恭敬敬地任雪飘零起舞，永远是一副谦恭不语的姿态。尚没有落尽的干枯叶子顽固地居在高处，风起劲了，雪花还在舞动，院子里传来哗哗的叶子声，枯叶耐不住沉寂，急性子般在舞曲中间不合时宜地鼓掌。雪落无声，风吹树响，黑白世界里，一静一动的二元空间，排列有序的枝干如同一个个琴键，被风拨弄着，发出时而粗砺时而温和细腻的音节。

经常主持村里红白喜事的父亲就着茶，翻着一本民间文艺地方风情的杂志。火炉里燃烧的炭窜出一朵一朵的火苗，如长长的舌头，从炉盖缝里钻出来，瞬间熏黄了书的封底。父亲慌了，抓起书本一甩，打翻火炉上冒着热气的茶杯，茶汤泼在炉盖上，发出刺刺的声音，茶汤在通红的炉盖上烫出一个个高低不一大小不一的水珠。水珠跳跃着翻滚着，很快化为一团白气，没了。我笑了，父亲也笑了。

夜渐渐深了，壶里的茶续了一壶又一壶，而雪仍一朵一朵争先恐后地扑向大地田野，仿佛为了完成某个约定一样，不管不顾地飘落，有点蛮，有点任性。我想起夜幕快要降临的时候，村庄里那些从山野里觅食回来的羊群急匆匆奔向自家的门口，巷子里传来咩咩的羊叫声，而圈在家里的小羊子听到母亲的呼唤声，在院子里撒着欢，迫不及待地扑向门口。门被拴着，尚在哺乳期的小羊用稚嫩的头角顶撞木门，急切地咩咩叫着，那声音如同被撕裂的棉帛。门外的母羊晃着肿胀的奶子红彤彤的，一边用头有力地顶门，一边咩咩回应着里面的小羊。饥饿的小羊不停地甩着尾巴，将头伸向门缝，望着门外的母亲，回应母亲的宽慰。声音穿透并不严实的木门，母亲的气息，奶水的气息就这样流进院子，小羊安静下来，等待一次酣畅的哺育。

望着窗外的雪，想着那些温馨的场面，我渐渐睡去……

现在，我远离了故乡，远离了父亲。身在终年少雪甚至不见雪的南国，我总有一种饥渴，对雪的饥渴，对故乡气息的饥渴。曾经的场景再也不会重现，因为遥远的距离，我再也不可能或者很少有机会和父亲围着冬天的火炉喝茶遐想冥思。曾经如花的雪光，也常常覆盖我清凉的梦境。

一个人的爱有时是一座沉默的冰川，而有时只有一朵雪花般那么渺小。身处异乡，我的衷肠沿着雪花的棱角，化为水，一生只能膜拜一个方向。故乡只有一个，而我们的爱如同河流，会有很多支流和走向。我何尝不是那一朵流浪的雪花？那被困在乡愁里面的小羊？多么奢望自己攒足一生的力量，扑向故乡，扑向那印着光阴痕迹的柴门，在故乡的胸脯上肆意呢喃任泪水汪洋？

故乡远去，我再也回不到从前。我借着文字的犄角，阻挡红尘中纷繁的诱惑，在南方的世界里写下爱，写下一朵雪花扑向故乡的眷恋和柔情。

# 清淡出尘

某夜，独坐窗前，孤寂之时，翻看以前的读书笔记，无意中看到清代学者朱锡绶在《幽梦续影》的几句话：素食则气不浊，独窗则神不浊，默坐则心不浊，读书则口不浊。好诗如清风，佳句似佳茗，细细玩味，顿觉心清气爽。遂把这几句箴言发给一个很要好的朋友，他很快给我回了 8 个字："从容入世，清淡出尘。"

好个"清淡出尘"，恰似一轮窗前明月，朗朗我心；宛如一剪河堤绿柳，映辉蓬壁；就像一缕三月清风，一扫胸中烟尘。

在尘世中奔走追逐的我们，从容入世不易，清淡出尘更难。练达这样的胸襟和淡定之气，需要多少豁达啊！每天，我们在纷繁的生活中困顿着、烦恼着、矛盾着、徘徊着、计较着，越是计较烦恼越多，烦恼越多牵绊越多。不少人希望自己生命的底色有大红大紫的那份绚丽荣耀，有大富大贵的那份体面奢华。殊不知，生命这枝莲花越是涂靡艳丽，越接近凋谢零落。唯有清淡如菊的生命之花，才淡然于人生花园的角落，为平凡的生活增添一份持久的芬芳和色彩。

绚丽之色、富贵之气、理想之光，说到底是人的一种或近或远的欲望。常常觉得，生命就是一场为了终极目标而不断前行的船，远方的岛屿、路上的渡口、理想的彼岸，蕴藏着许多诱惑。我们中间，大多数人是一只被劫持的船，被自己的欲望劫持的船。我们眼里只有目标，只有彼岸，只顾及实现目标的可能性，而全然忽略了岸边弱柳扶风的闲情雅致，天空飞鸟裁减云朵的曼妙情怀，远山峰峦叠嶂的磅礴气势。人生的初衷一旦偏离方向，被虚荣掩饰，让浮华蒙眼，很可能我们到头来收获的是一把眼泪，一声被暗礁伤害的叹息。有时候，常常听有的人感慨自己活得很苦很累，我想，苦也罢，累也罢，都是咎由自取。因为，一个人如果顾虑太多诱惑，心境就会变得很复杂，最终收获的只能是疲惫、困顿、劳累。所以，我们最终的结局就孕育在生命这场无常的航行当中自己对人生所抱持的态度。

素食、独宿、默坐、读书，都是淡的；而繁华、烟云、幸福、财富、目标都是浓的。炫目诱人的东西最容易沾尘蒙灰，清淡疏朗的空间很利于出尘去灰。在沾尘蒙灰与出尘去灰之间的距离中，蕴藏着人性的许多色彩，或炫目、或平淡，我们痛苦的根源在于为了那些缤纷炫目而逾越了清淡和浓烈之间的距离。很喜欢赵朴初老人的一首诗：七碗爱至味，一壶得真趣。空持千百偈，不如吃茶去。

我觉得赵老的这种胸怀就是一种清淡。返朴归真的一把素壶，足以领略乾坤风云，气定神闲的一杯淡茶足以让人忘世。七碗生风，一杯忘世。这是禅，是清淡，是超然。

清淡上路，心中的烟尘少了，没有过多的心机，胸怀因此变大了，一切因为放不下、得不到的物件引起的重负变轻了，步履因此轻松，心胸因此豁朗。得天独大，天马行空，我心自由，生命从容。

在自然界，千帆过尽，繁花过眼，草木山川枯荣自如，只剩下水天一色，这是大地的超然淡定；在我们的内心，千金散尽，光阴远逝，生命由薄变厚，由厚变薄这是生命的淡定超然。

清水洗尘、淡菊养神。我们的周围，散布着许多看得见、看不见的灰尘，或物质的，或精神的。奢华升虚浮，心灵容易蒙垢；清淡滋超然，性情长久洁净。一粥一缕是清淡，健康、温暖、熨帖；一瓢一箪是清淡，随意、自在、安心。奢华也罢，绚丽也罢，生命终究归于平淡。淡到极致，尘世的历练让我们的内心不断贴近本真，让灵魂归于成熟、稳练、超然。这未尝不是活着的一种至高境界。

清淡是生命的内定力，仰仗这股超然之气，我们内心的岛屿必将是一番劲风过后碧空如洗、云白风轻的曼妙气场。

就让清淡出尘成为生命这只航船最从容的姿态、最洒脱的背影。

# 长江在南通撒了个娇

你梦魂牵绕的地方就是你的乡愁所在。

——题记

我想，上天对南通是存有私心的，何止是私心，简直是偏心。她仁慈地赐予南通长江、黄海、濠河、五山，这些与水联姻的名字，让一座城灵动伟岸起来。

长江，我们的母亲河，经过万里的奔波，她以母性的慈爱选择在南通入海，南通就这样很幸运地成为她最终的归宿。她又以顽童的脾性撒娇，南通就这样入怀，成为她掌上的一颗明珠。

究竟是怎样的缘分让她选择了南通？究竟是怎样的福分让南通人民拥有了长江的壮阔与濠河的婉约？究竟是怎样的天分让南通有江有海有河？除去地理意义上河流的规律，我想冥冥之中这一切都是注定的美好邂逅。

一座城拥有了长江，就有了江的壮阔与浩瀚。一座城拥有了大海，就有了海的宽广与胸怀。一座城，拥有了高山，就有了山的伟岸与俊秀，就有了君子的风范与眼界。一座城，拥有了河流穿城的旖旎，就有了仁者的内敛与深刻。

## 一

孔子《论语 · 雍也》中写道："智者乐水，仁者乐山；智者动，仁者静；智者乐，仁者寿。"而南通，拥有了这一切，她既有智者的灵性，又有仁者的胸襟。南通像山一样平静稳定，宽容仁厚，于是有了"包容会通，敢为人先"的南通精神。因此在水的波光潋滟中她一直灵动曼妙，在山的俊秀伟岸中她一直挺拔悟道。

闲暇的时候，我常常在单位门前的濠河边散步，每一次散步，都是一次与水的精神呼应与融合。水是桥的情书，桥是水不倦的邮差，你我或匆匆从桥而过，或闲庭信步于野，濠河边每一眼都是深情的眷恋。四季纷繁，静水深流，凡河水流过的地方，都有鲜花芬芳的独唱，那些分布在濠河边大片的绿地和公园，就是南通城最清洁的心肺，那些草木终年不息的浅唱低吟都是对南通最深沉朴素的感恩。

这几年濠河的治理一年比一年好，虽没有"有凤来仪"华贵，但遍及沿河的 110 多种鸟足以形成"百鸟朝凤"的壮观。这些鸟，是信使，它们繁衍生息在这一方水域，逐岸筑巢，临水而居，给南通投出的是最深情的一瞥、最信任的一票。水的表情，就是南通的表情，水的内在就是南通城的内在。水做的骨头，沙筑的家园，这是一个丰富的城市，包容着一千多年的云烟，一千年的光阴，在历史的长河中积淀着怎样的底蕴啊。被濠河掬在怀里的历史文化胜迹里藏着答案。

卡夫卡在《变形记》中写道："一天早晨，格里高尔萨姆沙从不安的睡梦中醒来，发现自己躺在床上变成了一只巨大的甲虫。"有时候，静静坐在濠河边，我会突发奇想，希望自己也有卡夫卡那样的梦，醒来后成为一只鸟，盘亘在濠河上空，饮风唱诗，碧波濯足，不为今天愁，也不为明天忧，成为它们的一部分，如屈原诗中所写的“朝饮木兰之坠露兮，夕餐秋菊之落英”。而这一切的诗意想象，濠河一直慷慨地供奉着，就等着我们在南通的天地里从容呼吁与深沉凝望采撷。

“择一城终老，遇一人白首”。黄昏时走进寺街内的古巷，青石板如岁月的棱镜，焕发着光阴斑驳迷人的气息，是沉醉，也是回首。白墙黑瓦，静默如琴键，有风徐徐吹过，那些以自然状态排列有序的瓦松，如一个个卫士，忠实守护着一天天老去的家园，在风的脚步中唱响恋曲。巷子里坐在旧竹椅上晒太阳的老人，白发如银，眯着眼睛细数光阴，有老伴缓缓为她轻捋被风吹乱的银丝，两个人的地老天荒就这样不动声色地融入到一粥一饭、一颦一举中。膝下侧卧着的一只猫恬静安详，沉醉于这岁月静好现世安稳的人间烟火气息。巷子里拐角处的烧饼出炉了，芝麻飘香，如一粒粒熟稔的文字，纷纷从烧饼上掉下来，故乡的轮廓渐渐清晰起来，你想起母亲一天天苍老的脸庞，儿时的气息就这样如潮水漫过你的眼眶。臭豆腐在沸腾的油锅里出浴了，清白的豆腐华丽转身，以金色的面容，让你口水汹涌。是的，这些家常的饮食，在民间以强大的生命力扎根于日常，贯穿于你一生的味蕾记忆。千年天宁寺的风铃阵阵，或有木鱼声、诵经声徐徐传来，梵音袅袅，一炷香的光华里，你忘了前世今生，从此就想穿行于这静宁祥和的巷子里，站成一棵瓦松，无论寒来暑往，无论风霜雪雨，就这样守着属于你的地老天荒。

## 二

“壶中乾坤大，酒尽日月长。”

南通得天独厚的地理优势总是让人有一种油然而生的自豪感，这并不是高调自傲，而是一种天然的情怀。我想全国很多城市很少有城市像南通这样可以凭江临海，望岳览胜。

长江边依偎着5座海拔均不超过110米的山，分别是军山、剑山、狼山、马鞍山、黄泥山。这5座山，就像五姊妹，被母性的长江紧紧搁在臂弯，同饮一江水，同沐一轮月。大自然永远是我们的导师，南通的五山遵循着自然导师的教导，在季节的变幻着一幅幅一幅幅绘着那份内在的锦绣与温婉。

我喜欢周末的时候，约上三五好友去爬军山、剑山、狼山。当然，我爬山并不是仅仅为了爬山，每次爬山，我都要从家里带上好的茶器、茶叶，或在军山半山腰的浮生茶社置茶席，或到剑山妙音法师在山顶文殊院的阳光房茶室里喝茶。

每当登上山顶的时候，顿觉心胸无比宽阔。不远处大江浩淼，百舸争流，汽笛悠扬，晚霞逐浪，草木葱茏，百鸟剪云。不由得会想起辛弃疾的那句名诗“我见青山多妩媚，料青山见我应如是。”从高到低，从远到近，清风起松涛，梵音助茶香。我们坐着，看着斜阳如一枚邮戳，在南通这诗意的版图上，印成一首诗的题眉，茶一盏一盏清了，而尘世里的烦恼，因为这山这水这草木的滋养也一点一点变轻了，变远了。借着山水一色，海阔天空，蘸着南通点墨，心气澄明。记得有个秋天的周末，我一个人去爬剑山，黄昏时分，山上鲜有人迹。这是再好不过的时辰，属于我一个人的时辰，山顶的文殊院里，树龄多达200多年的银杏树上，熟透的银杏果在风中静静落下，铺满一地，风吹响飞檐的风铃，发出清脆的声音，尽管没有下雨，但颇有王维诗歌中“雨中山果落，灯下草虫鸣”的禅意。这样的时刻，我的内心是宁静的，我只想坐在山顶的台阶上，看着不远处的狼山，看着夕阳一点一点捧出它的胭脂，给南通的江河山川奉出它的私藏。毫不虚伪地说，那天黄昏，我坐在山顶上，眼泪出来了，我在想，作为一个从青海高原来的外乡人，自己何德何能在这里安居乐业，我又何德何能一个人私享这天地静谧。是的，这一切，是因为南通山水仁慈的胸怀，是我所处的南通包容的胸襟给予我的。

祈福狼山，且不管是否个个事事如愿，但总能让人在佛门胜迹的来回中坦荡从容；品幽剑山，虽不能人人成为高考状元榜眼，但文殊院里的风铃烛照总能净化我们纷繁的内心；寻梅军山，虽不是季季暗香浮动月黄昏，但那一脉脉幽香总是让你梦魂牵绕。

登高望远让人广阔，闭目冥思让人修远。山水汇一色的南通就是这样的一壶酒、一盏茶，每次品咂都是历久弥新的回甘与沉醉。

三

古往今来，历史上那些灿若星辰的名字在南通的长河中留下他们的诗文足迹。范仲淹、王安石、米芾、文天祥、冒辟疆、梅兰芳、李方膺、张謇、沈寿、陈实功等大家在南通留下许多不朽诗篇和轶闻逸事。举不胜举的名家，数不胜数的巨匠，为南通的灵魂增添着精神的分量，让一座城成为一种精神的海拔。于是，我们对南通有了仰望的理由，有了爱恋的底气。

很多外地文化界的名流朋友们到南通来，我都会把他们带到狼山、军山、剑山、博物苑等馆群参观游览。央视编导、著名作家王开岭来过，著名作家雪小禅、张丽钧来过。每一次告别的时候，他们依依不舍，从不同心脏表达着共同的回声，他们说“国福，这真是一个来了不想走，走了还想来的城市”。

尤记得我的朋友王开岭兄说的一段话，“南通是独特的，这是一个适合居住的地方，放眼全国，它可以称得上是一片小小的乐土。这和南通本身的独特优势是分不开的，它沿江濒海，直面苏南，处南北交叉之地，有着得天独厚的优势。南通是清末状元、实业家教育家张謇现代理想出发的一个地方。可以说，如果我们延续当年的张謇之路，那么现在的中国就是几百个南通组成的国家，那么今天中国的繁荣程度就更有所超越”。他还说，

“张謇是穷人的榜样，让穷人学会怎么致富；张謇是富人的榜样，让富人学会怎么花钱；是文人的榜样，让文人知道文人应该关注什么。”

“得好友来如对月，觅知音交似临风。”高人是知音，山水是知音，草木是知音，我的生活圈里是知音，这一切的一切，都是15年来我定居南通的福分。

南通的气质是不可复制的，她活出了自我的风骨，自我的风韵。南通，她熏陶我的是一种情怀，亲近自然，多闻草木的情怀；素朴纯真，大气厚道的情怀。

辽阔如山，浩瀚如江，内敛如河，情怀似海，这就是南通。南通，请接收一个定居于此的外乡人的眷恋。南通，亲爱的南通，你不大，长江大海情愿绕到你的膝下；你不小，却支撑着我们共同的宇宙。

第五辑

# 风吹老了什么

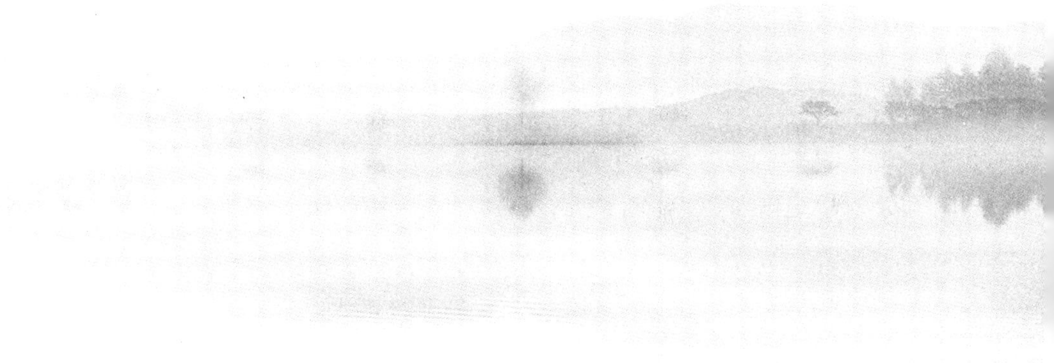

只有将脚踩在故乡的土地上，我才觉得全身是放松的、通透的，没有烦恼和忧愁的。故乡总是有一种神性的力量护佑着我们、召唤着我们、吸引着我们。

# 风吹老了什么

风如一根线绳，贯穿了我们生命书页的每一天。

年少的时候，我们几个不谙人世深浅的少年常常三五结伴，站在村庄的高台上，等待一阵风。头顶的太阳像一个干烧饼，我们脚下的麦子似乎打了败仗，一副垂头丧气的样子。我们不停地说着脏话，诅咒头顶的太阳。忽然，国锋手指着远处的林梢说，快看，风来了，风来了！我们欢呼着，揭开衣襟，在阳光下裸露黝黑的胸膛。远处的林梢弯曲着，迎风摆动，像一个醉汉，又像一个蹒跚的老人，风由远而近，呼啦啦刮过来。很快，每一缕风似乎都长了长长的湿润舌头，舔在我们瘦小的胸肌上，凉飕飕的，舒服极了。我们吼叫着：风来了，真凉快哇，太凉快了！

我们沉浸在风带来的凉意和酣畅，一转身，风就跑远了，仿佛被我们的脏话和狂野吓坏了。刚才的凉意陡然消散，风把我们抛在身后，自私得像一头受惊吓的牛，奔向远处的田野。我们愣住了，眼睁睁看着这头惊牛跑远。年纪大一点的进红子大声喊：走，追风去！他手高高一挥，颇像电视上部队里的首长。于是他跑在前头，我们跟在后面追风。一边跑，一边喊：追风啦，追风啦，追回这样的凉风。

我们迈过水沟，跨过田头，跳过土丘，连奔带跑，喘着粗气，上气不接下气，跑了一程又一程，再也跑不动了，只得坐在田埂上，捂着肚子，眼睁睁看着风在远方蹲下来，撩拨地里青黄相间的麦子、玉米，麦地旁不安分的杨柳。

村里年过七十的国祥大爷背着背篓经过我们坐着的麦子，他看着我们满头大汗的傻样，露出豁牙子问，你们在干啥？我们骄傲地回答说，追风！

追风？他很惊讶，觉得很不可思议。他说，我活了一辈子，快入土了还没有听说过有谁还能跑得过风。傻小子，风是等来的，不是追来的，你们跑不过风的。

说完，他就到水沟边割草去了，我们瞅了他一眼，心里很不服气他的回答。

刘家红说，国祥说得没错，风是等来的，不是追来的，拖拉机都跑不过风，何况我们几个小家伙呢？我们等等吧，说不定等会风就会回来的。

我们跑不过风，就躲到树荫下，阳光从树荫间撒下来，树荫的罅隙像一把筛子，漏下来的光一粒一粒就像最热的火星子，撒在身上，衣服都感觉到烫。太阳似乎在嘲弄我们，我们继续说着脏话，骂天骂地。

这是多年前的一幕。

写到这里，我想起了村里的红。她初中没毕业就到县城里的理发店学理发去了。没过几年，她被城里的几个小青年耍了，村子里的人说，她到城里跟风变成疯丫头了。也就是说，她从我们庄子带走的风到了城里就歪了，不正了，她被城市的歪风吹病了，原本像马兰花一样美好的女子就这样在村里人的眼里褪了色，变了质。她的家人在一个刮风的夜晚，悄悄把她嫁到了很远的地方，没有置办酒席，也没有大红大喜的嫁妆，她被一阵夜晚的风送到了外边的世界。

而我呢？那个曾经追风的懵懂少年，在一个 9 月，被飘着麦黄、果香、葵花香、玉米香的风吹到近两千里远的地方。那天，我坐在火车上，看着窗外的风子弹一样飞过，一边体会着第一次坐火车的兴奋，一边翻滚着对村庄的眷恋和不舍。疾驰而过的火车把村庄丢在身后，故乡迅速远去，风依旧，生我的土地依旧，路旁的杨柳依旧，眼泪大颗大颗掉下来，落在手背上。我唯恐邻座的人看见，赶忙扭过头，看着窗外的风如同一个失恋后精神受挫的少女，狂奔，呼啸不止。

为了改变命运，改变那个卑微的农家少年的梦想，我也是去追风的啊，在大城市的校园里。唉，写到这里，仿佛回到了从前，不免惆怅，有一种想流泪的感觉。

几年后，我在异乡的城市安家，每年春节回一次故乡。趁着秋风离开，踏着寒风回去。村庄里的树一天天老了，村庄里的人一天天老了，老家屋檐上的瓦片也被风吹落，路上的泥土少了，少女变成少妇，汉子变成老人，一些陌生的面孔出现在村子里，他们不认识我，抱着孩子在麦场上晒太阳，惊讶地打量我这个不知从哪里赶来的外乡人。

村里的人告诉我，国祥老人去世了，他在一个下雨天给牲口割草时被一棵大风刮倒的树压伤了腰，没过一年就离开了人世。曾经和我一起追风的家红子告诉我，那个被悄悄出嫁的红因为生活作风不好，经常被丈夫酒后施以拳脚，她忍受不了家庭暴力离婚了，现在回到了娘家，后来就疯了，脑子时而清醒，时而混沌。

听到这些消息，悲伤油然而生。那些青春里婆娑自由的风，是村子里美好女子春风得意的花轿啊，那些秋日里被黄昏收拢后归于淡定的风，是村子里历尽人生风雨的老人最耀眼的满头白发。现在，一些人都被风带走了，改变了，另一些人正在等待风，抗争风，享受风。

在异乡的城市里奔波的我，每天被不同形式的风熏陶着、考验着、改变着。我到底在风中守住了什么？失去了什么？我想起国祥老人说过的话，谁也跑不过风的。我明白了，风的力量就是时间的力量。它渗透我们人生的每个路段，像个兽，有时成全我们，有时伤害我们。风改变了我们的一生，从婴儿到老人，哪个阶段能少了风的力量呢？

我知道，这个霓虹闪烁的都市夜晚，遥远的故乡，风正吹拂着麦子树木，吹拂着那些被夜色淹没、心情复杂的老老少少。就像抚慰一株麦子一样，风吹熟了我们的心，年少的肤浅如浮云掠过，风过了，留下的是一颗颗趋于成熟、稳练、淡定的心。

# 剪羊毛

到了8月，正值暑假，该是剪羊毛的时候了。我们家剪羊毛，一般都在早上。我把羊从圈里放出来，父亲拿出一块馍，唤羊过来吃。单纯的羊很容易进入主人设计好的圈套，就在它把舌头忘我地伸向一块馒头时，母亲已经守候在旁边，猛然抓住羊头。父亲拿出早准备好的绳索，搂住羊脖子，我牵住羊的后腿，用力一推，羊被按倒在地上，父亲麻利地捆住了它的蹄子。

父亲的手在羊身上移动，一层一层的羊毛像沙滩上的细波浪般卷起。静卧在屋檐下的羊，仰起脖子，一圈圈白光从脖颈瞬间倾泻而下，姿态犹如一位正在卸妆的公主，缓缓脱去脖子上的一个个银饰品。俯耳过去，丁丁当当的环佩声仿佛从羊毛深处发出来，让你觉得似乎置身于一片被大雪笼罩的茫茫林野。深深浅浅的羊蹄印踩过，沙沙的声音像母亲摩挲着筛子里的谷粒，一粒一粒落在箩筐里。

剪刀的咔嚓声，一声比一声清脆，淹没在一层一层不断从羊皮上散落的羊毛间。刀锋在羊身上游走，如同一页轻飘的木舟，荡漾在无人的河岸，静静的河面，被桨划成人字形，细长的水波燕尾一样舞动在水面。那一刻，我感觉羊毛长成了一朵一朵彼此牵连的棉花，一摊一摊，在屋檐下蔓延。

剪刀走过的地方，在羊身上留下适度的绒。片刻工夫，剪刀有点温热，吮吸了羊体内的温度。剪了半身的羊毛后，剪刀有点钝了，似乎臣服于羊的温柔和羊毛的缠绵，迈不动步子了。羊卧在地上，父亲在羊的前胛换剪刀方向时，刀尖不小心戳到了羊皮，渗出一滴血，突然而至的尖锐疼痛惊吓着了缓慢反刍的羊，羊挣扎着翻身，以此减轻刀尖带来的疼。羊的4个蹄子被捆住，只能挪，而不能站起。母羊的鼻孔越张越大，呼着粗气，像风沙在田野里呼啸的声音，有力，粗犷。突然，它“咩—咩”地叫上几声，羊圈里吃草的小羊听到唤声后，奔跑过来，围在母羊身边，好奇地打量卧在地上的母亲遇到了怎样的不测，水汪汪的眼睛里是母亲喘气的身影。老母羊甩甩头，耳朵挨到头骨，发出“啪啦、啪啦”的声音。小羊撅起屁股，俯下身子，抖动尾巴，向母亲示意，似是鼓励，又似是劝慰。一对母子就这样通过“咩咩”的唤声分担来自金属的尖锐疼痛，借以抵消这种疼带来的不安。

母亲让我帮着将钻进羊毛里的草屑子、麦粒壳、泥土粒，一一拣出来。羊前身的毛，白且干净，屁股部位的毛，沾着一团一团大小不一的草绿色和淡黄色的粪便，有点脏，有点丑陋，像一张贴在墙上发黄褶皱的旧地图。我翻着剪下来后铺在布单子上的羊毛，一种来自羊毛的黏稠气息和羊粪腥味，游荡在屋檐下，让人感到不舒服。挑出藏在羊毛间的几根草屑子，我的手也沾上羊身上黏糊糊却抹不掉的气息。

我在院子里的杏树下洗手。父亲手中的剪刀还在羊身上没有剪去毛的地方挺进，几杯茶的工夫，高高堆起的松散羊毛翻滚着，叠起厚厚的一堆，蓬松如一座日渐隆起的小山，几乎要将羊淹没。剪到脊梁时，一簇簇的羊毛，像行将干涸的瀑布，从脊背上稀稀拉拉无力地落下来，没有惊险的尺度，也没有令人惊叹的过程，一点一点矮下去。经历了被剪刀不慎戳伤的阵痛，羊变得温顺起来，不再挣扎，也不再挪动，任凭剪刀从上而下一层一层深入推移下去。

我看着羊，羊看看我，然后又凑过脸去闻父亲的袖子。羊给我们父子投来温柔的一瞥，看上去很有成就感，有那么多的羊毛可以作证，它并没有辜负主人的厚望。

不到一个时辰，一只羊的毛剪完了。我解开束缚羊四脚的绳子，它站了起来，晃动身子，剪刀留下的痕迹，像山峰的褶皱。

那个早晨，羊所经历的安静和尖锐疼痛，在我年少的心里留下一种肃穆的感觉。羊大为美，羊老了，静卧的样子，像极了参禅的高人，剪刀纷繁的交替声，并没有阻止它在静卧的时候，向往远处的一方方青草蓝天。剪刀完成了一种收获的使命，父亲收获了作为家长的尊严，他要用碱将这些羊毛洗干净，挂在屋檐下，晾干，然后等着收购羊毛的回族人把它们在来来回回的讨价还价声中买走，最后换成我们的学费。

我目睹了一场收获的仪式，这仪式并不庄重，只是养着牲畜的农家每年都要经历几次的平常之事。可往往这实在是太平常的形式，让我对书本中的文明更加充满了向往和自信，也初步培养了我对所有食草动物的好感。那几年，我们家每年都会经历这样的仪式，就是这些羊毛换来的学费、棉衣、棉裤让我们从永无休止的田间劳动中走向布施文明的书本、校园、文化。

到了开学时节，羊毛将成为我们的学费。到了冬天，它将成为我们的棉袄。穿过取自自家羊身上的毛制成的棉袄，我有时觉得，自己的身上奔跑着一只羊，它常常在我得意的时候唤醒我，以怎样的姿势向自己生存过的那方土地保持终生的感恩。

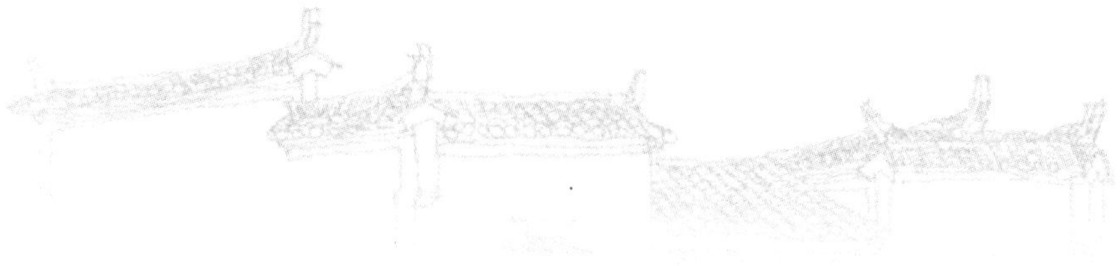

# 开荒去

父亲一大早起床就开始在院子里咳嗽了。这威严的咳嗽，像敲钟，有一种由内而外的感染和带动；又像生产队里村长出工前对口号的演练，有一种似是而非的命令。这意味着我不能再睡懒觉了，因为在我父亲眼里，庄稼人嗜好睡懒觉就是没有出息、不会过日子的表现。

那天是周末，我磨磨蹭蹭地起床洗脸。父亲的咳嗽声又在院子里响起，像一匹布被撕裂，声音干涩、坚硬、沙哑。他是嫌我慢了。等我走出房门，父亲已经蹲在檐下的立柱上抽烟。他说我们一起到上沟里石嘴山那块斜坡上开荒去。

这是我十分不情愿的事情，可是我不敢说，我有点怨恨，巴望着出门的时候下一场大雨，让我们父子中途折回，免去劳役之苦。在院子里，我抬头看天，天晴得太决绝，那表情像庭审中的法官的脸，铁、硬、僵，没有丝毫商量通融的余地。唉！我在心底叹息。

父亲扛着镐和铁锹出了门，我赶紧到厨房里拎了一暖瓶水，顺手从面板上扯了一块饼出门。父亲走了一段路，我还落在后面嚼那块已经干了的饼。

到了石嘴山，父亲放下镐和锹，爬到山势低缓离水渠不远地势相对有点平的向阳坡，从东往西踱起步子，走三大步，念一个数字，前后左右、来来回回算计这块即将开出来的地的面积。量好面积，他用镐划了几道长长的线。他说："我们就沿着这几道线开垦，估计开个三分地还是不成问题，我刨地，你把地面上的杂草和刨出来的石头垒到我划了线的埂上。"

我真有点怕了，这么厚的土，杂草丛生，石头遍地，何时才能开出块好地？家里已经有了 8 亩多地，父亲还这么贪婪有何用？我漫不经心地把父亲刨出来的石头、荆棘根扔到渐具雏形的田埂上。大小不一的石块源源不断地被父亲从地下刨出来，它们仿佛睡了很久很久，忘记了时间的存在，或者说它们本身就是时间的另一种形式，还可以说它们是时间流逝的亲历者和目击者。见证了一块没有命名的陌生土地被金属的铁镐改良，被一对父子矛盾的心情开垦。这从无到有，从崎岖不平到平坦如砥的艰辛历程，从杂草从生到麦苗青青的风雨耕耘，实际上就是父亲指望着家境不断殷实的心路。

父亲说："手中有粮，心里不慌。"我很纳闷：每年地里种的粮食也很多，家里的存粮有 20 多袋子（这是父亲引以为豪的财富），受这些苦实在是难以理喻，有什么好慌的呢？

我套上手套，用力拔还没有刨的地面上的冰草（西部地区常见的一种草，生命力和繁殖力特别强劲）坚韧的根，那些根好像长满了坚牙利齿，紧紧地咬住板结的土壤、沙砾。似乎一松口，就会断裂于这份与泥土水乳交融的集体联盟。冰草和沙砾、泥土似乎约好了似的，彼此死死守住共同的承诺：谁也不能先离谁而去，一荣俱荣一损俱损，地老天荒。

父亲把高处的沙土、石头扬到低处，他让我用脚将堆在低处的沙土平整。大半个晌午过去了，我们平整的土地仅有家里的土炕那么大。我已经没有耐心了，巴望着那些野草、荆棘扎烂我的手指，然后流很多的血，然后等着父亲看到我，然后心疼地说一声，你歇歇吧，等会我们回家。

父亲向掌心里吐了一口唾沫，紧紧握住镐，扬起来，高高举过头顶，嘴里念着“嗯哼、嗯哼、嗯哼”的号子，然后猛地将身子俯向地面，如一张拉满的弓，镐在父亲的前面画了一道饱满的弧线，迅即钻入被杂草隐蔽的地下。我听到一股气流划到父亲身后，一声清脆的呼啸瞬间消失在头顶，镐尖碰到地下的一块大石头，那一刹那，火花四射，剧烈的撞击震得父亲往后退了一步。我看到他两鬓的血管鼓胀着哆嗦了一下，像两条饱满的蚯蚓。撞击使镐脱离了父亲的双手，镐像受惊吓的马，被惯性抛向几米外的地方。空旷的田野里传来镐碰到石头后发出的钝厚响声。父亲一个仰朝天，趔趄着向后退了几步。他头上被汗水湿透的草帽，随着趔趄飞了起来，滚到不远处的草丛里。父亲退过的地上，留下几个深深的脚印，他用力过猛，立足的地方已经陷下去，有一寸深了。父亲脸色有点苍白，脸上抽搐了一下，汗像箭头一样纷纷落下。

我看着这一幕，像看着一幕情景剧，有序幕、冲突、矛盾、转折、高潮。我怔住了，心里有一种说不出的感觉，不知是苦涩，还是震撼，我实在无法准确形容当时的心情。想到自己心里掖着的偷懒念头，看到父亲被反弹后窘迫的面容，我感觉自己实在是太可耻了。

父亲坐在松软的田埂上，长长地吁了一口气，仿佛要把一身的疲惫全部吁出去似的。他摊开手掌，看了看，然后让我从不远处水沟边的枸杞树上折几根刺给他。我顺从地折了几根刺，父亲用这尖锐的刺挑手中的老茧。我顺着看了一眼躺在不远处的镐，被父亲的手握过的柄磨得油光发亮，一根刺被厚厚的老茧弄断了。父亲又拿起一根刺挑手心的茧，他咬着牙，吃力地用刺穿茧，那根刺只钻进茧里一点点又断了。刺太软了，挑不破老茧。父亲用厚厚的指甲掐老茧，茧被掐破了，揪起来，一片一片的，像霜，生硬、干涩。

我给父亲倒了一茶缸茯茶。父亲喝了一口茶，缓缓地说：“娃娃，我看出了你的心思，你如果在学校里不上进，以后就是这个样子。”我惭愧地低下头，起身，将裸露在地面上的石头整整齐齐地垒在田埂上，然后挖上一锹锹土撒在上面，用脚踩实踏牢。

快到晌午了，一小块地如半边脸，搁在天空下。那些不太平整的垄，不知是这半边脸的笑容还是皱纹。我们看了看这半边脸，无言一笑，回家了。后来，我和父亲又利用周末的时间在那块地上垦了几天，终于垦出了三分地。第二年，我们在那里种上了油菜。

农民对土地的感情永远是复杂的，既爱又恨，爱恨交织；既依恋又渴望逃离，各取半边。自古以来，土地像一道牢不可破的绳索，牵绊着农民和它相依相偎、休戚与共的命运；又像一个圆，让农民以群居的村庄为圆心，把力气和汗水投射到方圆不超过 10 公里的土地上，繁衍生息，把甘苦咽下，又把幸福企盼。有的农民挣扎了一生，尽管半径扩大了十倍数十倍甚至百倍，但是他的根始终系在土地这个圆心上，无法脱离，因为一个人的故土就是他永久的皈依之地，身可以走得很远，而魂仍在原点，像一口钟，只在你得意忘形的时候为你敲响。

现在，我家已经有 10 多年没有种过地了，而那边开垦过的荒地却如一枚胎记，印在我身上。我在梦境里常常回乡，回到那片见证我的无知和浅薄的土地，摩挲那些我和父亲亲手刨出来的石头、沙砾，它们被一茬茬风吹过，被一场场雨淋过，被一层层霜压过，被一场场雪盖过。我在远方，而地在故乡，又荒了，荒得孤寂，荒得苍凉。我在城市，有时候也会悲伤，悲伤的是不能和那些地一起地老天荒。

写到这里，我敬佩起自己的父亲，不知他现在是否原谅儿子当时的无知浅薄。

# 拾发菜

推动世界的力量是母亲抚摸过摇篮的那双手。

——题记

在泥土地上辛劳了60多年的母亲，改变不了整个世界，但她的手和身子一直俯向大地，改变着我的世界。

在20世纪80年代末90年代初，山里的发菜是一种名贵的食材。县里一些收购发菜的人把发菜收足后运到广州、深圳和香港，供那里的大老板享用。据说，运到沿海一带一斤发菜要卖上千块。那时，我才上小学三四年级，深圳、广州、香港对我而言是一个非常遥远的概念，它们犹如在天边。

天还没有亮，母亲已早早地下炕。她开始计划一天的活计。父亲已将炉火生起烧水煮茶，母亲顾不上吃早饭，先要把家里的猪、鸡服侍好，才能到十几里之外的北山上和邻居们一起拾发菜。凛冽的冬风刮过树梢，鸡还蜷缩在窝里，沉浸在酣梦中。喂好猪，把鸡食撒进槽里后，母亲和邻居就摸黑出门了。走的时候，她们在布袋里装上几个馒头和一罐自家腌的酸菜，一天的光景，她们的食物就是这些。

等赶到北山的时候，天才泛起鱼肚白。

一根一根的发菜，黝黑，纤细，头发一样，母亲拾发菜不是直接用手拾，而是用医生用的专用镊子，一根一根地夹起来。母亲一手拿着镊子，一手拿着塑料袋，她们头上裹着头巾，寒风刺骨地往头上、脖子里灌。西北的风是剽悍的，吹在脸上犹如针扎，钻心的疼。冬天的太阳并不暖和，阳光落在山坡上，明晃晃的，刺眼，细微的发菜，一根一根不规则躲在石缝里，山坡上，盯着时间长了，眼睛里就会流出泪来。拾发菜的母亲时而蹲着，时而趴着，时而跪着，像是对大地俯首称臣的绵羊一样。远远看去，红头巾、蓝头巾、绿头巾在山坡一点一点移动，塑料袋里的发菜一根一根，沾着土粒、草芥，每捡到一根发菜，母亲的心里就盛满了欣慰，这一根一根的发菜，攒多了，就是孩子的学费、家里的开支、过年时买肉买菜置换新衣服的全部希望。

中午，饿了，就躲在太阳能照到的山窝里，啃上几口馒头，喝上几口开水，就上几口咸菜，放松一会儿筋骨，又一个山头一个山头地转。休息不了多久，她们又爬到更高的山岭，那里还有更多的发菜。

到了下午，风变得格外冷了。手关节冻得抓不住镊子。母亲停下来，把手放在嘴边呵上几口热气，再使劲搓搓手，手稍微热乎些，又不停搜寻。一天下来，母亲的手都硬了，困得挺不直身子。天快黑了，母亲们才踏着山路披着暮色，走上两三个小时赶紧回家。

到了晚上，吃过饭，母亲又忙了起来。在瓦数只有三十几度的昏暗灯光下，母亲拿出一块布把塑料袋里的发菜倒出来，摊在布上，把藏在发菜里的泥土粒、草芥，一粒一粒一根一根拣出来，如果拣不干净，收发菜的人就会因此压价，嫌弃发菜里有杂质而给脸色看。

母亲说，那些年，她的足迹踏遍了南山北山，裤子的膝盖处磨破了好几个洞，再打上补丁；因为不停地爬山，鞋也不知磨穿了多少双。那些年，冬闲时节只要天气好，母亲每天都会去拾发菜，一天最多能拾到净重一两的发菜，而那时候一两发菜只卖两三元，一斤只能卖到25元到30元。不知道这些跋山涉水漂洋过海的发菜到了南方高档餐桌上，可否有老板想过为这些细如发丝的菜，那些远在几千公里之外的农妇，以怎样的姿态，头俯向大地，一天不知要磕多少个头？

我记得有一天，天黑了，母亲还没有回来。我焦急地在村口，望着远方，等着母亲的身影出现。夜色如墨将我孤零零地淹没，幼小的我有点惊恐，有点悲伤，心里总冒出可怕的念头：莫不是母亲遇到了什么不测？想到这些，眼泪不由得涌上来，噙在眼角，又不敢落下来。夜色越来越浓，我站在一棵白杨树下，冷得瑟瑟发抖，清鼻涕一阵一阵流下来，脚冰冷得像石头。我跺跺脚，搓搓手，伸长脖子走到村口的高台上，心里不停地念叨着：阿妈，阿妈，早点回家，早点回家。

我听到了母亲的咳嗽声，赶紧往远处模糊的身影跑去，大声喊叫："阿妈，阿妈，你回来了。"等母亲走到身边，我"哇"地哭出声来，母亲蹲下来，抚着我的脸说："你咋不在家里等呢？这个娃娃！"

回家的路上，母亲告诉我，她下山的时候迷路了，一脚踩空跌倒后滚了下去，差点掉到悬崖下。

到了年关，母亲捡的发菜积攒了好几斤，就天天念叨着收发菜的人怎么还不来。她天天到村口去转，向村里的人打听是否有收发菜的人的消息，并叮嘱那些和收发菜的人认识的人如有了消息就及时告诉她一声。

收发菜的人终于来了。当母亲小心地捧出她一根一根一丝一丝从南山北山大峡顶拾来的发菜时，以讨好的眼神满脸堆笑地和收发菜的人讨价还价，收发菜的人嫌弃母亲的发菜不干净，硬要压价，母亲就低三下四地说："你看快过年了，娃娃们过年的衣服还没有买，明年的学费还没有交，你们就行行好给个好价钱。”收发菜的人不肯让步，母亲又说了一大堆好话，他总算极不情愿地收下了母亲的发菜。

母亲接过钱，吐上口水，一张张数着，极其专注，生怕人家少给，数完钱，母亲的脸上飘起隐隐约约的笑意。毕竟，过年的时候孩子们有新衣服穿了，还有什么比这更值得高兴的事情呢？

母亲从来不抱怨生活的沉重，她在一根一根的发菜里找到了生活的希望所在。发菜是黑的，但它的黑置换来了母亲头发的白；发菜是美味的，但我的母亲从来没有享受过她自己捡拾的发菜的美味；发菜是轻的，但我的母亲从中付出的是数倍的沉重，借着这些发菜所给予的一切，多年后我到外地上学、工作、生活。现在我的母亲脱离了那块土地，她再也不用到各个山头去拾发菜，而多年前她拾发菜的一幕，深深地烙在我的脑海里，出现在我的梦境里。

现在我有时偶尔喝到有发菜的汤肴，眼前就跳出故乡的山，母亲磨烂的膝盖，穿破的鞋。

当一碗有发菜丝的汤摆在面前时，我真有痛哭一场的冲动。

# 拾穗者

一顶顶草帽在麦田里起伏着，齐腰的麦秆将弯腰割麦的人们淹没。如果从高处的山上俯视，你可以看到每块金黄的麦田里都移动着一块块干墨，这干墨不是别的，而是套在割麦人身子的黑色粗布衣裳。墨迹过处，麦田就裸露出红色的肌理，齐整的麦茬像一把仰放着的刷子，站上去，戳得脚踝生疼。

在我们老家，割麦时节，时间变得格外金贵，大家都在用“抢”来形容这种紧张和金贵。尽管嘴上不说，但很明显，大家都在“抢”了，你看人们走路的脚步，挂在脸上焦灼的表情，握在手里明晃晃的镰刀，组合起来就有了一种迫不及待的味道，这个时候“抢”就是村子里唯一占统治地位的语言。只有把粮食稳稳当当地拿进仓里，人们才会放慢脚步，放松表情，挂起镰刀，心才能完全踏实下来。这个时候，麦田就变成了战场，一户人家，不分男女老少，只要有力气能干活的要全部上阵。如果手脚不勤，辛苦了一年的粮食，淋上一场雨，被毒日暴晒过度，或者遭遇一场冰雹，就要落入老天爷的虎口了。所以，人们铆足了劲，从虎口夺食 。收麦要持续近一周。这一周，时间仿佛都起了火，有种焦黄的颜色和味道，这味道熏得村子里男女老少的皮肤变黑，变粗，变糙。我发现，农民的肤色与土地的颜色保持着惊人的相似，这里面肯定有着某种神秘的关系，我断定这关系是一种“气”，这气钻进种在地里的谷物的脉管茎叶，在农民俯身种植、收割的时候一点一点渗透进他们的指纹、脚掌、肌肤，经年累月的耳目濡染，使他们的皮肤变红，变黑，变粗。

到了这个时节，大人们割麦，小孩子们也不能闲着，本该乘荫纳凉、纵情玩耍的儿童也要给大人从家里烧了茶，携壶送浆到田头。

20年前，我正是携壶送浆的年龄，麦收时节，我不会割麦，也要拾穗。父亲一镰一镰向麦田深处割去，镰刀碰到枯黄的麦秆发出的“咔嚓”声，由近变远，慢慢变得微弱。我在父亲割过麦的地方，来回捡拾割麦时折断、脱落的麦穗。父亲起身，攥住用麦秆编成的腰带子捆麦，他的背被汗水湿透了，一团团的汗迹，干了又湿，湿了又干，不同形状的汗印褶皱叠加着褶皱，在后背的衣服上凝结成一层层深浅不一的薄盐，那形状看上去就像一朵朵枯萎了的油菜花，叶边卷曲着，逶迤的轮廓似乎是一针一线绣出来的，而不是印出来的。

8月的太阳，毒，辣，蛮，狠，凶，一束束光，惨白、坚硬如一枚枚钢针。低头、弯腰、挥镰、割麦、起身、捆绑，每一个环节都扎着密密麻麻的钢针，落在我们裸露出来的手背、草帽遮不住的脖颈处，瞬时就有种火辣辣的疼，格外钻心。这疼似乎不是扎进去的，而是剜进去的。这看不见的针尖，遍及麦田里的每一寸土壤，以及土壤上收获的人们。麦芒扎在手臂上，扎出一道道凌乱的口子、印痕，扎得深的地方，能隐隐约约看到血丝。这疼是尖锐的，双重的。

面朝黄土，脚下暑气熏蒸，烘得脸上汗流如注，如同进了蒸笼。背上烈日烘烤，如千刀万剐，热火朝天升，大汗自头落。站在麦地，就能听到烈日暴晒后的麦壳，“啪啪”的清脆开裂声，汪洋在麦田里的除了暑气，还有持续不断的麦穗爆裂声。向麦田深处望去，地下因为干涸，早早地裂开了龟纹，麦秆已经由黄而白，有的麦穗被晒得惨白，这白刺眼，浩瀚，在麦芒上随着镰刀的挥动迅速流转，升腾。麦穗一律保持低头的姿态，仿佛个个都是深思熟虑的思想家。它们是被太阳烤得低下了头，仿佛经历了一场大考，在土地上验算了一道纷繁多义的题，麦粒最后以饱满的形态捧出了足金的答案。

当麦芒戳在身上，所有被我们刻意想象的美感只能是最现实尖锐的疼痛和存在。我是吃过这苦头的，在我眼里，8 月金色的麦壳是麦子最古老的嘴唇，它含着一部最厚重、古老的大典。一粒麦子，脱口而出就是一个转换疼痛和幸福轮回的词，这些词，把我们父辈挺拔的腰杆压弯，把他们茂密的黑头发染白，把他们的青春年华催老；这些词，逶迤着从土地深处耕出来，演绎成为农业中国最令人安详的一张脸，尽管这张饱经风霜的脸隐藏了很多的疼痛和无奈。

麦田旁的水沟里种着一棵棵白杨树，烈日暴晒下，每一片蔫头耷脑的叶子闪着白花花苍白的光，它们集体翻着白眼，不知是在诅咒太阳的干裂，还是在埋怨断流水渠的无情。大人在不同的方位向麦田深处挺进，身后站立着一个个捆起的麦捆。我从东头到西头，从南边到北边，在大人们刈过麦的地方捡拾麦穗。每捡起一个麦穗，都要站上片刻。我的腰已经很酸了。我把捡来的麦穗一个个放进背篓里。一个下午的时辰，我就已经捡了小半篓。

我站在田埂上，已经看不见父母了，他们像舵手一样，握着镰刀，深入麦田中央。镰刀落下去的刹那，我只看到麦秆纷纷倒下，发出“挲挲”的声音。捡麦穗没有割麦那样累，我的父母舍不得休息，他们实在太累了，就站直了，用镰刀柄捶几下自己的后背。我知道他们的背心里，淤积着多少酸痛，那些酸痛在体内翻滚着，寻找突破的出口，而我的父亲、母亲、哥哥、姐姐就一直挺着，硬是不让这酸痛涌出来，豁出全身的力气，积攒到镰刀的刀刃上，割倒一片又一片的麦子。他们就这样重复着低头、弯腰、起身、捆麦的动作，迎来了暮色。

暮色像一张网，被晚归的鸟雀衔着，从不同的角落慢慢地撒了下来。大峡口那一带的晚霞弥漫着，如同一桶被风吹翻的葡萄酒，泼溅开来，劲力十足的晚风将这桶酒吹成幕帘，撕成片，揪成块，酱紫色的泡沫和碎片跳跃着，从山尖向山谷缓缓滴下去，向远方散去。

那一刻，亲人们还在地里割麦，他们的脸上也是酱紫色的，只是这颜色不是尊贵高雅的葡萄酒的颜色，而是泥土的颜色。

他们的身后挺立着一个个麦捆。排在身后的麦捆，一个个像沙场上的战士，稳稳地立着，有的被风吹倒，有的还挺着，等着检阅。不用指认，我们就知道被风吹倒的肯定是哥哥捆的麦捆，因为生活中总是稀里糊涂的他把生活的习惯必然地带到了收麦当中，父亲多次说过，麦捆的芯子一定要紧，要厚实，而哥哥总是听不进去。这个时候，我们一家人，谁也不说话，他们已经累得不想说话了。父母亲和哥哥姐姐把自己割的麦捆，按照“人”字形排成麦垛，一排 10 对 20 个捆子。每用两臂夹起一双麦捆，扶正，并成一排麦垛后，他们都要目测一下，绕在麦捆上的三道腰子的结是否保持同一个高度和同一个方向。如果没有保持整齐和一致，父亲就会把倾斜过度的麦捆立起来，重新排，排好后，用两手摸摸并成一字形的麦捆头。然后驻足，凝视两三秒。我无法猜测此刻的父亲正在想什么，我想到的是影视剧里将军检阅排好队形的部下，纠正某个仪容仪态不规范的属下的小错误后，亲昵地捧住他们的面颊，彼此会心一笑，一种由衷的自豪和爱洋溢在脸上。

我抓紧在天黑之前把地里遗落的麦穗拾起来，即便是我已捡拾过麦穗的地方，父亲趁着喝水的时机也要走过来再次审查一遍，看是否因粗心而有遗漏的麦穗被落在地里。父亲说，每一颗麦穗都是不能浪费的，浪费粮食就等于作孽。父亲对一颗麦穗的感情，就是对土地和儿女的感情。

暮色越来越浓。天已经凉了下来，夕阳一个跟头摔进峡谷中，等着峡口的山巅收尽最后一点残存的霞光。母亲说，回家吧。我把自己捡起的断头麦穗交给母亲检查，母亲挑了一颗大一点的麦穗，放在掌心里轻轻揉了几下，片刻摊开手掌，吹了一口气，金色的麦壳，纷纷扬扬，像金箔，像飞鸟。顿时，不多的余晖下，一只只金色的鸟，在麦田里飞翔。

我一直觉得，农业中国的天下，城市和农村、劳力者和劳心者的二元世界中，劳力者总是保持匍匐和弯腰的姿态，做着随时奔赴脚下的土地的准备；劳心者总是保持端坐和挺腰的姿态，一副出席典礼的姿态。

多年后我在一本画册中看到了法国大画家米勒的那幅名画《拾穗者》。我看到这样的画面简介：画面上晴朗的天空和金黄色的麦地显得十分和谐，有3个农妇穿着粗布衣衫和笨重的木鞋，体态健硕，说不上美丽，更谈不上优雅，只是躬下身子，在麦地里寻找零散、遗漏的粮食。扎红色头巾的农妇正快速地拾着，另一只手握着麦穗，看得出她已经捡了一会了，袋子里小有收获；扎蓝头巾的妇女已经被不断重复的捡拾动作累坏了，显得有些疲惫，将左手放在腰后，来平衡身体的重量；画右边扎黄色头巾的妇女，侧脸半弯着腰，手里握着一束麦子，正巡视已拾过一遍的麦地，看是否有漏捡的麦穗。她们怀着对每粒粮食的感情，为了全家的温饱，不辞辛苦地拾着麦穗。

这样的场景让我一下子回到了从前，这样的场景在我们故乡，在农业中国的任何一个乡村还在延续。这画面让我看到疲惫也看到忧伤；读到艰辛，也读到幸福。是的，红尘中的每个人都是一个拾穗者，只不过拾的形态和内容不一样，对脚下土地的感情和粮食的珍惜程度也不一样。尽管现在我脱离了麦地，尽管我也经常出入于酒肆，但我骨子里一直把自己当做一个拾穗者，并且在世俗的生活中保持一个拾穗者的秉性。因为，每一颗掉在地上的麦粒都是父母生命中的细胞，每一颗掉在地上的麦穗都是他们光阴中的一天。

这是我一生都不能忘记的。

# 挖土豆

土豆的一生都是在地下度过的。关于土豆的一生，十字科的花为它做了序，而成熟枯萎后成为土灶里燃料的茎秧就自然成了它的跋。从破土而出的芽，到包含汁液的茎，最后枯萎成一团匍匐在地里的干秧，直至成为灰，成为肥，土豆从不抛头露面，它的眼睛在泥土下面，从干裂的地缝里射出一束束光，把我们清白的一生照亮。这卑贱的出身决定了它一生都登不上大雅之堂，成为象征身份和地位的佳肴，它只能在寻常百姓家的餐桌上就着黯淡的光温暖一些平淡的肠胃，或者躲藏在逼仄巷子里的小吃店内，以“青椒土豆丝”的名义，化作漂泊他乡的人们思乡的最好口味，成为他们乡愁里一枚抹不去的情感胎记。

这几年，土豆被一些精明的商家看中命名，起上一个动听的“艺名”：马铃薯、薯条、薯片，让这些产自乡间的植物在油锅里来一次脱胎换骨的华丽转身，变成麦当劳、肯德基里用硬纸盒包装的薯条，源源不断把城里人口袋里的银子转移到商家的银行卡上。

而乡下的土豆还在地窖里，没有光，也没有耀眼的包装。它们围拢在地窖里，一堆堆一堆堆，默契地静静守候，守候冬天的第一场雪静静地到来，然后一天一天、一个一个走出地窖，走进农家的火炉或者餐桌上，成为冬日里没有新鲜蔬菜的餐桌上唯一的主角。

我的出生决定了我一生都是土豆最坚定的爱好者，也是土豆最忠实的爱怜者，对于土豆我还是有发言权的。在家乡，9 月以后，土豆基本上成熟了，成熟了的土豆，青黄相间的叶子上满是黑色的斑点，像极了老人脸上的老年斑，有一股暮气，有一股风霜阅尽的笃定之气。黄，黄得彻底；黑，黑得从容。有的叶子卷了，卷起的叶子真的就是村里那些艰难度日的老人的额头，皱巴巴的，一道道褶皱里藏着的是难言的岁月，以及逐渐老去，扳着指头度日的那种漠然。

挖土豆是一个技术活。不会挖，就会把地下的土豆削坏。会挖，顺着茎的根部，稍微扩展一点范围，轻轻地将铁锹插下去，稳稳地端起来，拎起茎，抖掉根部的泥土，哗啦啦，泥土掉下，根须上的土豆脱掉身上的泥，露出黄黄的肌肤。一个，两个，三个，四个，有的一条根上会挖出五六个大小不一的土豆，有的大如拳头，有的甚至更大，有的小如笼包，有的小如番茄。土豆是极富团结精神的，不论大小，紧紧地抱着一个根，就像一个母亲一生哺育的几个孩子，按次序扯着母亲松软的乳头长大，爱的接力就在地下开始了，大的学会养料的谦让，小的珍惜年长的给予，吮吸乡野的汽水，咀嚼泥土的营养，守着一个共同的承诺，不要抛头露面，不要追逐表面的风华，就在地下，把自己长成一种力量，一种泥土练就的信仰。这么多年来，乡土的经验始终告诉我，凡是长在地下的果实，有一种无可匹敌的洁净和定力，它拒绝一切人为欲望的篡改，拒绝膨大剂、催熟剂；它孕育着一种不可亵渎的忠诚和义气，对土地的忠诚，这种忠诚，就像和你生死与共的兄弟一样，值得终身托付、信赖。

每逢挖土豆，年少的我的任务是把父辈挖出的土豆，剥掉泥土后一堆堆聚在一起，晒在太阳下。9 月的天空，很空，而 9 月的土地却很满。时间在土地上做着一道算术，我们以“挖”这种动作，做填空题，做加法。给土地加上种子，我们就收获了温饱，当然也额外收获了诗意和艺术。给每一个日子填上汗水和苦力，我们就收获了信心，因为好日子总是在后头。剥掉土豆上的湿泥，鼻孔里是草和泥的混合气息，土豆带来的食欲在胃部翻腾，味蕾上开始有了口水在跳动。已经枯萎的茎秧曲曲折折，盘根错节，像渐渐脱去皮的蛇。蚂蚱在秧上无所事事地跳着，断断续续地弹一些含糊不清的曲子，也有耐旱的青蛙慌乱地钻到远处的草丛中寻找藏身的洞穴。老鼠从田埂边的洞里逃出来，企图躲过铁锹的锋刃。一个自然界的部落，在土豆地里相安无事。人的到来，发出的一丝轻微声响，对地上的蚂蚁、蚂蚱来说，无异于一次惊雷。当然，还有一些在泥土里吞噬土豆的蚯蚓、蛆虫，享尽不劳而获的美食后，把家安进土豆里，它们企图延续一劳永逸的美梦，因收获季节的到来而惨淡地宣告终结。或许，灵敏的蚂蚱给它们通报了信息，铁锹让泥土一松动，许多蚯蚓、蛆虫就迅速地摇晃着身子，蹿出地面。对这些害虫，我们有两种办法，要不捡起来装进塑料袋里，带回家喂鸡，要不杀无赦，让它们身首分离。场面是残酷的，也可以说是惊心动魄的。

父辈们从地的这头挖向那头，身后是一堆堆土豆茎秧，一堆堆土豆。薄凉的秋日阳光让地上的土豆明晃晃的，远远望去，一窝窝、一窝窝，像鸡孵出的蛋。到了冬天，我们不愁没有菜吃了。秋天的太阳总是给人以恍惚的感觉，被淡云托着，好像生了一场不大不小的病，将愈未愈的样子，让人怀疑太阳有没有力气迈开步子了。我们挖着土豆，商量着今晚到底是吃炒土豆丝还是煮土豆。天黑前，我们把土豆装进蛇皮袋子里，拉回家。在院子里放上几天，在霜降之前等水分蒸发得差不多了就把土豆储进窖里，等着过冬。

多年过去，很多在地里挖土豆的场面不曾忘记，现在身处城市，但根仍在乡野，经常做梦梦见自己在地里挖土豆。土豆的形状就像胃的形状，肾的形状。有时候，我真的觉得土豆就是我们身上的一个胃，消化着生活的困苦，生命的酸甜苦辣，分泌着一些想不到的幸福胃液。这胃，实在是平凡的伟大了。

# 群里的故乡

这几年，大凡从村里走出去上了大学的人，毕业后很少有人回到故乡工作的。乡里人说“人往高处走，水往低处流”。很显然，这是乡村现实哲学，高处意味着良好的福利，广阔的发展空间，更多的出人头地的机遇。和我保持不紧不松联系的几个同龄人，大学毕业后就留在了深圳、江苏、杭州、上海、宁波、内蒙古、山东等地。有的人十几年没有见过面，在网上保持着联系。

在南方混得不错的几个人在网上建了一个 QQ 群，并把这个群以故乡的名字命名，后缀以“兄弟姐妹”。尽管我加入了这个群，一般情况下，却很少主动发起话题加入群聊，有时候只看不语，有时候遇到感兴趣的话题，我就说上几句。凡是加入这个群的人，不分年龄大小，都有一个共同的特点，那就是字里行间总是散发着浓浓的乡愁。不同的时节，群里在外地的人总会询问在老家的成员庄稼的长势、蔬菜的价格、种大蒜人家的收成、村里的红白喜事。有些话题大到村里新农村建设的发展，小到鸡毛蒜皮、家长里短、鸡零狗碎。还有的人因为在异乡吃不到故乡的面食和小吃而大发感慨。有的人也因吃到与故乡相比相对正宗的面食而激动兴奋不已。

最正宗的故乡在原地，而我们早已离开了现场。有时候，群里没有人发言，一直静默地没有头像闪动，就有人用家乡的土话骂上几句，还是没有人响应，只好留下几个搞怪符号匆匆下线。

当然，也有人在远方为故乡的发展建言献策。最让我感动的是一个远在内蒙古的兄弟和我私聊时说等他老了，死了无论如何要回去，死也要死在故乡的土地上。他常常给我感慨，如果现在手中有四五十万元钱就会立即辞掉在市政府办公室写材料的工作，到故乡去发展蔬菜种植业。他问我："你老了回故家吗？"我知道我这辈子恐怕也是回不去的，只能怯怯地回答说："我当然想回去啊，恐怕到那个时候已经心有余而力不足，走也走不动了。"说完这话，我陷入长长的惆茫，心情一下子变得沉闷起来。

"吾心安处即故乡。"可是在纷繁变化的时代，我们虽被挟裹着为了明天不断向前，但我们的心哪一天可曾安宁过？只有在新闻里、在网络世界里看到一点故乡的信息，听到一两句熟悉的声音，或者吃到一顿故乡风味的小吃，心里才有些许的安慰和宁静。故乡再也不是一个空间符号，也不是一个地域概念，而是我们的精神通道。年少的时候，我们急着到外面的世界去寻找、去缔造、去闯荡、去尝试，仿佛远处有不尽的矿藏等着我们去勘探，然而我们远行的同时，岁月的烟尘也一天天落在这个通道里，我们在稀薄的乡音里一点一点将故乡淡忘抛弃，我们希望自己不断变得更加风光荣耀，而故乡一直保持最初的泥墙、青苔、灰瓦、木屋、旧巷、老井，这是多么自私的心理！我们只在记忆里保留故乡最初的美，而很少希望故乡的秩序有所改变，所以我常常对自己和那些站在城市镁光灯下大发乡愁感慨的人持批判态度。

要么战死疆场，要么回到故乡。故乡是寄放我们骨灰盒的地方，是埋葬我们所有自私、虚荣和自私的库房。离开故乡近 15 年，每年我对故乡都有不同的认识。故乡是一个人灵魂的轴和坐标，我们所有的一切都围绕着那个原点延伸、转动，这个原点就像一眼甘泉，这是我们生命里程和命脉走向的力量所在。我们对世界的认识和性格的形成、尊严的呵护都基于她的恩泽。

于我而言，每年最幸福的事情不是发表了多少文学作品，获得了多少荣誉，而是手中那么有限的十几天探亲假、年休假，一年中不少于 120 次地和父母亲、与故乡有关的人通话。只有将脚踩在故乡的土地上，我才觉得全身是放松的、通透的，没有烦恼和忧愁的。故乡总是有一种神性的力量护佑着我们、召唤着我们、吸引着我们。

我一直把“我不在故乡，就在回故乡的路上”作为在异乡的岁月中最得意和理想的生活方式。QQ 群里一行行叠加的话语，一个个含义不一的表情，一点一点地记录着我们回乡的脚步，从不同的方向和角落汇聚游子们对故乡的朝拜。这是一种仪式，亲近故乡的或庄重或轻松的表达。

历史上常常有英雄把丰碑建在故乡，把勋章带回故乡。而我没有勋章也不配丰碑。我只想一个字当做一把黄土，一个字一个字地与故乡地老天荒，将我精神的根须永远扎在它的最深处，在精神时空里永不分离。

# 石匠的黄昏

打我记事起，石匠就在村东头的一个石场里采石头，雕刻石碑、柱墩子、马槽、猪槽等一些村里人家常用的物件。

那时候，如果谁家盖新房子，支撑屋檐的柱子少不了柱墩子。石柱墩了像只脚，稳稳地撑起木柱子，既发挥了石头防潮、防蛀、防摇的作用，又延长柱子的寿命，深得乡民们的青睐。乡亲们盖一间房，前屋檐最少需要两个柱墩子，盖五间房最起码要 9 个柱墩子。而这些柱墩子正是石匠的作品。石匠的要价不高，一个石头柱墩子 10 块钱，算是很便宜的了，这样的实惠着实提高了石匠在村子里的地位。

年少时，每当黄昏，我们放学后没事干，就背着书包，到石匠的作坊玩。石匠头上戴着一顶帆布做的黑瓜皮帽，戴着一副镜片有酒瓶底子厚的眼镜。他一手拿着铁凿子，一手拿着几斤重的锤子，对着用铅笔画着斜斜花纹的圆形柱墩子，一锤一锤地打、凿、磨。锤子落在凿子上，凿子顺着已经画好的花纹，一道一道自上而下刻去。石头的粉末雪花一样从石头台子上纷纷扬扬落下来。每用锤子小心地敲一下凿子，他就在手心吐一口唾液，然后牢牢地攥住锤子，细细地瞄准花纹发力。凿子不偏不斜，稳稳当当地落在花纹上。他的样子格外专注，似乎手中握的不是一把凿子，而是一艘航船，如果航向偏离了，就只能无功而返。

丁丁当当的碰撞声有节奏地响彻在石场里。夕阳照在他弯曲的脊背上，尽管下午天已经凉了，但是他的汗衫随着凿子的起起浮浮，渗出一层层汗，汗衫上有的地方结成了盐渍。他高高抡起铁锤，举过头顶的时候，腮帮边上靠近太阳穴的血管隆起，像移动的蚯蚓一样，似乎随时有可能穿过脸皮奔涌出来。我们真替他担心，趁着他不注意的时候，指着他面颊上的血管筋脉悄声议论。或许他感觉到我们在议论什么，便停下手中的伙计，转过身说，小家伙，放学不回家干啥？回晚了，你们父母可要打屁股了。

我们你推我，我推你，你推我搡，挤到石台前，怯怯地摸他雕刻在石墩子上的花纹，有牡丹，有芍药，有鱼有龙有凤，有的石柱子上还刻着“花开富贵”“金玉满堂”“年年有鱼”之类的字。霞光照在那些已经雕刻打磨好的柱墩子上，还有一些余温。我们惊讶于他那双关节粗大、指甲又黑又厚的手怎么能刻出这么好看的花和字。

说实话，当时我太崇拜他了。为什么他这么一个五大三粗、年过半百的人就能刻出这么好的图案和文字呢？我们的老师画的花还没有他刻的好看。我天真地想，是不是他心里藏着一只什么看不见的神奇的巧手，把花纹的美由内而外地传递到手心，再由手心传到凿尖，一点一点地变成花，变成鱼，变成苍劲拙朴的文字？

暮色越来越浓，就像刚泡好喝了两开的粗浓茶。我们坐在石头上，看着他雕刻。他刻好一个柱墩子后问我们，好看吗？好看就让你家大人盖新房子，我给你们打柱墩子，要多好看就有多好看。

他的话，让我们不知道怎么回答，背着书包一步三回头离开石场。走在回家的路上，我们还不忘赞叹他灵巧的手艺。

那晚，我做了一个梦，梦见自己家也盖了新房子，屋檐下的柱子下撑着的全是他刻的柱墩子，每个柱墩子上都刻满了栩栩如生的花鸟虫鱼。

大概一个多月后，村里下了一场大暴雨，邻居家的几间老房子倒塌了。过了几天，邻居家的满秋子告诉我，他家要盖新房子了，柱墩子全部由石匠雕刻。说这话的时候，他一脸的骄傲，似乎我们内心无比崇拜的石匠就是他自家人。这让我羡慕不已，没想到我的梦被他家实现了，我很是嫉妒。

又过了几天，满秋子的哥哥从拖拉机上摔下来，摔断了腿，住进了医院。他们家请来道士讲迷信，道士说，满秋子家有一股很重的邪气，需要找一块大石头镇压，否则家里总不太平。后来他们家打基地的时候，在西南墙角立了一块山形的大石头，石头上从上到下刻着几个有力的大字“泰山石敢当”。我不知道这是啥意思，有一次放学的时候跑去问石匠，他说就是一切病头灾难都能被这块泰山一样的石头镇得住，镇住后家里就太平了。

石匠太神奇了，他在一块大石头上刻上几个字竟然就能让这家人过上太平的日子。我更加崇拜他了，心里想，长大了也当个石匠，那多风光啊！

上了初中，我们到离村子很远的深沟村上学，很少有机会经过石匠的石场了。村里盖新房子的人家越来越多，石匠更忙了。初中毕业的时候，一个清明节的黄昏我们去上坟，路过石匠的石场，他正在雕刻柱墩子。多日不见，他已经很老了，两鬓全白了，衣服也被石头磨烂了，像冬天的芦花一样，一片一片地随着身体的起伏飘着。他腰微微佝偻着，手中的凿子也不怎么顺了，一锤下去，不是偏了就是斜了。以前丁丁当当的敲击声像是身患疾病的老人在哮喘，声音不再干脆、利落、悦耳。他的姿势不再有力，父亲给他发了根烟，他点上后坐在石块上喝茶，对着被刻坏的柱墩子叹息。夕照散漫地洒在他身上，身后是一片白茫茫的石头屑子，场面看上去有点苍凉落寞。

在路上，父亲告诉我，许多人家不再盖以前那种有柱子两流水式的房子，有钱的人家全盖起了水泥盖板房，又宽敞又气派，以前的房子样式明显落伍了。加上石匠年纪大了，打的柱墩子不如以前，有的用了不久就裂缝，柱墩子上刻的花纹不如以前灵秀，线条又粗又笨，很少有人再买他的柱墩子了。

我听了，有点伤感。他的那些图案，一直鲜活在我的脑海里，游着，飞着。

后来，我上了大学，再后来我到外地工作，近10年没有经过他的石场了。有一年冬天回家，春节上坟烧纸经过石场时，石场里长满了荒草，树已经落光了叶子，随风摇晃的样子很容易让人想起村里那些失去依靠、无力抵抗岁月的孤单老人。草木枯得如同生了一场大病，似乎精气神全被这寒风抽走了。凌乱的石场上孤零零躺着几块大石头，石头被风雨腐蚀得生锈。这，还是见证石匠运筹匠心雕刻美感的那个石场吗？

物是人非。猛然间，我想起了石匠，想起了那段年少的时光。我问父亲，石匠还好吗？父亲说，早已不再了，是得肺癌去世的。我的心揪了一下，有一种想流泪的感觉。父亲说，石匠想把手艺传给他的儿子，儿子不愿意，他又想传给孙子，孙子更不愿意，他们宁可到城里做生意打工，也不愿意干这又苦又累的活儿。再加上村里没有人愿意买他的柱墩子什么的，石匠没有了生活来源，几年时间就病倒了。临走时，他还把早几年给自己打的一对石狮子带进了坟里，哎……

父亲长长地叹了一口气说，世事无常，很难预料啊。石匠卧病在床的那几年，让儿子到邻村请别的匠人给他打了一块墓碑，上面打了两个让人很不可思议的字：回家。这让村里人琢磨了很久，也议论了很久，真不知道他到底在想什么，村里人都说他是个怪人。

我突然想到了尼采的一部著作《偶像的黄昏》，没有读过哲学的石匠是不是从坚硬的石头中明白了什么？在时间面前，不知道是石匠硬气还是石头硬气。石头依然在，石匠驾鹤去。那些带有他气温和力气的柱墩子还静默地蹲在村里一些破败的老房子里。

气派的盖板房让没落的木头房在黄昏的夕照里顾影自怜。起风了，从远处吹来一片茫茫风沙，让人不由得怅茫悲悯。石匠的手艺在今天失传，石匠在黄昏里走了，接下来该轮到谁走了？在时间无垠的风沙中，村庄无语，石头无言，无言的石头似乎在怀念着什么，又似乎在嘲笑着什么。

# 榆钱树越来越少

榆钱树是驻守在故乡的卫兵，是故乡最贴心的亲信。它们的足迹遍布村庄里庄廓的周围，水渠边、房屋后、荒滩里、山脚下、巷子里，到处都能看到它们的影子。

大自然仿佛一个高明的军师，把榆钱树不规则地布阵在村庄周围，这些卫兵日夜守护着故乡的水土，以强大的根系渗透到地表下面。生活中，我们常常笑一个人迂腐、木讷不开窍就说他是榆木脑袋。实际上，在当今“假大空”大行其道的时代，“迂”和“木讷”是一种多么稀缺而又可贵的品质。我们的生命元素里，越是没有被污染的东西，就愈显得可贵。它把根稳稳地扎在脚下的土地，一扎就是十年几十年直至成材。榆树固守着脚下的土地，他对土地的定力不就是一种执着吗?

记忆中年少的时候，春天里村庄到处都是榆钱，翠绿的榆钱一簇簇，密密地趴在树干上，榆钱在写信，或者在写书，风是它的笔墨，每一个字里都含着甜意。那时候物质匮乏，想吃糖果，可家里没有钱，四五月的时候，我们几个伙伴就爬到墙头上摘榆树枝，个子高的就爬树，个子矮的爬不了树就捡爬上树的伙伴从树上扔下来的榆钱。榆钱树很容易招毛毛虫，拿起榆钱枝，我们轻轻在手里或者石头上抖一抖、拌一拌，藏在榆钱里的虫子就掉下来。我们就放心地揪上一簇，放进嘴里，贪婪地嚼，嘴里绿色的汁液顺着嘴角直往下滴，没有纸巾，我们就用袖子擦嘴，时间长了，袖子上积起淤痂，明晃晃的，厚且坚硬，换来母亲的呵斥和责骂。至今回想起来，那时吃榆钱的滋味，那么甜，终生难忘。当然缺钱的时候，我们在老人的带领下去剥成了材的老榆树的皮，然后分割成长短差不多的形状，晒干、等干透了，就有从事药材贩卖生意的人走街串巷来收。换了钱，我们就可以从大人手里讨得几毛钱，买五分钱一根的冰棍或者两毛钱一袋的瓜子、三分钱一支的铅笔。我记得 4 月末 5 月初的时候，成熟的榆钱变成枯黄色，在风中凋落，乡间没有太多的娱乐，我们的许多玩具都与自然有着密切的联系，榆钱就是一种，起风的时候，落在地上的榆钱随着风力车轮一样滚动，我们顺着风追，嬉笑声在巷子里回响，受惊吓的麻雀飞到高高的树冠上、电线杆上，看着树下嬉闹的我们因为一片片榆钱的滚动在幼小的心窝里衔起的快乐涟漪。数不清的榆钱浩浩荡荡，滚滚向前，如同战场上出阵的车马，而我们就是驾驶车马的战士，满腔豪情又简单快乐。

卑贱的榆钱树有着超凡的生命力，随遇而安，风把它们吹到何方，只要有一点点水分，它们就能抓住机会，生根发芽，石头缝里、泥墙头上、屋檐的瓦逢里，都能扎根、繁衍。我总觉得薄薄的榆钱中藏着很多看不见的神奇的手，只要挨到水分和泥土，它们就会把积攒在体内的力气瞬间释放出来，让生命延续下去。整个过程惊心动魄，感觉是生命轮回的一场壮举。

榆钱树总是隐忍着，不挑剔，不抱怨，命运把它们抛到哪里，它们就在哪里安身立命，我曾经在一摊干牛粪堆中看到长出叶子的榆钱，又黑又丑陋的牛粪上面播着一面绿色的旗帜，这不仅仅是大自然的造化，更像一种史诗般的传奇。没有波澜壮阔的场面，没有气吞山河的气势，只是凭借一点点水分和黄土的营养，它就守住了自己的江山。它遵循的不光是大自然的意志，更是用自身微弱的力量掌握生命走向的信仰。

光阴就像这纷繁的榆钱落到岁月深处，我们一天天长大，简单的快乐因为生计而变得复杂。现在，很少人因为一枚落叶的滚动而涌起幸福和快乐，而那些记忆深处的榆钱却像扎在我们生命里程里的一个个路标，留住生命过往的美好。

这几年，每回一次故乡，我都要到村庄的每个巷子、田野走走转转，我惊讶地看到村子里几乎没有了榆钱，它们去哪儿了呢？村子里的土路全部变成了水泥路，土墙全部变成了城镇化的统一颜色统一材料的砖墙。以前的木门、土门全部变成了政府免费发放的铁门，村子里的水沟全部变成了整齐有序的水泥石砖砌筑的渠沟。许多成材的树木都被砍伐了，年轻一点的小伙子没有人愿意去植树了，家里的房舍鲜见有木质材料了，全部变成了砖、瓦、铁、水泥。这些现代工业化的材质挤占着树木的家园，一点一点地驱逐着树木的生命源头。草木赖以生存的土地已被大量的工业产品、农药、塑料膜、肥料所侵占。土质、水质不断改变，这些真让人心里悲凉。

网状的榆钱树皮布满厚厚的裂纹，就像历史课本上的甲骨文。榆钱树是一种文明，记录了一个村庄的变迁史。它的一生都在给予，叶子可以吃，叶子干了就可以聚积起来煨炕，榆树皮可以卖钱，成材后可以打普通的家具。我们把自己毁在了眼前看得见的进步上了，榆钱树可以作证。我们把自己烂在了时代速成的砝码上了，坚硬水泥覆盖下伤心裂肺的土地做了最好的诠释。

再过十几年几十年，我该怎样向出生在城市的女儿描绘词典里“榆树”的说明，来打开她茫然的想象？

# 木香中老去的木匠

一个好木匠是村庄里树木的敌人，也是树木的情人。说是敌人，木匠断送了那些浑身散发着迷人气息树木的青春。说是情人，木匠以另一种形式延续着那些老树木的生命。我不知道木匠走在村庄里，麦田、水沟、河渠、路旁的树木会以怎样的神情打量他。每一棵树木因为年轮的不同，心情也会不同吧。每一片树叶都是树的眼睛，当木匠拿起斧子和锯子时，我真的很想知道，那些成材的树木眼里盛纳的是深情的期待还是忧伤的泪水。一些走到生命尽头的老树应该会感激木匠吧，他把圆木变成木方、薄板、大梁、椽子、柱子、家具、梳妆台，大树消失了，它的生命以家具的形式在村庄里延续，它的体香在庭院里、房间里默默地释放。在我们村子里，木匠是风光的，他没有村长那样支配村里公有财物的权力，但是在村民眼里可以不买村长的账，不能不买木匠的账，家里诸如盖房子、婚丧嫁娶、红白喜事可以离开村长，但谁家遇到这些一生一次的大事能少得了木匠帮忙呢？盖房造屋时用的梁檩椽柱、门窗框棂，结婚时用的桌椅橱柜，生产时用的犁耧耙耢，丧葬时用的棺椁寿材以及农活使用的车具等，几乎都离不开木匠的手艺活儿。《考工记》早就对“攻木之工”的工种和技术职责做过详尽的记录，将木工分为“轮”“舆”“弓”“庐”“匠”“车”“梓”等7个工种，并各有分工，如，“车”专攻大车、农具的制作；“匠”专攻城郭、宫室的营造等。如今民间木匠虽不如古代那样分工明确，但也有“粗细”之分。一般修房建屋、制作农具的称为“粗木匠”或“大木匠”，而制作民众日常生活中诸如桌椅板凳、门扇窗棂的，则被称为“细木匠”或“小木匠”。

打我记事起，村里只有李姓父子俩是木匠。村里人家盖房子、做家具都要请他们。在别人眼中被视为很不起眼的一块木料，放到他们手中，就会刨削成一件十分有用的器物。手艺再好的木工师傅也都明白，木活儿的优劣除了手头功夫之外，没有几件像样的工具辅佐，根本无从谈起，正所谓“心巧不如手巧，手巧不如家什好”。我家盖房子时，父亲带着我去请木匠，到了李姓木匠家，他已经把一套完整的工具锯、刨、尺、墨斗、凿、锉、斧、钻装在背篓里，出门时木匠要自己背，父亲不让他背，让我背。很明显，父亲此举有讨好他的意思，如果不伺候好，家里的房子、家具就不会太结实。木匠来了，死去的树木就活了。

他把一堆堆在大门口已经剥了皮晒干的树木按照粗细大小分类架在木头架子上，拿出墨斗打线，然后用刨子一下一下地推。我想木匠深谙树木的生命之道，他似乎掌握着树木身体的某个穴位，刨子沿着这道墨线像一艘小小的航船被木匠驾驶着，在一根温顺地躺在地上的大木头上航行，刨子来来回回地推着，雪白的刨花一卷一卷飘扬起来，就像航船卷起的朵朵浪花，卷携着浓浓的香味，在庭院里弥漫。一个庭院就这样有了春天的味道，花木的芬芳，顿时鲜活美好起来。这木香就是木匠打开树木生命穴位所释放出的灵魂的香味吧？

木匠刨木头的时候，父亲不让我闲着，他给我分配的任务是把一堆堆卷起来的刨花装进背篓背到厨房里烧茶。当手指抱起刨花，卷曲的刨花很柔软，薄如纸，香香的，处在花季岁月的我感到自己抱起的不再是一堆没用的木料，而是一个花季少女温软散发着迷人体香的身子。我抱着一堆刨花，站在地上，将头埋进里面，贪婪地嗅着。父亲见状后有点生气地说，你在干什么？干活放利索点，不要偷懒。我赶紧弯下身子，把刨花塞进背篓里。

木匠最高超的手艺是刻花。那时，村子里人家攀比房子不光要看用的木料是松木、杏木、桃木，还是椿木、白杨，还要看谁家房子上、窗格子里刻的花有多少。有钱的人家在房子上刻石榴、牡丹、蝴蝶、蝙蝠、金鱼、如意等。房子上刻了花，身价和气势就不一样了，让人一眼就能看出这家人的光景是否盈实富裕。没钱的人家盖房子时，就不刻花，整个房子都是光板子。这就像现在的人穿的衣服比的不是布料，而是衣服上有标志饰物的名牌。房子上没有雕刻花，人就似乎矮了一截子，在村子里说话都有一种气短的意味。这是多么势利的事情啊！人们竟然以木头和花饰为筹码攀比家境。

李木匠的雕刻才能显出他木匠的天才。他给村里准备出嫁的女孩子雕的嫁妆上的蝴蝶、鲤鱼、牡丹、石榴，让她们看得目不转睛，真害怕那蝴蝶飞了，那鲤鱼游走了，那牡丹凋谢了。这些花鸟，让没见过大世面的乡下女子有了浪漫主义的萌动。你想，有了花饰，到男人家过日子，天天看着花啊、鸟啊，洗脸、梳头、更衣，心情有多好啊？用苏东坡的词就是“小轩窗正梳妆”，试想，心爱的女子在镜子前梳妆，男人在后面站着不说话，内心汹涌着浓浓的爱意，静静地欣赏眼前美丽的女子，天天如此，年年如此，白头到老，这日子要情有情，要义有义，多美啊！

木匠在我家干了一个多月，那一个多月，我家每天弥漫着木香。每天早上，当我家的烟囱里开始冒烟时，木匠口袋里别着一支很宽的木工笔，长长的头发里沾着许多木屑子，手里夹着烟，从巷子里出来。他一进门，就带进一股风，这风里有木头的香味。长期的木工活让木香已渗透到木匠的身体里了。

写到这里，我要啰嗦几句木匠的伙食。木匠来干活，平时家里难得见一点肉星子的伙食要大为改变，每天我家都要买蔬菜、肉、酒招待他。每当吃饭的时候，好菜没有我们小孩子的份。母亲早早地给我们在厨房里做了没有肉的饭，让我们在厨房里吃，而端到正房里供木匠吃的菜里一片片油汪汪的肉让我们馋得直流口水。我清晰地记得，当木匠父子吃好饭时，我去收拾桌子，他爷俩酒足饭饱的样子让我十分羡慕。做木匠多好啊，挣钱不说，口福更不错，这就是手艺人的特权啊。端着被他们一扫而光的盘子，我无比沮丧地回到厨房，心里埋怨他们父子，你们就不能少吃一点肉，留两块让我们打打牙祭？我既羡慕他们又怨恨他们。

我上大学那年正好 20 岁，木匠年近 60 岁了。他以父传子的方式把手艺传给了不愿上学的儿子进红子。不到 3 年，进红子就出师了，不用父亲带，他就可以独立盖房子、做家具、雕刻花饰。上了年纪，李木匠做的家具不如以前结实，做工时手脚也不如以前灵活，雕刻的花饰看上去很粗笨，没人再请他了。传承他手艺的儿子进红子代替他走东村串西村。在给邻村的一户人家盖房子时，他和那家的姑娘好上了，不到一年就成家了。现在 10 多年过去了，木匠已经抱了两个孙子。村里不时兴木头房子，家具也不再请木匠做了。人们情愿到城里去买家具厂流水线上制作出来的时尚家具，也不愿意请木匠做那种又老又土的家具。木匠的工具也被现代化的电工具取代，传统木匠的生意非常清冷。新入行的木匠，什么凿子、斧子、锯子、锛、角尺、墨斗和刨子都不需要，他们用的是电动工具，靠的是一把锤子、几斤钉子，做起事来方便快捷，既不削刨，也不凿眼，更不开榫。木匠被冷落，木匠堆放在家里不常使用的工具或许生锈了吧？

现在我在遥远的南方城市混饭，每天上下班的路上总会看见一群群眼神里写满期盼、蹲在街头等待营生的木工、油漆工、瓦工。此情此景让我忽然想起了李家父子。一个晚上，我打电话回去问父亲李木匠一家的情况，父亲平淡地说，进红子每天到县城的劳务市场给城里人的楼房干装修，日子过得很不错。

我不知道城里人还会不会像多年前我们招待他父子俩一样，给他们顿顿酒菜。木匠老了，那些伴他走村串巷的工具也老了，深入木匠骨髓的木香也一天天消失殆尽了吧？

## 第六辑

# 在乐都大街上泪流满面

如果拿橘子来比喻人生，一种橘子大而酸，一种橘子小而甜。有的人拿到大的就抱怨酸，拿到甜的就抱怨小。拿到小橘子，我就庆幸它是甜的；拿到酸橘子，我就感谢它是大的。

# 活着的祖先

祖先的坟静静地卧在山坡上、河滩旁，飞鸟从旁边飞过，翅膀划过气流的声音，他们听不见；白云从头顶掠过，向大地微笑致意，表达最纯洁的问候，他们看不见；风在草尖上奔跑，脚步轻柔，仪态万方，他们感受不到；野花藏在草丛间悄悄私语，释放出一缕淡淡的芬芳，他们闻不见。

祖先是寂寞的。陪伴他们的只有山顶上一两棵孤零零因为缺水几近枯萎的树，一群自在而又容易受惊吓的鸟，一丛丛默默生长守望岁月枯荣的野草，还有河滩里仰望天宇星辰深沉得像哲学老师的石头。

祖先们活着的时候，彼此牵连在血缘的纽带下，像一棵藤蔓上的瓜，沿着家族的根系，分享不同屋檐下有着相同温度的阳光，也承担着屋檐外不同方向吹来的风风雨雨。他们曾经荣耀，也曾经坎坷；曾经争斗，也曾经和睦。他们老了，累了，病了，一个个最后或安顺或无奈地辞别人世，谁也没能走出生命无常、枯荣自守、顺道而去的宿命。

一个人走了，一曲曲悲凉的唢呐在黄昏中响起，送别的鞭炮划破村庄的上空，悲切的哭泣抽噎在巷子里迂回，浩浩荡荡的队伍为他们送行。祖先走了，从此，家族的家谱上多了一个亡者的姓名以及他在村庄里的功过口碑。从此，家族的饭桌上少了一副碗筷和一串串断断续续的咳嗽。从此，村庄的土地上，少了一个俯向大地劳作的身影。

他们走了，把所有的恩怨情仇风光荣辱全部带到了土里，带进时间深处，最终成为泥土的一部分、大地的一部分。生前的种种如意、不是、斗争和计较，统统化为尘埃，化为子孙后代奠念他们时的一把把香火、一场场祭祀。

在传统的节日，尤其是家族举办红白喜事的时候，当后代把一炷炷香裱在坟前点燃，当一缕缕青烟从坟茔升起，一滴滴酒水、奠茶瞬间渗入泥土，一张张燃尽的纸灰随风飘远，当感恩的叩拜、祈求风调雨顺人丁兴旺的祷词自心间涌起，祖先们复活了，祖先们不再寂寞。

一系列奠祭仪式结束后，子孙们从坟头经过田头，最后回到自家的檐头。子孙的身影消失在山谷里，消失在田间地头，祖先们思谋着，以何种方式沿着子孙白天留下的脚印回家。白天，祖先们幻化为一只鸟，回到曾经的家门前，站在高高的大树上，俯视曾经居住了一辈子的房子，哪里少了一片瓦，哪里多了一块砖；晚上，祖先们幻化成一阵风，趁着夜色，潜入依旧留有自己气息的院落，抚摸曾经烙有自己掌纹的农具，哪里多了一片锈，哪里多了一个豁口，心微微作疼，可惜了这些好家当啊。趁着后代熟睡的时候，祖先们悄悄从窗缝里潜入粮仓，巡视粮仓是否盈实。清晨，当晨曦穿过林梢，撒在庭院里，他们已经把每一个角角落落看了个遍，当看到一处处变化以实物的形式呈现生活逐渐美好的样子，他们方才安心离去。

祖先们把梦托给飞鸟，飞鸟飞到我们家族的屋檐下，洞察我们家族的变化，谁家娶了新媳妇，谁家添了一口人，谁家的孩子当兵立了功，谁家得了孙子孙女，谁家的孩子上了大学，谁家新砌了房子。不见影踪的鸟儿明察秋毫，纷纷把这些消息统统带到祖先的坟茔前，在寂静的夜晚，在星光月光下，与祖先拉家常，话桑麻。

这些年来，随着人生境遇的变化，每逢重大传统节日的夜晚，我常常独坐一隅，反思祖先，反思这古老国度里久远的名词所蕴含的一切。我在南方，手中没有农具，我打交道最多的不是铁锹镰刀，也不是犁铧耱耙，而是键盘鼠标。我的祖先不可能幻化成风抚摸他的后代所使用的现代科技设备，也不可能幻化成鸟来我家的阳台看我的粮仓（城市的封闭阳台没有鸟雀立足的温暖巢穴，我没有粮仓，没有米缸）。

晚上，我在高楼上遥望远在西北高原的山岗，我看不到祖先的坟茔，以遥寄思念的方式，寄托某种个人的、家庭的祈祷。尽管一座座在山坡上凸起的坟头，像一个个极其醒目的标点，把祖先和我阻隔在南北两方阴阳两界，一方沉寂荒凉，一方喧闹繁华，但我一直觉得祖先并没有远离我们。他们如同脚下一粒粒泥沙，翻滚着，流淌着，滚到他们曾经走过的田间小路，流进他们曾经含辛茹苦劳动过的麦田，以他们灵魂的磷、腐朽肉体的肥，滋养生于斯安于斯的土地、河流、山川，由远而近，从西北到南方，把这种磷光传递给南方的我，支撑我淡薄的梦境。

我想，祖先是一种力，一种精神，一种文化，在我们脚下广阔的土地上传递、传承、延续，在我们的血管里流淌。前不久，我从南方回到西北的老家探亲，假期结束后，我特意带上祭祀用品，到祖先的坟上烧纸。按照家乡的那一套祭祀方式，我先在坟的后土上点纸、奠酒，再在坟的前土上焚香磕头。简短的仪式结束后，我坐在坟前的一道田埂上，静静地看着香火缭绕四散。坟头上一棵棵枸杞树蓬勃如华盖，挂满了红红的果实，这串串枸杞像一盏盏小小的红灯笼，莫不是它们在每个夜晚悄然亮起，给潜入村庄的祖先们照明？架在枸杞树上的鸟巢偶有鸟雀飞来飞去，是不是为了慰藉地下的祖先，在这远山远野间，还有家的气息？那叶齿锋利俗名叫冰草的青草，长得茂盛无比，很容易让人想起影视作品中那些守护要地的卫士，个个英姿飒爽，士气十足。难道它们也在冥冥之中听从祖先的召唤，护佑祖先在大地上永久的家园？

我们的祖先以生命的另一种方式存活着，成为大地的一部分，他们所蕴含的精、气、神滋养着一个家族的气场和人脉，滋养着我这个远离故乡的后代以文字为脊梁，支撑生命的走向。

小小的坟头是一个个路标，祖先在那头，我在这头。他们是我生命的源头，我是一条游走远方的支流。一路上人世繁华过眼，尘世功名牵绊。当一切归于沉寂，生命融入泥土，相对于安详的大地，生命的得失荣耀繁华算得了什么？

祖先已经不在世，但那一抔抔黄土垒就的坟头，如同静放在大地上的一部久远发黄的教科书，让我在尘世繁华名利间有了些许淡然。

# 橘子酸，橘子甜

冬天的时候，母亲生病了，城里的一个亲戚拎着一兜橘子来看望。物质匮乏的年代，对于乡下的孩子而言，能吃到一颗水果糖就已经幸福得流蜜了，如果能吃到甜甜的橘子，那更无异于过一个盛大隆重的节日。

20 多年过去了，我仍然记得那一幕。

亲戚走后，睡在床上的母亲让哥哥拿来那兜橘子。我知道，她要给我们姊妹分橘子。人小心大，排行最小的我，贪婪地盯着那盘放在瓷碟子里的橘子，昏暗的灯光下，橘子光芒四射，引诱得我口水一阵阵在胃里翻江倒海。我是多么希望母亲把那最大的橘子给我啊。我用舌头舔着因为冬季的干燥而起皮的嘴唇，一会儿望着橘子，一会儿望着母亲，祈求的眼神如丝一样，越扯越长。

母亲慈爱地摸摸我的后脑勺，给了我一个很小的橘子。我小心翼翼地接过橘子，委屈的眼泪掉了下来，我是多么希望得到一个很大的橘子啊。我没有立即吃掉那个橘子，我想把它带到学校。晚上，我把橘子紧紧地攥在手心，舔着冰凉的橘子皮，不知不觉睡着了。

那时候上学很早，天还没有亮就要早早起床到学校。没有人给我们煮早饭，我们的早饭就是两个放在蒸笼里的馒头。厨房里的灯坏了，在黑暗中我将手伸进蒸笼，我摸到的不是柔软的馒头，而是一个冰凉的大橘子！这让我无比欣喜，我想是母亲特意给我们留的带到学校吃的，我将手又伸到里边，摸到的是一个小橘子，再摸，是一个馒头。拿大橘子还是小橘子，我犹豫不决。在姊妹当中我的地位并不高，学习并不好，大橘子肯定是留给经常帮着干家务活、学习成绩特别好的姐姐吃的，但是内心的贪婪使我将大橘子装进书包。

在课堂上，我无心听老师讲课，满脑子全是诱人的橘子的味道，我盼望着早点下课，心里默默数数，一秒、两秒，数到 60 秒，又从一秒重新数到 60 秒，周而复始，以此计算下课的时间。愣愣怔怔中，那个橘子如同长上翅膀的燕子，飞向我空洞的胃部。

终于等到下课了，我迫不及待地拿出那个橘子，躲到无人的角落，像科学家从显微镜审视肉眼看不见的化学物质一样观察。我想吃，但又舍不得吃，不敢吃。我怕回到家中挨母亲的斥责。味蕾上涌起一股股酸水，舌头如同一只钩子，恨不得一下子把那个橘子钩进嘴里。最终，我把那个橘子放进书包，带回家，又悄悄放到蒸笼里。

晚上，母亲把我们 5 个姊妹叫到跟前，她表扬姐姐，说她懂事，爱怜弟弟，把大橘子留给弟妹，而自己却舍不得吃。母亲的话还没说完，姐姐和哥哥把各自的橘子全部捧了出来，说："妈，你身体不好，还是留给你吃吧。"就那样，他们把带有手心温度的橘子交给了母亲。

母亲把大橘子切成几瓣，把很大的一瓣给了我，把其他的给了哥哥姐姐。我们分享着冬夜里的温暖和甜蜜，仿佛自己成了世界上最幸福的人。大橘子酸酸的，根本没有我所预想的那么甜。母亲看穿了我们的心思，又接连切了几个小橘子，我只顾自己，接连吃了几瓣，果汁从嘴里流了出来，那个甜呐，仿佛渗到骨头里了。姐姐吃得很慢，她说："妈，你也吃吧，小橘子可甜了！"等到盘子里的橘子只剩一瓣时，我才发现，母亲没有吃一点。昏暗的灯光下，我们姊妹为橘子到底是甜是酸而争得面红耳赤。妈妈说："别争了，好好念书，长大了你们天天有橘子吃，想吃多少，吃多少。"

我暗暗发誓，努力学习，长大了考上大学，有了钱让全家人天天吃上又大又甜的橘子。

第二年，姐姐考上了一所师范院校。3 年后，她有了工作，领到第一个月的工资后，她买了好多橘子。就在我们一家人围在一起吃橘子时，姐姐说："如果拿橘子来比喻人生，一种橘子大而酸，一种橘子小而甜。有的人拿到大的就抱怨酸，拿到甜的就抱怨小。还记得几年前我们吃橘子的情景吗？当时我拿到小橘子，我就庆幸它是甜的；拿到酸橘子，我就感谢它是大的。"

我顿时明白了姐姐的用心。此后，我不再抱怨，也不再贪玩，我知道自己该干什么了。

现在，有了钱，可以随时吃到新鲜的橘子，但是我总吃不出多年前的味道。我不再迷恋橘子，但多年前的那盘橘子一直闪亮在我的心灵深处。我过着幸福安静的生活，用不懈的追求采撷着生命枝头上的"橘子"，不与他人争执，也不太在意得失。我只是默默地感激，格外的珍惜，正如姐姐说的："如果拿橘子来比喻人生，一种橘子大而酸，一种橘子小而甜。有的人拿到大的就抱怨酸，拿到甜的就抱怨小。拿到小橘子，我就庆幸它是甜的；拿到酸橘子，我就感谢它是大的。"

橘子甜，橘子酸。酸里头裹着酸，酸里头流着甜……

# 给母亲留一道门

他在离家几百里远的大城市工作。在政府外事部门工作的他经常出差，一个月至少有两三次外出飞行的机会。有时，到家乡所在的地级市出差，就顺便乘便车回家一次。

回到家喝不了一杯母亲泡的热茶，他就塞给母亲一些生活费后匆匆离开。在家里板凳还没坐热，他的电话就响个不停，一个接着一个。他本想好好陪母亲聊聊，刚打开话匣子，电话就不约而至。关机吧，影响工作，不关吧，又要和母亲聊天。手机既是朋友，又是敌人，各占一半，侵入工作和生活，对此他烦恼不已。

有一年冬天，天气变化，年迈的母亲突生大病，哮喘不停。卧在病床的母亲最牵挂的不是自己的身体，而是远方的儿女。家里人打电话给他，说母亲病了很想念他，让他抽空回来看看。可是他受政府派遣，到南方的一个城市商谈招商引资的一件大事。这是政府的头号工程，十分重要。

接到电话，他很想回去，可是他的职务决定了他必须以大局为重。许多重要事项需要他拍板。他只能在电话里向母亲表示问候。

那次出差时间长达半个多月，在这段时间里，母亲的病情不但丝毫没有好转，反而一天天加重。领导决定，如果他圆满完成招商引资任务，回来后就立即提拔他。在这节骨眼上他很矛盾。一半是自己辉煌的未来，一半是把他含辛茹苦养育成人的母亲，照顾了工作，就无法顾及母亲；照顾了母亲，又要影响自己的前途。

权衡再三，最终他还是留在南方的城市继续工作，他想工作一结束就立即回家看望母亲。对他的决定领导很满意，这也让他看到了提拔的曙光。就在他提拔的曙光冉冉升起的时候，母亲的生命之光，却一天天暗淡下去，身体越来越虚弱，哮喘时，上气不接下气，无比痛苦。

让他欣喜的是，在外面招商引资的时候，领导让他临时回来两天，参加一个很重要的会议。他可以利用这个机会抽空回家看望母亲。会议期间，他利用晚上回了一趟家。参加会议有纪念品，他本想把纪念品带给父亲，一想到母亲生病了，就挑了一件女士真丝服，准备带给母亲。回到家中，母亲已经形容枯槁，十分虚弱。见到儿子大老远来看自己，强打精神，欣喜溢于言表，然而又不能多说话。母亲紧紧地握住他的手，抚摸个不停，就像小时候一样。他把衣服拿给母亲，母亲责备他破费买这么高档的衣服。他一边安慰母亲，一边不停地看表。母亲看得出有许多事情等着儿子去办。她没有说太多的话，只是很简单的问了一句："你是专门来看我的吗？何必专门买衣服给我，我有衣服穿啊！"

他无法回答母亲的问题，只是很苦涩地笑笑。这两个"专门"像一把无形的刀，一左一右插在他的心房，刺得他心痛。他没想到，自己顺便的一次看望，在母亲眼里是那么难得、欣喜、骄傲。就在他享受着母亲手掌的温暖时，电话又响了。领导让他立即赶回，晚上还要召开扩大会议，研究重要的人事任免工作。他本想晚上好好陪陪母亲，然而又不能不服从组织的安排。

临走时，母亲时断时续、吁喘着努力和他说话，气胀得脖子和脸色都发紫，这让他十分揪心不安。

会议结束后，他又飞回南方，继续没完成的工作。一个星期后，他出色地完成了任务后凯旋。他如愿以偿，被提拔到一个很重要的岗位担任一把手。当他带着提拔的喜讯专门赶回家时，母亲已经多病并发，身体十分虚弱了。那段时间，家里人几次打电话想叫他回来，都被母亲阻拦，母亲的理由是不能因为自己生病就影响儿子的前途。

病床上的母亲看到专门来看她的儿子时，眼里蓄满了泪水，挣扎着说："工作那么忙，你何必专门来看望我？"

不久，母亲去世了，就在他专门看望后的几天之后。

红尘中疲于奔波为名利忙碌的人们，被功名缠住了手脚，缝住了双眼，没有时间给亲爱的母亲留一道门。那道门不是钢筋混凝土筑就的，也不是荣耀、财富和地位装就的，而是一道很窄很窄的门，"专门"。

很多时候，我们没有时间给母亲留这样的一道门，也没有心思专门给母亲她所喜欢的礼物，更没有恒心专门表达自己的爱心。我们所给予的只是随便的看望、顺带的礼物、偶尔的陪伴，而忽略了这不起眼的门，可这简单的一道心灵共鸣之门，胜似万千铺满鲜花掌声通往家园的风光之路。

穿过幽暗的光阴隧道，那窄窄的门里，凝聚着一个母亲无限宽阔的守望和牵挂。

# 手机里的母亲心

前段时间，父母亲从青海到远在深圳三姐工作的地方住了两个月。在深圳时，姐姐给父亲买了一个新手机，父亲以前用的手机就淘汰了。从深圳回到青海后，父亲就把这只手机给了母亲。母亲说，她没必要用手机，即便有了手机，也没有人会给她打电话，她坚决不要。在老家工作的二姐背着母亲给她缴了 100 元话费办了一个号。母亲知道后，责怪二姐浪费钱，责怪归责怪，最后她埋怨着接受了这只手机。当天，二姐就教会了母亲怎样使用手机。

知道这个消息后，我立即拨通了她的手机。手机接通后，我没有急着叫她，故意逗她：“你好，请问你是不是袁经理？”母亲很激动，赶忙问：“你是谁呀？”我不停地笑，没有说是我，很快，母亲听出了我的声音，说：“哦，是儿子啊，你在上班吗？”我故意拖长鼻音说：“我找袁经理。”母亲停顿了一下说：“哦，我不是袁经理，那你打错了。”听得出，电话不是找她的，她有点失落。我笑着说：“是我，你儿子，和你闹着玩的。”母亲说：“刚才，我就听出了你的声音，你说找袁经理，我是个农村的女人，怎么是经理呢？我就以为你打错了嘛。”

电话里，我和母亲拉起了家常。聊了一会儿，母亲可能意识到我用手机打长途电话费钱，就赶忙说：“你打家里的固定电话，不然话费太贵。”我说：“没事的，和你用手机聊天真好。”我话还没有说完，母亲就把电话挂了。我只好拨打家里的固定电话。

前些日子，我所在的南方连绵阴雨，下了近一个月。有一天晚上，大雨下个不停，睡觉前，我把手机关了。第二天早上，我收到近 20 个移动公司的短信提示，信息说昨天夜里 12 点多的时候，有十几个电话拨打我的手机，我一看，全是母亲的手机号、家里的电话和父亲的手机号。是不是家里有什么急事找我？我赶紧拨打母亲的手机，母亲说：“天气预报说，你们南方天将变冷，昨天夜里家乡下了一场大雪，你们那里肯定也下雪，不知道你有没有盖厚被子？我担心你和还不到一岁的孙女儿冻着，一直放心不下，先用家里的电话打你手机，打不通，再用我的手机打，还是打不通，我怀疑是不是我的手机坏了，最后用你父亲的新手机打，还是打不通，我心里那个急啊，一夜都没有睡着。”

我听了，心里很不是滋味。缺乏自然常识的母亲以为全国的天气每天都是一样的，只要家乡下雪，别的地方也要下雪。我安慰她说，我们一家挺好的，这里不下雪，也不冷，请她不要牵挂。

从那以后，我的手机 24 小时开着。

自从母亲有了手机，我上班时经常会接到她的电话。接到电话我问她：“妈，你有事吗？我在开会。”母亲说：“没事，没事，刚才走在街上，看到走在我前面的一个小伙子身影特别像你，我就想你了，就想给你打电话。没事我也要打电话，听听你的声音，听到你的声音，我就心安，如同你在我身边一样。”说完，很快挂了电话。

前几天我和三姐聊，她说她也经常接到母亲的电话，接通后，说不了几句话，母亲就会把电话挂掉。我知道，母亲其实在想念远方的我们。我和三姐约定，以后不再打家里的固定电话，就打父母的手机，即便没事的时候也打。有一次，父亲告诉我："没事的时候，你妈就把手机捧在掌心，一遍又一遍地念你们的电话号码。虽然她记性不好，只上过两年夜校，认得几个简单的汉字，但是你们姊妹的电话号码，她已记得滚瓜烂熟。有时候，她一天能拨几十遍你们的电话，只是电话即将接通的时候，立即摁掉，不拨通。你妈说，只要拨一次电话，她就好像牵了一次你们的手。"

父亲的话，让远方的我泪上心头。

11 个数字是简单的，母亲的电话是凡俗的，可是这种简单凡俗的感情会有各种各样的结晶，如同一粒盐，但因为有了爱，可能比一颗钻石还要珍贵。因为一粒盐的孕育过程，其实比造就一颗钻石更加漫长。虽然它只用了一秒钟就溶化在我们的舌尖。

生命是那么无常，我们出生时的脐带已经剪断，像一只风筝，越飞越高，越飞越远。但是，无论儿女身处何地，远方的母亲一直没有松手，尽管她手里握住的不是我，而是一个旧手机，就是这不起眼的手机，像一个电子器官，牢牢地固定在她柔软的内心，在背后默默牵挂着我们的冷暖酸涩。

没事，就给父母打个电话，让我们彼此听到对方的声音。爱的气息通过一道道声波，如丝如线，缠绕在我们身边，无论我们走到哪里，这爱的丝丝缕缕就缠绕到哪里，把每一个平凡的日子包裹得温暖幸福又安心。

# 麦田中央的母亲

似乎一夜之间，麦子熟了，它们领会了风的暗语，而这暗语一经破解，仿佛一场酣畅淋漓的梦，墨绿的麦田便被风染成了金色的舞台。

母亲握着镰刀，走进这舞台中央。几十年来，她始终以躬耕的姿势，谦卑地俯向大地，低着头站在农业中心。麦浪在风中起起伏伏，金黄的曲线波动着，随着母亲有节奏的挥镰，向远处延伸。一串一串的汗，大颗大颗从母亲头上落下，砸进麦田。干涸的麦地，张开干裂的嘴唇，贪婪地吮吸母亲头上的汗。我相信，那里面有许多许多咸咸淡淡的盐粒，我也相信，日复一日、年复一年以劳作的姿势把日子过得活色生香的母亲，她脊背上渗出的盐渍，肯定能发出钻石的光芒、粮食的光芒、劳动的光芒。蓝天无语，白云有情，它们注目着苍穹下，一个农村妇女舵手一样驾驭着一把镰刀，驶向麦田深处。

金黄的麦子，古铜一样的质地，沉甸甸，浑厚、结实。母亲把麦捆抱在怀中，这曾经哺育在襁褓中的孩子，今天，已经成熟了。或许沉甸甸的麦穗贪婪母亲肩头的那番温柔，它们伏在母亲的肩膀上，麦芒如竖琴，被母亲结茧的手指拨弄着，发出清脆的声音，干涩却又铿锵有力。母亲不懂音乐，她柔软的心，只懂蛙鸣、鸟叫、狗吠、牛哞、马嘶、猪嚎、羊咩。这凡俗的声音，没有金色大厅里那昂贵器乐奏出的优美旋律，也没有指挥家引领通晓乐律的演奏家集体抒情的高雅。而就是这些悦耳的声音，围着母亲，几番晨昏几番风雨，在岁月的轮回中，传颂了大半生。母亲老了，这些声音也一天天老了，只有庄稼拔节的声音、豌豆花爆裂的声音和麦子在烈日的揉搓下脱壳而出的声音、牲畜生产幼小生灵的声音是年轻的和新鲜的。就是这些声音，像一把糖果撒进她渐渐苍老的心窝里，撒进她被农业拖累得渐渐矮下去的身影里，让母亲没有多少杂念的心安稳、熨帖、欣慰。

母亲的脊背如一把张满的弓，汗珠如箭矢，一箭一箭射落夕阳。在农业的方圆里，从清晨到黄昏，她不怨不艾，背着晨曦，挥别晚霞，心里始终装着一个粮仓。这些汗，或者这些盐粒，一滴一点腌着农业部落里的家常春秋。春去，麦穗花开；秋来，麦香芬芳，飘过田野，飘进母亲澄明清净的心田。

晚风吹来，母亲累了，坐在田埂上，我看到她脊背上的汗渍在汗衫上绘出一团团云烟，白色的汗渍、麦秆的黑枯叶、黄色的泥土，把她的汗衫染成一幅水墨画。夕阳的余晖洒在静坐的母亲身上，时光静谧，我感觉母亲淡定、超然。一股说不出的气场让我不敢言语。我坐在母亲的背后，看着晚风吹着她稀疏的头发，晚霞绚丽如云锦，母亲的头发像镀了金，又像撒了一层霜。

母亲说，回家吧，我们揉一把麦子带回家。几株干了的麦穗被母亲摁断后，放在掌心里轻轻揉了几下，片刻摊开手掌，吹了一口气，金色的麦壳，纷纷扬扬，像金箔像飞鸟。顿时，夕阳下，一只只金色的鸟，在麦田里飞翔。

农业是母亲一生的坐标。儿女、庄稼、蔬菜、牲畜是分布在这个坐标不同坐落的标点。沿着这个坐标，清晨她从庄廓出发，把我们带向麦田，认识农业这部古老典籍和生命坐标所蕴含的甘苦。经过30多个春秋，我终于明白，怎样的姿势才能抵达幸福深处。这一切是，站在麦田中央的母亲以弯腰拔苗到午后的姿势、信念教会我的人生箴言。

而今，我就像一粒脱壳的麦粒，乘着一股从远方来的风，远离故乡，远离母亲，远离田野，落进他乡的土地上，寻找一方供灵魂自由栖息的土壤。现在，我也在城里种田，不过我的田在流淌着唐诗宋词的方格纸上，我的汗滴在城市流水线生产出来的键盘上。摊开一张白纸，我就拥有一大片故乡的雪；淌下一滴墨水，我就拥有故乡的一方湛蓝天空；轻叩一个键钮，我就挖掘出一眼故乡河流边上清澈的沙泉。墨水滴在白纸上，我就看到母亲的蓝头巾渐渐隐没在麦浪深处。文字闪耀在电脑屏幕上，我更感受到母亲握镰挥向麦秆的力量。

很多个夜晚，当我在方格纸上、键盘上画出一个个圆满的句号，我默念着站在麦田中央的母亲，戴着草帽，挥臂拭汗的情景。

哦，亲爱的母亲，你赐予我们一方麦田。你说过，“春种一粒种，秋收万把粟”。在春天，我们总要种下些什么，不然，当秋风吹来，检验我们走过的岁月时，我们站在麦田角落，画不出一个圆满的句号。四顾空旷，内心未免惆怅，愧对临别时站在麦田中央的母亲交给我们的那把种子。

# 身后事

我们有一个共同的归宿；我们每个人的签子都在摇动的签筒里；它或迟或早会跑出来，把我们送上不归的小船。

——贺拉斯

## 一

在我们老家，人过了60岁就开始考虑自己的后事了。所谓后事就是人还健在就准备自己的棺材，以便防备生活的不测。青海湟水河一带，人们为了图吉利和喜庆，“棺材”不叫“棺材”，而叫“寿材”。

父亲今年68岁，除了长期腿部带来的骨质增生外，他的身体基本没有什么病。4年前，父亲早早地买好了做寿材的柏木材料。这两年，他好几次在电话里给我说要请匠人来做材，都被我一次次劝阻了。我说你活得好好的，再等等，过几年做也不迟。听到我口气很坚决，父亲只好作罢。

今年7月，父亲又几次来电，表达了要准备寿材的事情。他说人老了，无常的事情很多，村子里好几个上了岁数的人，头一天活得好好的，第二天突然说没有就没有了，家里连副材都没有，成为一辈子最大的遗憾。每次电话里，他总是把“天有不测风云，人有旦夕祸福”挂在嘴上。刚过60岁时他还常说，人到了这个年龄活一天是一天，活一天赚一天，说不定哪天老天爷就把你收走了，早准备后事早安心。

他以“天”为单位，算计人生终极的去向问题，仿佛他面对的不是一件悲伤的事情，而是一场欢愉的邀约。他把“死”看成一件很庄重的事情，坦然又自在。没有顾忌，也无所谓畏惧。在他的内心世界，活着，仿佛就是和老天爷的一场赌博，好好地活一天，如同他的手气在光阴深处捞出了一些碎银，赚上一份稀薄的喜气，赢得一份坦然。我知道，在时间面前，再强硬刚毅的战士，也不是它的对手，唯一能赢得时间的是，以泰然又淡然的心态和姿态，顺着时间的逻辑、生命的规律，无憾地挥手致意，向时间深处走去。

那段时间，我每隔两三天就要给父亲打电话，和他商量请木工做寿材的事情。等父亲看好日期后，我汇去了两笔钱，让他请最好的匠人做材。他辗转方圆几里的乡镇，请来了手艺口碑都不错的匠人，开始了他今生最后的一件大事。

整整一个星期，父母从县城赶回久不住人的村庄老家里，烧茶做饭，好酒好菜精心伺候匠人。有时候，给他打电话，电话里是咚咚当当的声音，那是木匠在刨打厚厚的柏木。父亲很自豪地告诉我，木匠说，他做了这么多年的木工活，很少能看到有人家用五指厚的柏木做材板。在父亲眼里，材木的厚度就是脸上的光彩，就是子女对老人的孝顺度，就是他此生最后的荣耀。父亲还得意地告诉我，木匠说过，用柏木做材，一百年都烂不了。材做好了，我也就放心了，你们就不要操心我和你妈，万一哪天我们真的不在了，你们也不要难过，更没必要难过，一想到我们两个老人最后有个厚实的棺材，我有时候晚上睡觉都能笑醒来。我知道，父亲说这番话，没有丝毫的夸张色彩。

材做好后，在院子里吹了一周时间，父亲又几经打听，从甘肃请来了画匠画材。一星期左右的时间，两副材镶龙画凤，绘蓝涂红，勾花勒草，全部完工了。完工那天，按照风俗，父亲焚香烧纸，跪地拜祖、磕头祭天，买了一挂长长的鞭炮以宣告这最重要的事情画上圆满的句号。这预示着父亲做好了到先人那里报到的准备。听父亲说，那天周围的邻居亲戚都纷纷前来鸣鞭祝贺，披红挂彩，庆祝寿材落成。我不知道，那天父亲是以怎样复杂的心情燃起那挂预示着他渐渐回归泥土的盛事。我可以肯定的是，在遥远的一天，那副寿材像沉船一样，沉入时间的深渊，没有光亮，没有哀伤，悄无声息地将他带回土里，成为泥土的一部分、天空的一部分、星辰的一部分、自然的一部分、他伺候过的庄稼地的一部分，在那个遥远的国度里为我们画出一道两级世界的苍凉界线。

我知道，在那简朴的仪式上，两个年过 60 岁的老人，按照风俗亲手为自己最后的归宿盖上一面面大红的绸缎、毛毯、被面，他们心里肯定汹涌着说不出的滋味。他们脸上的表情就是夕阳下的天空，彩霞满天，夕照柔和，天地安详，当他们将这些象征喜庆的织物盖在材面上，印着龙凤的红色被面像一抹抹霞光，映照在他们花白稀疏的头发上，将他们脸上的皱纹映照成一条条河流，载着他们一生所经历的风霜、苦痛、喜悦、幸福、满足，缓缓地流向远方，流向不知何时转弯停顿的地方。

那天，远方的我，心里空荡荡的，像陷入一种时间的深渊，感慨自己的无力，感慨光阴的尖锐，感慨生活的纷繁和无常。

## 二

父亲的头发已经全白 / 但这近乎于一种灵魂 / 会使人不禁肃然起敬 / 依然是熟悉的街道 / 熟悉的人要举手致意 / 父亲和我都怀着难言的恩情 / 安详地走着。

——吕德安《父亲和我》

按照故乡的风俗，老人们的寿材落成后就要选择良辰吉日，宴请宾朋，举行祝寿仪式。7 月下旬，我请了年休假，从 2000 多公里的江南带着家人赶回青海高原为父亲的寿材落成操持贺寿材仪式。

祝寿那天早上，天还没有亮，我和父亲早早地起床，从县城赶回村里，请叔叔家的孩子以及邻居们把两副重达几百斤的寿材从堂屋里抬出来，供在院子中央。

9 点多的时候，鞭炮声已经陆陆续续在老家门前响了起来。左邻右舍、乡里乡亲、远近亲朋纷纷赶来祝寿。院子里父亲亲手栽植的花开得正艳，果树上的果子一串串压弯了枝头，这些沾着父母气息的花木一起吸纳这古老仪式的喜庆。来宾们到齐后，我数了一下，不大的院子，老老少少，来了 90 多口人。

我在上海交通大学就读的外甥主持了祝寿仪式，几个叔叔将早早准备好的鞭炮拿到大门口引燃，鸣炮后，贺材仪式正式开始。由我父母亲在院子中央敬香，将捏好的油灯置在寿材的前面，点着后祭祖宗。几乎一半的来宾都带来了绸缎、被面、毛毯，他们将这些东西一一虔敬地盖在父母的寿材上。接着由我们夫妻和哥哥嫂子为父母敬酒，叩首祝福。外甥念着，一叩首：感谢父母将我们带到美好人间；二叩首：感谢父母养育之恩；三叩首：祝福父母福比海深，寿比南山。接下来，由我姐姐和姐夫们敬酒、叩首祝福；随后，父亲的晚辈们，侄儿、侄媳敬酒叩首祝福，依次轮到孙子、孙女敬酒叩首祝福。

“贺材贺寿贺老房，长寿好比九曲流。九曲东流河势宽，二老越活越欢畅。一喜家道大振兴，二喜儿孙满堂红，满堂红来福禄旺，花好月圆永安康！”外甥念着祝寿词，院子里安静下来，阳光静静地泻下来，滑过院子里的梨树、杏子树、核桃树、花椒树，密密麻麻的叶子上落满了透明的阳光，叶子像翅膀一样，一点一点升起来，向院子中央的父母亲聚拢。它们要见证自己陪伴了几十年的主人完成身后的事情。

父母被请到院子中央，坐在铺着崭新毛毯的长凳上。外甥按照家乡的风俗，一一邀请宾朋按辈分给我父母身上“搭红”，他们将带来的绸缎和被面分别斜着系在我父母身上，祝福他们寿比南山。父母脸上洋溢着喜悦，接受敬拜。我仔细看着父母的表情，看不出一丝一毫的难过、惆怅。他们坐在长凳子上，笑着，一一答谢祝贺的人们。

父母满脸笑容，像凯旋的战士，接受礼封和赞赏。这古老的仪式，有着天然的庄重，承和着生老病死的生命逻辑。这仪式宣告着，我的父母过不了几年，顺自然，由光阴主宰他们生命的意志。光阴已经在他们生命的周围布下了一道时间的谜题，疾病、苦痛、安乐、风雨、幸福组成一道多义的答题，交织在一起，等着我的父母来顺从、填充、接纳。他们健在，却要一一安排身后的事情，这身后的事情，无关乎功名，亦无关乎利益。最多的利益就是从无垠的光阴里，赚取一天，安顺一天，安安稳稳活上一天。我的父母没有功名，他们的功名中没有奖杯，唯一的奖杯就是几亩薄田；他们的履历中也没有利禄，唯一的利禄是凭着一身的力气，借着几亩薄田养大的 5 个儿女。

长凳上的父母低眉微笑，笑的时候皱纹像丝网版画上干燥的线条。他们的笑，真实、自然、恬淡，就像他们身旁那些兀自盛开的大丽花、菊花、藏金莲。父母身后涂满油漆用石膏浮雕着龙凤和孝道故事的寿材像两个粮仓，不知道哪一天会收纳父母这两粒渐渐干瘪的粮食。终究有一天，这两粒粮食将悄无声息地回归泥土，再也不生根、发芽、结种。这两粒枯荣自知、甘苦与共的粮食，以这次仪式向世间宣告他们已经完成了养育生命的使命。

那一刻，我的心疼了起来。他们绸缎在身，低眉慈祥，不惊不悲，我的眼泪再也忍不住溢出来了，因为这个喜庆的仪式已经矛盾地向村庄和人间宣告了，他们接受了一场不知期限的邀约。某一天，他们将要和这个村庄告别，向他们养大的儿女告别。这个仪式，是一道界线，一把刀锋，它将无情地在我们的心里划出一道生命的伤口，这道伤口将一点一点拉开我们与父母的时间距离、空间距离、精神距离。这伤口是一道巨大的鸿沟，等着某一天，我们无比悲伤地陷入其中，无法逾越，更无力抗拒。我们注定要顺着生命的逻辑，顺从光阴的意旨，体面地把父母身后悲伤的事情办成一次隆重、喜庆的宴请。

我从父母那张版画一样的脸上，看出了时间的印痕。他们的老是一颗汗珠一颗汗珠从皮肤里渗出来的，是一锥一锥从骨头缝里冲出来的，是时间的风从发肤里一缕一缕榨出来的，是生活的砂轮触到苍老的指纹一圈一圈磨出来的，是岁月的河一波一波交织着风霜削出来的。他们的老，是苹果挂在树上，失去水分，果肉变沙，变干，变得无味的老。是瓜藤趴在架上，瘦成一张网，网中的瓜籽困在瓤内，迈不动步子的老。他们的老，是刺骨的老，尖锐的老，是人世间最真实的老。

仪式结束后，我们在县城的一家酒店宴请了所有的来宾。

那天，父母格外高兴，这两年，父母身体不太好，平时不怎么喝酒。在那天的宴席上，父亲多喝了几杯。晚上回家，我和他一起聊天。他总是感慨，能有今天这样的日子，做梦也想不到。他三番五次给我说，娃娃，材做好了，我也没有什么大事了，现在你们成家立业，过得都很好，你们有今天，我和你妈没有白养你们，托你们的福，这几年我和你妈出过省，坐过飞机，睡过卧铺，该浪（青海方言，意思是游玩）的也浪了，该享的福也享了，我死了，你们不要哭，我把身后的事情办妥了，也就放心地走了。

那几天，我常常陪父亲上街。和父亲一起走在街上，我总是要快过他很长一段路，我快到终点了，他还在缓慢地移动蹒跚的脚步，如同生病孱弱的企鹅，摇摇晃晃。走三步，歇一步，走走停停，停停走走，时而原地停步，时而用拳头敲敲自己的膝盖。仿佛他的拳头落在膝盖上，就能将关节部位的疼痛敲碎化为乌有。我走在他的前头，停下来，慢慢等他，看着他一点一点迈着很小的步子，缓缓地接近我。

繁华的大街上，父亲就像一头走向暮年的老牛，没有人会关注他内心翻腾着怎样五味陈杂的情绪，也没有人在意他关节中藏着多少难言的疼痛，他慢慢地丈量着不可知的光阴中藏着怎样的凶险和不测。是的，无常的岁月随时可以掀起一股旋风或者巨浪，将他这副渐渐松弛的骨架打翻，或者将他固定在一间房子里或者房子里的某个床上，让他数着高过窗台外的槐树叶子，看着那些叶子在秋风中一片一片凋落，蝴蝶一样，鸟雀一样，不知疲倦，随遇而安。将那种不可知也无法言说的情绪带到远方，化为烟云，准备随时赶赴那场生命终极的邀约。

终于，父亲跟上我了。我看到他头上的汗密密麻麻，落在花白稀疏的头发中。如果这汗干了，必将成为盐分，成为生命的霜，成为他生命树上的底色，组合印证他今生所渡过的难关和享受过的好日子。

我说，阿大，你这几年明显老了。父亲用衣襟抹了一把汗说，何止老了，牙齿已经掉了好几颗，装了假牙。

慢、松、缓、淡、软、老，这一排形容词以最简洁的形式给父亲画出一幅暮年的素描，而正是这些词淋漓地表现出了父亲对生活、对生命的态度。

老是一条大河静水深流过后剩下沙粒的河床，是一棵树开花结果，让叶子回到大地，让果实回到故乡的仪式。

老是一种无言的疼痛。

## 三

想象每一天都是你的最后一天吧，你要怀着感激之心接受超出你的希望的那一刻。

——贺拉斯

贺寿材仪式结束后的那几天，只要有空，我就和父亲一起回到已经10多年不住人的故园。走在村子里的巷道里，我看到一些老人坐在路边的屋檐下，拉着家常。父亲告诉我，这几年和他同龄的老人们一个个走了。有的人第一天还好好的，第二天说走就走了，一点儿征兆也没有。他们走得仓促，像一阵风，不知道到哪个方向去，忽然一转弯，就看不见了。有时候，想想这些老人，一辈子就在这个不大的村庄，土里刨食，起早贪黑，没过过好日子，把儿女们拉扯大了，到了正要享福的年龄，就被老天爷收走了，心里真不是滋味。我仔细算过，两年时间，我们村里有六七个老人走了，还有几个年轻人在河对岸的水泥厂上班，遭遇安全事故，人没了，丢下媳妇娃娃，得到一笔赔偿，让一家人都难断肠。

到了我们这种年龄，真的是扳着指头过日子，只要不遇到病头灾难，平平淡淡地活着，就是修来的福气。我和你妈现在活得好好的，有时候，我就胡思乱想，犯思量，你不知道，材做好后，我和你妈已经把老衣老鞋子（老家里老人们去世后穿的衣服鞋子）悄悄买好了，你们不在身边，防止那一天我们突然走了，也不用你们费心，慌乱地准备。

人老了，活得就是一种心情，图的就是自在，至于穿衣裳，吃什么饭，都不在乎了。我们已经把身后的事情准备好了，啥也不需要你们操心，老天爷哪一天召唤我和你妈，我们就走了。我们走得安详，你们也不需要费力，只要你们把自己的日子过好，我们也就没有啥可扯心的。我和你妈从庄子里搬到街上的水泥楼房里，吃穿不愁，这是我们没有想到的事情，我有时候晚上睡不着，我老思量着，这是我们辛苦了大半辈子修来的福，真要感谢老天爷给了我们好“命”。

这是我父亲在村子里给我说的原话。我知道，他在感恩，他的这些话，粗糙，真实，没有任何修饰，就如同我们脚下的那方泥土，在本原的世界里，滋养那些庄稼果木蔬菜，从不希求得到什么回报。

又有一次，回到村子里，母亲陪我去看本家一位年过 70 岁的奶奶。到了奶奶家，她行动不便，拄着拐杖，颤颤巍巍地出门来接我，她的皮肤已经松弛，脸皮似乎是挂在面部的，密密麻麻的皱纹，像画家褶皱的旧画布，眼窝已经慢慢陷下去了，蓄着一点点浑浊的泪水，她拉住我的手开口就说，你大老远回一趟家，还带东西来看我，你费心带东西，真让我过意不去啊。

本家奶奶一个劲地夸我命好，夸我父母命好，夸我们姊妹把父母的寿材做得那么好，得到庄子里的人夸奖。你们本事大，把父母的材都做好了，你父母放心了，享福就行了。你看我这把老骨头，老是生病，我就指望着老天爷早点把我收走，早走早放心啊，早走早享福。

她的这番话，让我大为惊讶。我不知道她何以急切地等着老天爷“收”她。她的心情，和我父母的某些想法有着惊人的一致。

泥土地上的人从来不忌讳谈论“死”这终极的生命问题。他们不怕死，也无所谓当面谈论这些城里的人讳莫如深的沉重话题，仿佛他们回归泥土，就如同一株植物、一棵树到了冬天，收尽果实，叶子凋落一样自然，没有繁琐的过渡，没有艰难的迂回，道法自然，回到泥土，终了尘世的种种艰难困苦，成为一种生命的释放。

活在泥土地上的人是通透的，他们对生命的终老最有发言权，无论他们过得再苦再难，总是心怀感激，不抱怨，不嫌弃，把自己放在泥土的天平上，真实地量出自己的分量。

死，是一种契约，是每个生命一生下来就和命运签订好的没有任何形式却有着共同核心的契约。死，是时间押在手中的最后一张王牌。我的父母，在田野里顺着二十四节气的自然逻辑，以五谷稼禾布局，以风霜雨雪洗牌，他们像战士一样，等着时间手中的最后那张牌。

# 麻花背后的故乡

每个人身后有两个故乡，一个是地域概念上的故乡，一个是精神意义上的故乡。我想说的是，如同一个果子，散发着色泽和香味的地域故乡只是这个果子的表皮风光，而承载灵魂、种子和血脉的精神故乡才是果核。我们眷恋故乡，首先爱的是流传在那里的风情、文化和生活在那方水土的人们，然后才是蕴含在地域概念中的水土、草木、风俗。精神情感之核内的故乡像一根射线，贯穿一个人的生命历程。

故乡的风土人情、牲畜灵物、山川草木、方言土语、谷物蔬菜以其朴素、平常、世俗的一面，在我们情感的射线上散发出温馨而又绵柔的光泽，让身在异乡的游子孤独中有了灵魂的寄托。这些风物如同一道道护身符，护佑着他们走在路上经历风霜，接近自己所要企及和追寻的梦想。

美食最思乡。在特殊的日子里，味蕾最容易勾起游子最温暖美好的回忆。今年春节，我没能回到两千公里之外的故乡。过年的时候，对故乡的眷恋，如同不停转动的钟表指针一样，一刻也不曾停止。尽管春节期间，每天酒肉穿肠而过，身置热闹喧嚣当中，我总觉得自己的味蕾里少了一种味道，内心深处有一些落寞、感伤。我想念老家大姐油炸的麻花。于是给远在青海的姐姐打电话，让她给我邮寄一些油炸的麻花。接到电话后，姐姐很高兴，她没想到在城里过着舒适生活的弟弟还和当初一样喜欢老家的面食。

初四那天中午，我正在亲戚家喝酒，姐姐打来电话说："弟弟，麻花已快递给你了，为了防止麻花长毛，我在纸盒子上钻了几个孔透气。在邮局我以为汇费只要三四十块钱就够了，没想到花了120多块。当时我身上没有那么多钱，本想第二天再给你寄，又担心耽搁了，就打电话给附近菜市场买菜的同行，请她送了点钱，才凑起汇费给你寄出。"

听了姐姐的话，我有点难过。可怜的姐姐，因为今年盖新房，欠了几万块的债务，日子过得紧巴巴的。为了弟弟能够吃上家乡的麻花，我竟让她如此费心。种菜的姐姐，由于菜价不景气，收入勉强过日子。每一块钱对她来说，都很艰辛。有时候种菜所得还不够所付出的成本，只好眼睁睁看着菜烂在地里，或者把菜铲了要么送人喂猪，要么倒进河里。这是很辛酸、无奈、痛心的事情。务农的宿命像一根绳子，深深地勒进她的肌体，让她终日像个陀螺，围着菜地、市场、家庭、打工的地方不停辗转，没有喘息的机会，而她艰辛的付出，所得到的回报总是那么不尽如人意。

我给姐姐说："姐，我让你费心了，过了春节我给你汇点钱。"姐姐说："千万别汇，千万别！你贷了款买了房子，很不容易！作为姐姐我们不但没有帮上忙，反而给你添负担，我们很过意不去。你的心情我们理解，你汇钱，我心里会更加不安的。"

我说："几百块钱是小数字，这事你不要放在心上。"

挂电话时，姐姐再三强调："请你别给我寄钱，早知道你会给我寄钱，我不给你寄麻花了，哪怕你明年回来，我亲手炸了麻花给你带走。你早点把房贷还了我们就安心了。”

假期过后，我到单位上班，传达室有我几家报刊寄来的几百元稿费。当天中午，我就把这些稿费寄给了姐姐。第三天，我收到了姐姐寄来的一纸箱子麻花。箱子全被透明胶带严严实实裹了一层又一层，麻花上的油渗透了纸箱，使原本较硬的箱子变了形，软沓沓的。透过胶带，我看到箱子上钻了很多圆珠笔大的孔。在邮寄单邮寄物品一栏中，我看到了一个字：“馍。”姐姐的字歪歪扭扭，一个“馍”字，让我鼻子发酸眼眶发热，这是多么温情、朴素、久违而又庄重的词啊！城里人只知道面包、汉堡、麦片，有谁能知道“馍”这古老的文字背后所蕴含的那份艰辛和深情呢？

打开盒子，菜油的香味扑鼻而来。金黄的麻花全部碎了，几乎没有一个是完整的。稍微完整的麻花上有出锅时留下的酥散气孔，仿佛一个个明亮的眼睛，打量着我这个远离故乡的游子内心的落寞和感伤。碎了的麻花，里面是雪白的面粉，如同姐姐那洁白的内心。菜油让我想到了金黄的油菜花、碧绿的茎叶，面粉让我想到故乡的雪，想起了姐姐那朴素的心。金黄的麻花，最容易亲近大地，亲近我远离故乡的心。粮食属于大地，属于大地上的故乡。麻花是大地的肤色，让我想起亲人那被高原的太阳、风吹晒成古铜色的脸。

看着这些穿越两千多公里地域的麻花，我的眼睛湿润了，泪缓缓涌上心头。我翻了翻被压的麻花，细心的姐姐为了防止麻花上的油渗透纸箱，还特意用几层报纸铺在箱子里边。文化程度不高的她犯了两个常识性的错误，报纸更容易吸收油分让纸箱变软变形，如果用塑料包裹，效果会更好一点。她用胶布把纸箱子外面封了个严实，堵住了钻在箱子上的孔，空气不流通更容易让麻花长毛。好在她寄的是快件，不然在路上最起码要七八天时间，麻花闷在箱子里长毛是免不了的。

我当即打电话给姐姐说：“姐，我收到了你寄的麻花，又酥又脆，太好吃了。看到麻花，我如同看到了你一样，心里热乎乎的。”姐姐赶忙问：

“有没有碎掉？我怕邮局的人摔纸箱，再三叮嘱他们小心轻放，不要摔。”我说：“没有，全部是完整的，你放心啊。这么多的麻花，足够我吃很长时间了。你炸麻花用不了多少钱，快递费是成本的好几倍啊。”姐姐说：“弟弟，亲情哪里还需要计较成本啊！只要你吃了不想家，花多少钱我也愿意，亲情不计较成本的。麻花没有碎，我就放心了，我就担心麻花在路上被摔碎。”我说：“我给你汇了400块钱，你贴补家里的开支吧。”姐姐叹了口气说：“哎，你咋就不听话呢？让你别汇，你就是不听。我吃自己种的菜，不要花钱，你在城里到处都要花钱，你这样，我很过意不去啊。哎！你就是不听话！”

电话里，姐姐不停叹息，声音听上去有点哽咽。我赶快挂了电话，我知道，再说下去，她说不定会哭，以前我给她汇钱，她总会自责难过，有几次收到我给她的钱她还给我哭过，说她自己命不好，种菜卖不了钱，家里建新房欠了债。作为姐姐不但给弟弟帮不了忙，出不了力，反而拖累了弟弟……

一箱麻花让我所有的情思回到了故乡。距离不是隔断情感的河。乡愁不因光阴逝，故乡更与风物亲。总有一天，这些麻花会被我贪婪的肠胃消耗尽光，但我知道，麻花背后的故乡，故乡阡陌里不停奔波的亲人会因这接近大地的食物而在我的心灵深处像冬夜里的油灯一样温暖绵长、十指连心、地老天荒。

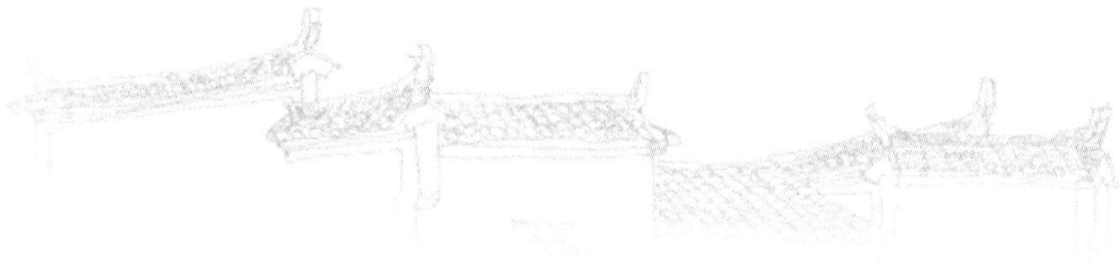

# 来生，我愿做哥哥的哥哥

在我的故乡青海省乐都县，20 世纪四五十年代出生的那一辈人生儿育女的指导思想是：多子多福多挣工分。父亲就属于那一辈人。到了七八十年代这个指导思想仍然光芒万丈。也许是工分的诱惑吧，父亲养育了我们 5 个兄妹，哥哥排行老三，我最小。那种只注重人口数量而轻视人口质量的思想，到了 70 年代末 80 年代初，逐步显出了缺陷。

我上小学的时候，哥哥姐姐有的上了初中，有的上了高中。虽然那时的学费很低，但是一个农民同时供 5 个子女上学确实有点力不从心。直到我上中学的时候，家里实在无力同时供我们 5 个人上学，一来近 10 亩地父母顾及不了，二来微薄的农业收入实在无力承担我们的学费。但是父母说：“我们吃够了没有文化的苦头，哪怕砸锅卖铁、敲烂骨髓也要让你们读书，有个出息。”我印象中哥哥学习很差，总是排在全班倒数第一，但他的英语成绩还可以。我从来没见过他放学后做过家庭作业。父亲问他为何不写作业，他说老师没布置。父亲说：“没布置也要写！”哥哥说：“在学校里已写完了。”老实巴交的父亲相信了他。

直到有一天，老师家访找上门来说哥哥经常逃课，不知做家长的怎样教育孩子的。父亲听了很惭愧，老师一出门，父亲就拿出皮鞭把哥哥拉到院子里让他跪下。父亲气得青筋暴突，脸都涨红了，然后狠狠地抽打他，边打边骂：“我叫你再不争气，我叫你再逃课！”哥哥疼得在地上打滚，脸上的泪水和着地上的尘土把身上抹得到处都是，我们谁也不敢上前劝阻。我知道作为生产队长的父亲在村里是很要脸面的人，谁劝也没用。哥哥蜷缩在地上，身上是青一块紫一块的鞭痕，他咬着牙抽泣着，眼神黯然无助。父亲让我叫来爷爷和叔叔，父亲说：“今天你当着长辈的面说清楚，到底上不上学？上，我豁出老命供你。不上，你也要表个态。”

哥哥跪在地上颤抖着不停地抽泣。爷爷叔叔们劝他听话好好去上学，他始终不出声。父亲急了，又抽了他几鞭。哥哥的性格很倔强叛逆。在大家苦口婆心的劝说下，他哭着说：“我不上了，父母供我们5个人上学，太辛苦了，我每天坐在课堂里心里很难受。我想去打工，减轻父母的负担。”父亲眼里顿时噙满了泪花，但他仍严厉地说：“天塌下来有我顶着，轮不到你操心！”

那天无论家人怎么劝说，哥哥就是不去上学。后来，他跟着村里的人到民和县去打小工修路。那一年，他17岁。

一个月后，哥哥托人给父亲带来了200块钱，给母亲买了两袋奶粉，给我买来两本作文书。哥哥知道我喜欢作文。他叮嘱那人，叫我一定争口气好好学习。没过多久，哥哥回来了，他又黑又瘦，脸上都脱了皮，手更不用说，握住他的手如同握住一块锋利的瘦石块，让人疼。老茧结了一层又一层，像刀锋。他站在门口哭了，说钱被包工头卷走了。我心里涩涩的。晚上，我和哥哥睡在一个被窝里，我问：“哥，你在那边苦吗？”哥叹了一口气：“苦成了一种习惯就不苦了。我们每天天不亮就被叫醒，吃的是开水对干馍。每天有扛不完的沙袋，背不完的砖头，拌不完的混凝土——有时我真想跑回来，可是一想到你和妹妹可以坐在教室里读书，我就不觉得苦了。”

我摸了一下哥哥的肩膀，凉凉的，很硬，是老茧。我说：“哥，你还是去上学吧。上学就不用受苦了。”哥说：“其实，我很想上学，可父母为了我们每天起早贪黑太辛苦了，不忍心啊。如果我直接说不上学父母肯定不答应。我只好逃学，让他们认为我不可救药，这样我就能减轻一些家里的负担。但是这事不能告诉父母啊。”

我上高三那年，春暖花开的时候，结婚不到一个月的哥哥跟着村支部书记的包工队到唐古拉山去修公路。那天傍晚，包工队浩浩荡荡在村中心集合。哥哥开着拖拉机，全家人为他送行。车即将开动的那一刻，村里的人点起了祝福平安的鞭炮和象征吉祥的烟火。鞭炮燃尽，车子发动了，全家人眼泪汪汪，送行的男女老少都哭了。哥哥扭过头尽量不看我们，走了一段路哥哥回头大声对我说：“好好学习，听父母的话，我会平安回来的。”

我的眼泪像断线的珠子，洒了下来。漫天血色的晚霞，惆怅的男女老少，灰色的村庄加上路边孤零零的白杨，真有点“风萧萧兮易水寒，壮士一去兮不复还”的悲壮。我在心里默默地祈祷，上天保佑哥哥平平安安地回来。

后来听大人们说，唐古拉山脉一带是“风吹石头跑，天上无飞鸟，地上不长草，夏天穿棉袄”。这话像针深深地刺痛了我年少的心，我担心哥哥。我暗下决心，一定争口气考上大学。

几个月后，哥哥寄来了400块钱，还有一封信。字体歪歪斜斜。哥哥一再叮咛我好好学习，有空的时候多帮父母分担一些农活儿。最后，哥哥形容说他干活儿的地方天蓝云白，牛羊成群，伙食很好，请家里放心。我知道哥哥又在说谎。见字如见人，我可以想象得出哥哥在那恶劣环境下如何艰辛。

高考前一个月，哥哥特意给我寄来了200元钱，汇款附言里他让我加强营养，注意休息。看到哥哥的字，我想哭。

那年 9 月，我被西安公路交通大学录取。消息传到唐古拉山，哥哥兴奋得觉都睡不着。刚好那边的公路工程也结束了，他连夜开着拖拉机回家。我们全家人都在高兴地等他。4 天后，哥哥回来了，头上裹着血迹未干的纱布，脸色蜡黄，衣服沾满污油。他的模样让我们大惊失色。原来回家心切的哥哥在路上发生了车祸，幸好没什么大伤，谢天谢地。一见到我，哥哥紧紧地抱住我哭了。

此后的几天，哥哥带着我到街上最好的商店买新衣服新皮鞋，当我穿上新衣新鞋豪迈地走出商厦时，我才发现哥哥的布鞋早已开了一个大洞，我惭愧地说："哥，你也买双皮鞋穿穿吧。"哥哥憨厚地笑了："布鞋穿惯了，皮鞋不舒服。"

临走前的一个晚上，我到邻居家道别，和哥哥一起到唐古拉山的得胜哥说："你不知道，你哥这次捡了一条命回来。在去往唐古拉山的路上车子坏了，在前不着村后不着店的戈壁滩，一天见不到一个人影。我和你哥落在了大部队后面，更不幸的是修车的那天晚上下起了大雨，帐篷早已湿透了。我们又冷又饿，只好趴在车厢底下。晚上你哥感冒了，加上高原反应，他浑身虚脱，吓死我了，车坏了几乎等于陷入了绝境。他说为了你们全家，为了你能考上大学，哪怕剩一口气也要走出戈壁滩为你挣足学费。幸运的是第二天大部队派人来找我们，修好了车，我们才得以到达工地。在那里他起得最早，睡得最晚，干的活儿最多，受的苦最多。你以后可不能忘了你哥哥啊！"我的泪早已夺眶而出。

去学校报到的那天，哥哥给了我 2000 元伙食费。他说："到大学里管好自己，照顾好自己，也不要忘了我们的本。"我知道这句话的分量。

尽管上大学时当老师的姐姐经常给我汇款，但我还是隔三岔五地收到负载着哥哥血汗的汇款，我知道那里包含着何等殷切的期望，我也知道哥哥瞒着嫂子给我汇款有多不容易。哥哥的肩膀很沉，我也格外用功，不敢辜负任何一滴渗透骨髓的汗水、泪水。

毕业后，我找到了一份轻松的工作。现在我经常给哥哥和父母写信汇款寄托我微不足道的爱意，逢年过节我也给我多病的侄子买些衣服零食，而这一切，仅仅汇款和衣物是远远报答不完的。

现在我也经常跟着领导到公路的施工现场去检查，当小轿车行驶在逐渐成形的公路上，看到那些像弓一样面朝黄土背朝天的筑路工人，我就会想起曾经筑路的哥哥，他们也是我的父辈，也是我的哥哥啊。下车后我会亲热地和他们交谈，给他们发香烟，问问他们的庄稼和收入，就像兄弟一样自然。因为我是农民的儿子，我血管里流的是农民的血，昨日是，今日是，永远都是！

有一天，我做了一个梦，梦见我在一个寺庙里许愿，老方丈让我许个愿，我想都没想就脱口而出：来生我愿做哥哥的哥哥！

# 在乐都大街上泪流满面

哥哥说：“小时候我们姊妹5个趴在一张饭桌上，头碰头，吃同一个锅里的饭，长大了，我们有了各自的家，在不同的屋檐下吃各自的饭。想来，这真让人难过。”

——题记

## 一

一个对故乡怀有敦厚朴素情感的人，无论他离开故乡多久，心中始终装着一个罗盘，这罗盘蕴藏着他命运的风水，始终是他今生终极情感的方向和源泉。

前不久，我请了探亲假，从两千公里远的南方回到远在青海高原的老家探亲。我先回到父母亲居住在县城的家休息了一天，当天晚上打电话给在乡下的哥哥，我让他到县城来喝酒，他说，晚上要辫蒜到12点，家里忙得走不开。他让我第二天到老家来。

那些天正是故乡一年当中最忙的时候。家家户户忙着挖蒜、辫蒜、卖蒜，蒜辫完了紧接着就要割麦、收割油菜籽，然后是脱麦子。第二天，我和父母亲一起到了老家。3 年没有和哥哥见面了，院子里阳光毒辣辣地泻了下来，哥哥和嫂子正在院子里辫蒜，上小学二年级的侄子也没有闲着，围在哥哥身边给他挑拣大一点的蒜头，让哥哥辫成大蒜辫子。哥哥身上早已被汗湿透了，他的头发乱蓬蓬的，沾满了枯黄的蒜样子、蒜皮。脸越发得黑瘦，身上全是泥土。身旁的茶杯里也飘着几片干蒜皮。

哥哥见了我，立即起身，过来和我拥抱，当他即将抱住我的时候，他看了看我干净的衣服，突然后退了两步，又停止了拥抱的动作。然后走到离我远一点的地方，抖了抖身上的尘土和蒜皮才走过来，把拥抱的姿势改成握手。当他握住我的手的时候，我一把抱住了他，哥哥推了我一把，说，兄弟我身上脏，会弄脏你的衣服。我紧紧地抱住了他说，哥，别这样，我是你兄弟。尽管我是弟弟，但是南方滋润的生活已经把我养得又胖又高又白。我整整高出了哥哥两个头。我抱住哥哥，他拍着我的后背说，你终于回家了，我们经常做梦梦见你。

我说，我也经常梦见你们。哥哥眼里噙满了泪水，我也泪上心头。

嫂子和侄子看着我们，低下了头。嫂子进屋给我倒了茶，当她把苻茶放在我身边的时候，突然说，这粗茶你喝不惯吧？我重新给你倒杯放白糖的茉莉花茶，我说，不用了，我几年没有喝苻茶了，我喜欢苻茶的味道。

我帮着哥哥辫蒜，问他今年的收成。哥哥说，兄弟，蒜价一年不如一年，今年的两亩蒜种亏了，一亩蒜施肥一袋二铵 260 块，一袋尿素 180 块，农药 40 多块，水费 20 多块，加起来 500 多块，而今年一亩蒜顶多卖 1000 块，这 1000 块还不包括蒜种的钱、人工钱。挖蒜的时候，如果雇人挖，一天要开 30 块的工钱，如果雇人，更不合算。不雇人，蒜长在地里就会脱成蒜粒，不好变成辫子卖了。仔细一算账，今年忙活了大半年，蒜真的是白种了。现在我家辫了 300 辫蒜，一辫 40 头的大蒜卖不了 2.5 元，算下来确实是亏了。还是你工作好啊。

说完，哥哥看着我，打量我的衣服、裤子、皮带。他问，你这件衬衫多少钱？我说：不贵，300多块钱。他又问我时尚的皮带多少钱，我说，问这干吗？也就200多块钱。

他有点不解说，天呐！你一身的衣服就是我一年种蒜的所得啊！还是兄弟你命好！

几年没有干农活了，干起农活时竟有些生疏。我辫一辫蒜，同样的时间哥哥能辫两辫。他看我迟缓的样子，不让我辫蒜，一个劲地劝我到树荫下歇着。我说，没事的，让我也重温一下自己上学时所感受的那份苦。

蒜有很强的腐蚀性，我看到哥哥的大拇指和食指已经结了茧，指关节已被蒜腐蚀烂了，裂开了一道道口子。快到中午的时候，我才辫了不到8辫蒜，手已经很疼了。哥哥看出了我难受的样子，一把夺过我手中的蒜，大声说，你经常不干活，干这活，手吃不消，我们自己辫，你歇着吧！你不要辫，和我聊聊天就行了。

他问我的工作，问我的生活，问我所居住的城市，问我稿子发表的情况和稿费收入。我给他述说我南方的生活和工作。当他听到我的一篇1500多字的拿过近2000元的稿费时，以极其惊讶的口气说，太不可思议了，一篇巴掌大的文章，竟然能拿这么多的稿费，你一年发表5篇这样的文章，差不多是我们全家一年的净收入啊。哎，还是有文化好啊。你看，没有文化，像我这样，一年到头就是屁股朝天，下苦的命。吃不好，穿不好，我和你过的日子，简直是一个在地下，一个在天上，无法比啊！

吃了午饭，我急于去故乡新修的公路、双轨铁路，还有小时候经常玩耍的树林去玩（说实话，我也对辫蒜这样的农活没有耐心了），我对哥哥说："不好意思，我去转转，我给你100元钱，你雇两个人，开些工钱，帮你辫蒜，就算是我辫的份了。"哥哥不要，他口气很坚决地说，兄弟，你也不容易，在那么大的城市贷了款买了房，你的心情我理解。你去转吧，我和你嫂子慢慢辮。

嫂子也在旁边附和着说："你省省吧，买了房，要还贷款。我们紧紧没事的，钱你留着，你在城里用钱的地方多着呢。"

我把钱放在哥哥口袋里就走了。

## 二

在我回家之前，哥哥还在内蒙古的一个处于沙漠地带的旗跟着一个开采石油的施工队干苦力活。他在那里干了近 3 个月。

他每个月给我打一次电话。有一天晚上，我和朋友在一家酒店吃饭，哥哥打来电话，他问，兄弟，你在干什么？我说，我在和朋友们吃饭。你在那里的伙食怎么样？哥哥说，很一般，这里气候恶劣，风沙很大，喝的水、吃的饭里经常有沙子。有时候迁移工地，连水都没得喝。我们住在帐篷里，睡地铺，早上起来，脸上、被子里全是沙子。饭菜里偶尔有点肉，也是星星点点的沫沫子。蔬菜根本谈不上新鲜，更别说像你们天天吃的大鱼大肉。兄弟，你少喝点酒，多写点文章，别学歪了。

我连连点头答应，并提醒他干活时注意安全。

当夜，回到家中，我躺在床上怎么也睡不着，我无法想象哥哥所处的环境、所受的苦。有些事情，自己不经历，是无法体会其中的咸苦和无奈。我知道，当我在酒桌上推杯换盏的时候，哥哥正吃着没有油水的饭，当我盘算自己每个月几千元的收入时，哥哥还在节省一碗 5 元钱的饭钱。他给我说过，和他一起干活的小伙子们每个月都会乘车到县城凑份子下馆子，哥哥没有去过。他说，他只在一家小镇的拉面馆子里吃过一碗 5 元钱的牛肉面。对他而言这已经很奢侈了。

第二次哥哥打来电话的时候，我还是在饭店（这让我很惭愧，哥哥打电话的时候，我不止一次在饭店）。我问他工程进展如何，他说，这几天机器出了故障，没活干。天天闲躺在工地上。工友们没事干，每天就靠着说粗野的段子打发无聊的时间。他问我最近发表的文章多不多，稿费收入如何。我说，还行。我接电话的时候，听到电话那头的人在喊哥哥，马老头，快点打，我们要走了，不然不等你了。哥哥说，快了，快了，我和我兄弟再说两分钟就走。

他们的说话声被我听到了。我感到很纳闷：他的工友怎么叫年纪只有36岁的哥马老头？我问哥哥他们是不是叫错了人？哥哥叹了口气说："哎，这些小年轻。没大没小的，看我个子不高，人长得黑瘦，整天胡子拉碴的，就叫我马老头。"

36岁，老头，一边是青春，一边是暮年，期间的距离蕴含着多少人生的沉重和纷繁啊？他们的叫法意味着我正壮年的哥哥已在别人眼里形同老头，很显然，在他们眼里我的哥哥因为受苦受累过早地逾越了青春的河流，向衰弱的老年靠岸了。这让我心里很悲凉。

第三次接到哥哥的电话是在一个中午，我正在午休，哥哥说，老家里的蒜要开始挖了，你嫂子一个人顾不过来。我不想在这里干了，想回家去挖蒜、收麦。我们的工地又要迁移了，老板去外地还没有回来，无法预付工钱。你能不能先给我汇点回家的路费？

我说，没问题，你要多少？哥哥说，150元就行了。

"150元？"我感到很不解。内蒙古离青海有两千多公里的路程，150元是远远不够的。我说："150元太少了，我给你400元，你坐卧铺。你别空着手回家，回家的时候给侄子买些零食和水果带回去。你出门挣钱，两手空空回家不好，不要让小孩子失望。"

"我坐硬座，先从这个镇坐车到县城，再从县城坐车到宁夏，最后坐从宁夏到西宁的火车，这样距离短，也省钱。你买了房，贷了很多款。这样吧，你给我150元，你再给你在深圳的三姐打个电话，让她给我汇150元，路费就足够了。"

"为150元给三姐打电话没有必要。你身上还有多少钱？你明天到县城的邮局花 10 元钱开个户，我直接把钱打过去，两分钟你就能收到。”

“那就这样吧，我身上还有二十几元钱，我明天一早收拾好行李就到县城去开户，开了户就给你打电话。”

第二天早上，9 点一上班，哥哥就给我打来电话，告诉我账号。我在半小时之内把钱打过去了。收到钱后，哥哥立即打来电话，他说：“谢谢你啊兄弟，我总是给你添麻烦。”他的客气和小心，让我总觉得有一道无形的障碍，隔在我们兄弟之间，让我难过、心酸。

那天上午，通完电话，我的心情一直很沉重。心里一遍遍想象着，背着肮脏行李的哥哥是以怎样复杂的心情，迈着沉重的步伐，走出邮局，把钱藏在贴身的地方，挤上汽车，颠簸到宁夏，再走向人潮汹涌的火车站。他在车上，满面灰尘，衣服破旧，眼神默然，心情沉重，会有人友好地给他让座吗？他能经得住自以为尊贵的那些城里人鄙夷的眼神一次又一次不屑的洗礼嗤鼻？他会不安地低下木讷的头，不停地捻搓纽扣。他更无心欣赏所经过的繁华城市林立的高楼、时尚的男女、变幻的霓虹，他的心里只有一年年在泥土中辛苦劳动的家人，只有那尽管日子粗淡，但散发着温暖气息的家园。

## 三

探亲的那段时间，我在乡下的老家住了一星期。一天晚上，我邀请村里几个和哥哥要好的乡亲到新建的房里喝酒，为建新房，哥哥花了 6 万元，欠了别人近两万元。当天晚上，我从饭店里买了很多啤酒和菜。我们一直喝到 12 点多。晚上，我和哥哥睡在一个炕上聊天。哥哥说：“小时候我们姊妹 5 个趴在一张饭桌上，头碰头，吃同一个锅里的饭，长大了，我们有了各自的家，在不同的屋檐下吃各自的饭。想来，这真让人难过。”我说：“如果当初你好好上学，就不是现在这个样子了。”

或许，我的话触到了哥哥的痛处。听了我的话，他用被子蒙住头哭了起来，他边哭边说，兄弟，我们的命咋就这么不一样，差别这么大呢？你看，我们庄稼人一年到头在地里苦，苦不出个名堂，天天如此，年年如此，这样的日子何时是个尽头啊！你回去后给我找个活，我到你那里去打工，这比种庄稼要强多了。

那天晚上，哥哥哭得很伤心，我们全没有睡意，一直聊到 3 点多。话题总是忆苦思甜，既沉重又伤感，既欣慰又惆怅。

第二天早上 6 点半的时候，我醒来了，哥哥不在，小侄子站在炕沿前看着我。我问他："你怎么起得这么早？"他说："我爸起床的时候我就起来了，他早上 6 点趁着天气凉快的时候去割麦了，临走时告诉我不要来打扰你睡觉，早饭等他出早工回来的时候一起吃。"

小侄子很天真地问我："叔叔，我没有打扰你睡觉吧？"

我给他 10 元钱，让他自己去买零食。他不接，说："我爸告诉我，你贷款买了房，不要让我要你的钱。"他乖巧的样子，让我很心疼。我说："没事的，只要好好学习，拿再多的钱，叔叔也愿意给。"

一天只有 24 小时，当天哥哥只休息了 3 个小时！我在酣睡的时候，哥哥已经去干活了，这让我非常非常惭愧。

## 四

我给哥哥许诺，等他家的农活全部结束以后，我请他到县城最高档的浴城去洗澡。那天晚上，我把他接到县城环境最好的浴城洗澡。浴城里客人很少，只有我们两个人。我们躺在水温适宜的水池里。哥哥看着装修豪华的墙壁说，这让我惊大天，我们农民一年到头都见不了这样的场面，谁舍得花二三十元钱来洗一次澡？这里真舒服。说完，他闭上眼睛，陷入沉思。

泡了一会儿。我说，我们哥俩互相搓背。当我的手触摸到哥哥的背时，我十分惊讶，他肩膀上的皮很硬，肩胛处结了茧，背部的肋骨清晰可见，摸上去硬硬的。我给他搓背的时候，他显得既不好意思，又很享受。搓着，搓着，他不让我搓了。他转过身，我看到了他眼里的泪花。他哽咽着说，兄弟，让我，让我给你搓搓背吧，就像我们小时候无拘无束在河里洗澡戏耍的那样子。我听从哥哥的话，低着头享受哥哥粗糙的手有力度的搓。喷头里的水哗啦啦流下来，流在脸上，我分不清是泪水还是淋浴的水。

在回家的路上，哥哥一路都感慨这次洗澡。他说，我们到这里洗澡太奢侈了，我不应该答应你，我们应该到便宜些的清真淋浴洗澡，一个人才2.5元。我们省下这几十块钱，你装修房子的时候就可以买一块瓷砖。哎，我真不应该来，想想真后悔。

我说，你就不要比较了，享受不一样啊。你就当我们到清真淋浴洗了一次澡，这样心里就会平衡不后悔了。

## 五

临别的前一天，哥哥抽空提前赶到乐都县城来给我送行。午饭后，他要赶回家干活。我把他送到街上，给小侄子买了些蛋糕，我把买蛋糕找的零钱给哥哥，让他买回家的车票，他不要，说二姐已经给了车票钱，我说，你拿着回家买酱油。最后他接过去，和我握手告别。

我站在乐都大街上，目送着瘦小的哥哥牵着儿子的手，一点一点远去，一点一点矮去，尽管这座湟水河畔的城市喧嚣依旧，繁华依旧，可是看上去，他们父子是那么孤单。他们父子俩走着，走着，一步三回头，在拥挤的人流中寻找着他明天就要走向南方城市的兄弟，他们已经看不见我了，我仍然清晰地看到他们的背影。我不敢挥手，我怕哥哥看到在乐都大街上泪流满面无法自控的弟弟。泪水一串一串直往下掉，内心的疼痛和惜怜翻江倒海。我的脑海里全是哥哥给我怨叹种蒜亏本的神情，他在内蒙古沙漠里受苦的无奈，他顶着烈日在麦地里用力割麦的样子，他在深夜里给我哭泣感慨命运的泪水。

我很清楚，用不了 20 分钟，他们就要回到那个属于自己的村庄，属于自己的屋檐下，回到那片让他们脸上流汗、心里流泪、爱恨交加的土地，回到无穷无尽、又苦又累的纷繁劳动当中。

回到单位的当天晚上，我给哥哥打电话汇报我探亲 20 天时间里所收到的稿费。哥哥说，不错啊，你别乱花，用这些钱还房贷。你勤奋点，少喝酒，多看书写作，对自己有好处。

一个星期后，我打电话到哥哥家，嫂子说哥哥到西宁的建筑工地打工去了。

我心里怅然若失。

还不到 40 岁的哥哥，他的人生境遇被岁月侵蚀得如同一幅剥落陈旧的油画，贫瘠和苍凉是他的背景，而沉重和艰辛是他的底色。老家流传着这样一句话 :“一娘养九子，九子各不同。”命运像一层层梯田，让幸福的雨露最先从梯田顶部缓缓流下，而最充沛的雨露阳光最先被处在山顶位置的老幺吸纳，而哥哥处在梯田最低处，默默接受着不多的雨水阳光。我不知道这是宿命还是人生境遇的不公。

我有今天，站在命运的梯田上，与幸福的云朵近距离接触，长久地接受安逸清风的熏陶，而我人生的背景、命运的全部是默默坐落在梯田底部的父亲、母亲、哥哥、姐姐所支撑着，他们是天空，是大地，是河流，是我灵魂聚力前行的核能。